微雕人文

——

歷世與渡化
未來的旅程

——

周慶華

著

序：從夢境說起

　　《列子・周穆王》記載了一個老役夫的故事，說他白天為主人勤勞治產，從不怨嗟，別人都覺得不可思議，想要勸他留點體力，但他卻說：「我白天為人奴僕，固然辛苦，但晚上夢到自己做了國君，快樂無比，有什麼好嘆恨的？」這種一半為奴僕、一半為國君的人生，聽起來很玄妙，我自然無緣親歷，但回首生平，卻為日夜經歷的幾乎為截然兩個不同的世界所困惑。

　　從有記憶以來，凡是入夢，就進到一個異於現實的時空，經常沒有明顯的座標，也少有醒著所接觸的事物，更別說夢境裏的那些人多半是陌生的！有時也想試著採用佛洛伊德（A. Freud）或容格（C. Jung）的精神分析理論來解那些夢境的緣由，只是在追溯自己繁複不已的做夢實務後，卻很難相信那些都是性欲的變種或原型的體現，倒是一種靈異學的觀點常浮出我的腦海。也就是說，那些夢境可能是累世記憶的迸現，或是靈魂出體到了別的空間，或是有其他靈體來相會。因此，除了少數綺夢，其餘都在醒後備覺疲倦，也許夢中自己的靈體已經出入或跟其他靈體交接無數回了。

　　曾經想過，趁醒來記憶還鮮明的時候，趕快把夢中經歷的紀錄下來，那鐵定是另一個人生；但線索常在瞬間被雜事打斷，以至因為費於拼湊而放棄，迄今一直沒能有翔實一點的追記。不過，回顧從年少到現今所做的夢，卻有某些「階段差異」的跡象。如小時候常夢到懷抱巨石從吊橋滾落；稍長外出求學反多夢

見徒手在空中飛翔；後來進入學術界所夢的一改變成跟他人搏鬥或被仇人追殺，即使還能騰空，也是倉皇躲避，過程都極為驚險緊張；如今從教職退下來，以為可以閒逸一陣子了，但沒想到夢境更加零碎紛亂，全然不是白晝所能複製想像。偶爾聽見有朋友長年夜夜罕夢，實在羨煞！我這輩子，大概無緣不跟另一個莫名其妙的世界發生關係。

雖然夢中情境多非我所能預料，但某些經歷卻也讓我覺得有宿緣的可能。好比幾年前，跟一位宗教師常在夢裏相遇，有一次我們隨許多人在山路行走，他說徒弟都不理他，沒人屬從，我看他病得很重，爬不上去，就揹了他一段；又有一次，我邀他去夜市，他欣然允諾，但需要戴一頂帽子掩飾身分，沒想到才出門不久，就被他的徒弟攔住，對方以好像逮到小偷的口吻說：「別以為化妝，我就認不出你來了！」這讓我醒後笑到差一點岔了氣！以我對他的了解，這種事上輩子很可能有過。後來我以一首詩希望他「來世別再輕許收徒／給愛也是」。

還有一位曾經過從甚密的師長，我夢見他帶著我們幾個弟子，去偷館藏的一幅畫，得手後搭計程車離開，但他沒說要給我們這些幫手什麼報酬，反而把畫捲一捲放進了他的背包。我醒後，甚為悵然！對照他平常的作風，類似體恤不到別人的情況是有的，只是很難想像累世中有可能配合他去幹這種勾當。其實，我依稀記得，我們是去參觀畫展，怎麼中途變了調？至今我還在納悶這件事。

有時候，我沒有興趣交接的政治人物也會入夢來。像馬英九，2000年總統大選時，他在當臺北市長，很多人要拱他出來競選，他大概覺得時機還不成熟，所以忍住了。當時我看情勢，早晚那總統大位是他的，於是那種感覺就延續到夢中，在一次「他

致信於我」的盛意後，依例為他寫了一副嵌字聯：「英雄先譽聽喝彩，九五至尊看加身」。聯語有部分是醒後續成，只不過它沒有機會送出罷了，畢竟先前我們僅在一場研討會中照過面而已。

上述這些比較有劇情的夢，還鮮活的留在記憶底層，必要時都會喚起再讓它們迴轉一遍；此外就都屬於蕪雜斷片，經常像泡沫一樣，風一吹就消失得無影無蹤。當然，也有些讓人感到麻渣不快的夢會如影隨形，甩都甩不掉。正如過去有位同事，擔任主管，把整個單位搞得烏煙瘴氣，我跟他鬧翻後，就在夢裏發現他把我送他的一本書，狠狠的摔在地上，至今我一想起都還感覺得到那重重的落地聲；又如我退休前所面臨的學校系所整併案，被某研發長擺了幾道，申訴無門，等一切定調後，竟在夢中跟他打了一架。我們研究生知道後，問我：「打贏了嗎？」我說：「當然，他那麼瘦小，根本禁不起一捶！」似乎這樣該氣平了，其實並沒有！只要憶起那段被欺凌的過程，就覺得那一拳還在尋找回敬的快意！

比起太多倏興忽滅且細碎不堪的夢境，這些偶現略帶「完整性」的遭遇，似乎有要暗示或象徵什麼，但又不知確切的指向，到頭來還是要「放它過去」，否則就得陷入精神分析學家那種強為解會的焦灼裏。然而，話說回來，分佔人生一半的夢中世界，不可能完全沒有意義。在我的經驗中，夢境除了異常奇詭，它的豐富變化性還遠遠超過現實生活，可以說場域要多寬廣就有多寬廣；在那裏面縱使會有「補償」或「慰藉」，但更多的是「失去」、「驚恐」和「疑惑」，只是都難以理解它的來龍去脈。因此，倘若要說我們能夠掌握人生，那也不過是被無數不確定的因素所制約，當中最大宗的就是做夢，那是無論如何也無從規畫、執行和評估的，但遇到時卻又真實得很。

史蒂芬斯（A. Stevens）的《大夢兩千天》裏提到，所有的釋夢人都像是在黑暗中摸象的半盲人，以為摸到了整隻象，「其實只摸到了象鼻、象腿、象尾。而佛洛伊德摸到的顯然是象的生殖器官」。這比喻的還算傳神，但他本人僅遵循容格的集體潛意識路數，不免又落入他所嘲諷的摸象行列，終究沒有顯現出新意。我會用現象學家的方式，把那無法理尋的夢境加上括號，讓它繼續主宰一半的人生，然後留意存在於罅隙中可能的「微雕」的信息。

所謂可能的「微雕」的信息，是說在我們所經歷的人文化成的世界裏，有特別纖細的一面，那是進入夢裏才感受得到的。不就有兩個現成的例子：一個是數學家卡登（J. Cardan）寫下他著名的《論微細之物》，每當他疏於寫作，夢就會以強大的力量催促他；一個是發明現代小提琴弓的作曲家塔爾蒂尼（G. Tartini），曾經困折於完成一首奏鳴曲，有一天晚上夢見海灘有支瓶子，裏面有個魔鬼懇求放他出來，雙方約定魔鬼要幫塔爾蒂尼完成這首曲子，事後塔爾蒂尼醒覺，立刻儘可能的回想而抄下寫出〈魔鬼奏鳴曲〉，這是他最受人稱頌的樂曲，但他仍感嘆道：「這首曲子是我寫過最好的，但跟夢中的曲調比起來，還是差太多了。」類似受到夢感而成就非凡的例子，應當不少，像完成鉅著《野性的思維》的李維史陀（C. Lévi-Strauss）和發明相對論的愛因斯坦（A. Einstein）等人，也都有受過夢境啟發的追憶。顯然做夢跟人心靈的成長有著極為密切的關係；而我們有許多偶發的智慮，可能都源自夢境的啟示，以至一個皇皇然的人文世界早已經過迷夢精微雕琢而成形了。

在這種情況下，我實在不敢說每一次第的寫作都是「獨力完成」的，因為有太多的變數隱藏在夢中那個不可測度的晦暗國

度，我無從細為指證，也難以虛構描摩，卻又常覺得別有力量促成。因此，集子內各作品不論是在暢敘道理，還是在跟人互動，或是在留言寄思，都摻雜了兩個世界的感悟成果。而所以用「微雕人文」命名，是為了喻示寫作在很多時候是「深致有自」的，而那細微的感觸則緣於夢境的多方含攝；出了那個世界，我們可能都無以啟動靈敏巧思。

周慶華

目次

卷一

短論

華語敘述在後全球化
時代所能扮演的角色

一、後全球化時代是在反全球化

時序進入二十一世紀，很明顯西方強權威力轉弱而東方中國乘勢崛起，儼然一切以「重構文明」或「再造文明」的新意識在主導經濟和科技的運作；但情況無法這麼「樂觀」，前者的經濟和科技全球化已經快要耗用完地球有限的資源，中國崛起除了「拾人唾餘」還得分攤環境破壞和生態失衡的後果，基本上沒有什麼榮景可以期待。因此，盱衡時勢，極力反全球化才是正途；而反全球化，則無異要把人類文明推進到後全球化時代。

二、華語敘述的處境及其展望

在這種情況下，華語敘述就有希望出線，以備「不時之需」。我們知道，敘述為人類展示發達語言的運作能力以及刻意藉為區別學科的捷徑。它在如今正當全球化風捲殘雲而促使海峽兩岸同感必要藉機發聲的關口，所推出的華語敘述就成了一個可以檢視的好案例。只是華語敘述本身在缺乏「雄厚實力」作為後盾的狀況下仍舊高揚不起來；尤其臺灣一地近年來的華語敘述熱潮卻難以激起國際社會的迴響，就可見它的「主體性」未能完構

的一斑。要改善這種不利的處境，既有的華語敘述模式勢必得向新式的華語敘述模式過渡，以未來可以有的相關「濟世」或「益世」的良方重新發聲，一切才庶幾可望！

三、華語敘述作為反全球化的制衡力量

大體上，這一濟世或益世的良方，乃在於反全球化取向。換句話說，最有可能成為這一波反全球化的強大制衡力量的華語敘述及其抗衡式的華語帝國，則期待儘快形塑反轉來發揮濟危扶傾或挽救世局的功能。前者（指華語敘述），緣於面對歐美強權所推動的全球化浪潮，原自有一定威勢的傳統中國，竟也不能免俗的全心去擁抱，尾隨別人度日；以至百多年來一直不見自家面目，民族尊嚴從此掃地！因此，寄望一個新穎的華語敘述來針砭時局且試圖挽回失去的自信心，也就有「時代的意義」。而這個新變途徑，則在復振深化可以藉為濟危扶傾舉世滔滔暴亂安全閥的傳統仁學。傳統仁學以「推己及人」為張本，節欲面世，所具有的「綰結人情／諧和自然」特性，可以緩和西方強權為「挑戰自然／仿效上帝」所帶來的蹙迫壓力和迷狂興作。後者（指華語帝國），乃因英語帝國的形成，靠的是殖民征服和資本主義動能，使得英語在跨洲際的流動中取得一種「傾銷」和「迎合」的絕對優勢。如今另一個華語新興勢力正在醞釀，但要離可以成為華語帝國的目標還很遙遠。理由是華語背後的文化形態並不像英語背後的文化形態以造物主的支配身分自居，沒有殖民他者的強烈欲望和連帶興作資本主義，自然也無力反凌越西方社會而奪取帝國地位。但華語因內蘊「氣化觀」的韌度和諧和性，卻可以用來制衡英語帝國過度

行使所導至的世界破敗的危機；而在相對上的挽救世局有功而自成一個抗衡式的帝國。

四、反全球化後華語敘述的開展方向

這一抗衡式的帝國，在具體上可以使華語敘述從三方面來開展：第一，構設後環境生態學。現行的環境生態學，大多是為了因應臭氧層破洞、溫室效應、酸雨危害、熱帶雨林減少、土地沙漠化、野生動物瀕臨絕種、海洋污染和有害廢棄物等問題，但實質成效卻極有限。這癥結乃在西方資本主義所帶動的全球化，迫使舉世參與耗用資源所造成的；大家不反資本主義，就拯救不了地球。因此，新的解決途徑，就在從恐懼全球化出發，徹底反資本主義，並使相關議題推進到後環境生態學的層次。

第二，強化災難靈異學。有關災難的界定，常被「自然」化或「物理」化，而忽略它跟靈界的連結而不為無意性。它的種類多，乃是為平衡生態所採取的手段不同，人間儼然是靈界的試煉場域。在這個場域裏，死亡成了災難最深的見證；而當中又有慢速死亡的潛在性災難在拖長試煉，更具警惕意味！但一般的解釋都僅止於人謀不臧或神鬼作怪，殊不知它是靈界為回歸秩序化所作的調整，災難種類多及死亡多樣化，所代表的是靈界的對策「多管齊下」，為的是因應靈界分項負責者的不同能耐。因此，循著災難必現靈異的理路，可以構設出一套災難靈異學；至於它還有一些非本質的難題，則不妨俟諸異日再行深入處理。

第三，開啟新靈療觀。舊靈療以撫慰受傷殘的靈體和協商索討者去執或力勸當事人對外靈的寬恕，效果普通、甚至鮮見真正的療癒案例。它除了不懂靈靈互涉或靈靈互積的輪迴潛因，而

且還低估了靈體互有質差的重要性，以至經常事倍功半。如今倘若大家覺得靈療還有存在的空間，那麼它勢必是啟靈式的，以強化靈體對「相敬兩安」、「無求自高」、「修養護體」和「練才全身」等策略的深切體認，才有辦法逐漸扭轉他者靈療為自我靈療，而取得雖然弱勢卻是強者的存在優勢；進而以此新靈療觀開啟緩和輪迴壓力和特能因應能趨疲（entropy）危機的稀罕新遠景。

臺灣文學研究博碩士論文小體檢

一、擺脫不了政治因素的干擾

　　人就住在臺灣，還要彼此自稱是臺灣人；甚至研究的已經是在臺灣生產的文學了，也要標榜所研究的是臺灣文學，的確是一件很弔詭的事。這都跟內部分裂的國家民族認同和外界強權的壓抑讓人深懷「危機感」有關；臺灣人要追求「自主性」以及臺灣文學研究要塑造「主體性」，恐怕都還有一段路程要走。也由於內部分裂的國族認同無法彌合以及外界強權的不肯鬆綁，以至「臺灣人」研究「臺灣文學」也就有很多問題產生了。

　　我們看最近二十幾年的臺灣文學主體性的論爭，始終擺脫不了國內外政治因素的干擾，就可以知道相關的臺灣文學研究還會是一個「未定數」。換句話說，如果臺灣在國際上已經有「法定」的地位了，而所有在臺灣的人也都認同「臺灣」這個「國家」，那麼你我就不必別為宣稱是「臺灣人」，而所進行在此地生產的文學的研究自然也會被一致認同是臺灣文學研究。只是這種「比之他國」為理所當然的事，卻難以想像要到什麼時候才會在臺灣出現。因此，有越來越多的人熱中於研究「臺灣文學」，就很讓人不敢置信！

　　首先，有關「臺灣文學」的界定，就是一個門檻。這當不只是像有些人所設想的「只要內含臺灣意識的文學就是臺灣文學」

或「臺灣文學是大中國文學的一部分」或「臺灣文學包括四百年來在臺灣一地生產的文學作品」，它所牽涉的是意識形態的差異以及各種權益的考量（藉由界定和相關的論述來援引同夥而發揮影響他人和爭取利益的功效）；而在各人互不妥協的情況下，就只好繼續「各彈各的調，各吹各的曲」，對所謂的「臺灣文學」的未來發展，絲毫也起不了什麼促進或激勵的作用（因為該「臺灣文學」還在虛擬中，實際的創作者只是創作文學，根本無從呼應那些研究而改創作「臺灣文學」）。其次，「臺灣文學」研究的其他的心理機制和社會機制本身也不明朗。前者是指研究者的價值觀問題，後者是指社會的權力關係問題。研究者如何研判「臺灣文學」是一個值得研究的對象，以及如何肯定所研究的成果確實有助於解決什麼文學或其他的難題，都難有明確的指標可以依循；而研究本身究竟要影響那些人以及能否如願，也都缺乏可靠的估算。在這種情況下，相關的「臺灣文學」研究，豈不是有點在「虛蹈」或「妄發」？再次，「臺灣文學」的提出，終究要面對世界文學，但它所以能引人注意或受人讚賞的是「文學」而不是「臺灣」；現在自己獨冠「臺灣」並加以研究，即使不騰笑國際，也會白費力氣的。換句話說，今天在臺灣如果有一種很特殊且足以讓人矚目的文學，縱然我們不標名為臺灣文學，別人也會因為它在臺灣生產而稱它為臺灣文學。因此，所謂的臺灣文學研究，實際上重點是在「文學」；但大家卻看好「臺灣」，不啻要讓有識之士大為「嘆異」！

二、非文學所論文自我侷限論題

就在臺灣內部急於掙脫外界強權的牢籠而建構新國族圖騰

的同時，文學界和相關學院也不落人後的樹立起「臺灣文學」的大纛，並且為它講說、研討和論述不斷。這股熱潮逐漸地也蔓延到研究所的一批生力軍；他們紛紛放棄「中國文學」或「世界文學」的研究，而轉向「臺灣文學」投石問路。從1980年代以來（先前偶有一些還沒強烈的「臺灣主體」自覺的研究，姑且不計），相關的博碩士論文已經超過二百篇，諒必還會持續發燒而有更多人投入同類研究的行列。雖然如此，這股研究臺灣文學的熱潮，也不會是一個臺灣意識高漲的政治因素所能概括解釋，它還有引進甚多新的文學思潮「風靡人心」而不轉向臺灣文學的研究就沒有「賣點」以及擔心爭取不到「發言權」等動機存在。因此，學院內這批生力軍，隱隱然有在諸多夾縫中求生存的意味，他們的研究成果自然也得接受現實和相關理論的考驗。

　　檢視這段期間相關的臺灣文學研究，非文學所研究生所撰寫的論文，幾乎都是不關文學的優劣、成敗、出路等一類美學評價的問題，而是藉文學的活動、傳播和論爭來窺探臺灣政治、社會和文化的變遷，取向是政治學的、社會學的和文化學的。如《三○年代臺灣鄉土話文運動》（1990年成大歷史語言所廖祺正）、《戰爭與文壇──日據末期臺灣的文學活動》（1994年臺大歷史所柳書琴）、《大河小說與族羣認同──以「臺灣人三部曲」、「寒夜三部曲」《浪淘沙》為焦點的分析》（1994年臺大社會所王淑雯）、《日治末期臺灣的知識社羣（1940～1945）：《文藝臺灣》、《臺灣文學》及《民俗臺灣》三雜誌的歷史研究》（1991年清大歷史所王昭文）、《文學傳播與社會變遷之關連性研究──以七○年代臺灣報紙副刊的媒介運作為例》（1993年文化新聞所林淇瀁）、《文學經驗中的都會情境轉化之探討──以五○至七○年代的臺北市為例》（1993年東海建築所林以青）、

《文學與政治——七〇年代臺灣的「鄉土文學論戰」》（1994年
臺大社會所翁慧雯）、《三〇年代和七〇年代臺灣鄉土文學論戰
中的左翼思想及其背景之比較》（1997年臺大社會所洪儀真）、
《從族類意識（ethnicity）的角度分析當代本土文學的「臺灣意
識」現象》（1990年清大社會人類所張文智）等等，這些都是自
我侷限論題，以文學現象為基點或座標系，試圖建構歷史的圖像
及其變遷的軌跡，而根本不觸及文學的創作和批評等「本體」的
問題。這類研究所能回饋給文學人的機會甚少，而對整體文化究
竟能提供什麼刺激或推動的作用，也有待另尋標準予以評估，這
裏就暫且略過不說。

三、文學所論文類型多樣化

至於文學所（包含中文、外文、甚至藝術所）研究生所撰
寫的論文，就特別「紛雜」：有的涉及某些特定時期的文學風
氣，如《臺灣新文學觀念的萌芽與實踐》（1992年清大文學所莊
淑芝）、《日據時代臺灣知識分子的思想風格及其文學表現之
研究》（1993年淡江中文所陳明柔）、《日本統治期戰時體制下
有關臺灣文學之考察——以陳火泉的「道」為中心》（1994年東
吳日文所張韶筠）等；有的涉及個別的文學類型，如《臺灣現
代散文詩研究》（1999年臺灣師大國文所陳巍仁）、《戰後臺灣
農民小說的類型轉變》（1996年清大中文所陳丹橘）、《當代傳
奇劇場舞臺演出本之研究》（1999年文化藝術所柯曉姍）等；有
的涉及特定的文學作家，如《楊逵及其作品研究》（1992年政大
中文黃惠禎）、《紮根泥土的青年作家——洪醒夫及其文學研
究》（1996成大中文所陳錦玉）、《詩和現實的辯證：蘇紹連、

馮青、簡政珍之研究》（1996東海中文所李癸雲）等；有的涉及
文學活動，如《日據時期臺灣文化劇活動》（1984年文化藝術所
楊炤濃）、《五○年代國家文藝體制下臺籍作家的處境及其創
作研究》（1995年清大文學所李麗玲）、《「笠詩社」集體性之
研究》（1996年政大中文所戴寶珠）等；有的涉及文學傳播，如
《戰後初期（1945年8月～1949年12月）臺灣文學的重建──以
《臺灣新生報》橋副刊為主要探討對象》（1999年中興中文所許
詩萱）、《「現代文學」研究：文學雜誌的向量新探索》（1996
年淡江中文所林積萍）、《七○年代劇場開拓者──張曉風與基
督教藝術團契》（1999年文化藝術所郭孟寬）等；有的涉及文學
論爭，如《七○年代臺灣鄉土文學論戰研究》（1995年文化中文
所何永慶）、《八○年代「臺灣文學」正名論》（1995年中央中
文所謝春馨）、《臺灣文學本土論的興起與發展》（1991年東吳
中文所游勝冠）等；有的涉及比較文學，如《工業化過程中家庭
的變遷德國自然主義文學與臺灣六○／七○年代文學分析比較》
（1994年輔大德文所陳淑純）、《短篇故事系列──臺北人與都
柏林人之文類比較》（1987年淡江西語所張學美）等；有的涉及
文化分析，如《臺灣當代女性小說中的女性處境》（1996年清大
文學所黃千芳）、《論「現代文學」女性小說家：從一個女性經
驗的觀點出發》（1994年臺灣師大國文所江寶釵）、《論現代詩
的工業化意識》（1994年輔大中文所劉淑玲）、《文化工業運作
下的臺灣文學現象研究──以金石堂暢銷書排行榜為例（1983～
1997）》（1998年淡大中文所胡蘊玉）等，可說琳瑯滿目，而且頗
有「帶狀」或「連鎖」的特色。當中除了處理傳播和文化議題，
還趕不上非文學所（如新聞所、社會所）研究生的「專業」，其
餘都可以肯定能照顧文學的審美特徵，是道地的文學研究。

四、朝「研究臺灣文學」的新路努力

雖然如此，這些論文大多還是未能有效的因應解決前面所指出的困境，同時也普遍停留在爬梳、追溯式的「臺灣文學研究」的階段，而很少朝向批判、展望式的「研究臺灣文學」的新路去努力，還看不出能起「改變」臺灣文學生態的作用。在內在理路上，所謂「臺灣文學研究」，是以「臺灣文學」來限定「研究」：當中「臺灣文學」是「主」，而「研究」是「副」。也就是說，這種研究意識，是先假定了臺灣文學的「先在」，而後才據以為研究的對象。結果是研究者深怕破壞了他心目中所崇仰的文學「威權」，而有意無意的在維護它的「純潔性」或「理想性」，造成左一個「偶像」、右一座「紀念碑」的盛大懷舊景象。而所謂「研究臺灣文學」，則是以「研究」來統攝「臺灣文學」：當中「研究」是「主」，而「臺灣文學」是「副」。也就是說，這種研究意識，是先假定了研究的「先在」，而後才以臺灣文學為試煉的對象。它的用意在於發掘問題和解決問題，自然不必顧及臺灣文學「既有」的什麼形象，也無須針對某些人事或議題特別加以維護。雖然二者所認知或所條理的臺灣文學，都帶有臆想性或虛構性（也就是為論述及其他目的而執意形塑了它），但後者的「透視力」和「開展性」卻遠非前者所能及，也才足以規模出臺灣文學「前進」的道路。可惜的是，大多數的研究生還「無力」跨過這個關卡，徒讓「研究臺灣文學」空有盛名。

也由於相關的論文「建樹」或「開新」的成分不多，所以連帶關係到「相互激勵成長」情況的闕如。比如他們動輒要去分

析作品中的思想情感或挖掘作品中的特定意識，卻不知道背後還有權力意志（個別的或集體的）更具決定性的力量（而得妥善處理）；而論及文體前後的遞嬗或文學和社會的互動，也慣常以「正影響」來衡量，忽略了裏面可能存在著更有看頭的「反影響」未被發掘（而當引以為憾）。此外，一些已經被炒得熟爛的話題（如寫實主義、現代主義、女性主義、後殖民主義等等），也一再的被重複，而對於「誰」在操縱這類話題全無警覺，難免又要增添一些「思想被殖民」的案例。在這種研究幾近「一體化」的情況下，又如何能看到他們「相互攻錯」或「相偕躍進」？

五、期待生力軍

多年以來，中國大陸、日本、美國、德國等地，都有臺灣文學研究的成果傳出。有人因此而擔心臺灣人不積極研究臺灣文學，可能就會喪失有關臺灣文學的發言權。不知道這是什麼邏輯！別人研究臺灣文學，只會給臺灣文學「增價」（即使有惡評，也無妨於它免費為臺灣文學打知名度），不會因此就取代臺灣人的「成就」。因為外人如果對臺灣文學有興趣，最後還是要「徵詢」臺灣人的意見，不會盲目的「道聽塗說」。重要的是，當外人期待我們出來說話時，我們如何說得精采而令人嘆服！以目前的情況來看，我們還得加強培養這方面的本事。而對於正在成長中的一批又一批研究臺灣文學的生力軍，更可以期待他們「先馳得點」。

臺灣當代出家人的文學創作

一、佛教文學化與文學佛教化

佛教在臺灣當代有著顯赫的身世，不論是教團領導人卡理斯瑪型的魅力，還是眾比丘和比丘尼熱中世道進取的氣質，或是它所興辦的慈善、文化、教育、醫療、觀光和援外賑災等非營利事業，都能令人耳目一新且不吝回報以高度的崇仰。此外，部分僧尼還有一支彩筆，紛紛展露出勾繪證道的歷程和紹續佛教慧命的孤詣。後面這一點，正是源遠流長的佛教美學化在新世代尋求開展的契機。對於關心宗教的文學功能或文學的宗教功能的人來說，這不啻是極好的一個考察點。

大致上，我自己所在意的是僧尼們如何跨向文學的領域，以及這種作為對佛教或文學究竟有什麼意義。在我的觀察中，佛教典籍的撰寫者，多少已經能契合文學的心靈；他們所構設經營的「比喻性的故事」或「象徵性的寓言」以及敘事性文體和詩偈贊頌等形式，在在都不乏引發讀者審美的感受。還有在中國歷來僧尼所作甚多詩銘歌賦等作品，它們的文學趣味也都在水準以上，足以邀人多方的賞愛。只是時至今日，文學生態因文化交流頻繁和資訊科技發達而出現大幅度的改變，使得佛教界原有的文學成分不再光芒耀眼，同時它所要藉來撐起佛教義理王國的目的，似乎也因受制於文學的華麗包裝而不如預期的理想。換句話說，過

往僧尼們的文學造詣，在佛教內外部的風評有日漸式微的現象。

相對的由文人所帶動的嗜佛新潮，從魏晉南北朝以來已經給文壇投入了不小的變數，舉凡文學題材蘊意的選擇考量，部分文類如詩歌辭賦的韻律講求或小說戲曲的形式安排，都在文人的中介鑄範下多著佛教的色彩，也為文學開啟一條深涵潛蘊的新途徑。而這一波佛教化的文學潮流，在現代白話文學興起後，仍然未嘗稍歇，只是表達方式逐漸「棄中模西」，遠離前古風雅，而邁向多變且不可測的時尚道路。這種改變，不禁也使佛教和文學的結合，重新燃起一絲「開新」的希望。也就是說，佛教的慧命未必只能仰賴教界給予承繼發揚，文人的筆同樣可以達到弘法的效果；並且以它擅長摹寫佛心或形塑教理的情況來看，似乎更能為佛教更新或增添新的生命．

二、「文字般若」的文學傳道熱情

雖然如此，當代的文人還沒有培養起足夠的本事，有關文學的（取資佛教而得以）持續深化和為佛教開啟新頁等工作，都做的不盡令人滿意；而企圖心更不見有強化的趨勢。倒是一些見識過文學（動人魂魄）功能的僧尼，以出家的心情介入世俗的事務，積極的開墾起文學的園地。他們熟悉古德「繞路說禪」的寫詩觀，再度標榜「文字般若」的文學傳道熱情。不知道這將會帶給教界什麼樣的刺激，但可以預期的是世人在信佛之餘，還會親近到一顆顆審美的心靈；而那些勤於撰述的僧尼，也可能從別人讚賞的眼光中獲得無比的慰藉和鼓舞。

這類著作，已經到了可以「信手拈取」的地步。如星雲的《釋迦牟尼佛傳》、《玉琳國師》、《海天遊踪》、《往事

百語》（系列）；聖嚴的《火宅清涼》、《歸程》、《步步蓮華》、《空花水月》、《兩千年行腳》；慈容的《我看美國人》；慈怡的《萬壽日記》；慈嘉的《敬告佛子書》；性澄的《譬喻》；依空的《頓悟的人生》；依淳的《聖僧與賢王對答錄》；依昱的《與心對話》；永芸的《夢回天臺遠》等等都是。前二者各望重一方，早已練就一支好文筆；後數者雖然是後起，依然有動人的散采。

　　以現在繁複多變的文學眼光來看，上述那些著作顯然跟不上「時代的腳步」，也形成不了所謂殊異的類型典範。然而，競逐文學的桂冠，本來就不是一個出家人的初衷；而從形式技巧上翻新花樣或在立意傳情時刻意取巧，也會違背佛門素樸清靜的本色。以至我們沒有十足的理由，可以在這方面逕行苛責。大體上，那些著作除了改寫佛教典籍，大多是釋子的自傳行誼，自然看不到過度的塗抹妝飾。縱是如此，文學家的審美情趣，還是會不經意的流露在他們的字裏行間。如「它（迎春花）像一道道拋物線，由一點向四面八方散開，卻無橫枝斜出，一束一叢，碧綠蒼翠。花朵彷彿用金箔捏成的精緻喇叭，一朵連一朵，直至開到花枝的盡頭」（慈容《我看美國人》，頁160）、「遠遠望見一片碧綠的海水呈現在眼前，本來已走得有點疲倦，卻因此興奮起來，沿著海邊走，一面接受海風輕拂，更走得起勁……舉目眺望遠方，海天一色，水連天，天連水，分不出哪是天哪是海？海面上只有沙鷗翱翔，點綴著這遼闊的宇宙」（慈怡《萬壽日記》，頁31）、「基隆到桃園這段路，三月的杜鵑桃紅、縈紅、粉紅、嫩白，一叢一叢亭亭玉立；好像穿著蓬蓬花裙的女子，忘情的在路中旋舞，然後抖落滿地的瓔珞。而南部，一整排的木棉花，在柔和的朝陽下如孤傲俊拔的皇家侍衛官」（永芸《夢回天臺

遠》，頁72）、「我坐在靠窗的位置，凝視一片漆黑的夜景，從玻璃窗上看到坐我旁邊的男孩一直注視著我。後來他終於忍不住問我：『你是小學老師嗎？』我搖頭，他繼續：那你是大學生囉？』我搖頭，還是沒正視他。後來，他把大學學生證拿出來很誠意的跟我說：『你看，我不是壞人，我是學生，我只是想和你聊聊天。』我回過頭告訴他：『我也是學生，是佛學院的學生。』他睜大眼睛，難以置信。他那裏知道我正面臨人生最大的轉折，過了今夜，就將成為出家人。而我獨自在這一火車上，我的家人、我的師長都還在睡夢中。沒有人知道在我出家前的這條路上，隨時還會發生什麼變化？而對一個陌生、熱情的男孩的不死心，我最後只有告訴他：『我要出家了！』他非常不能理解，張大了口：『為什麼？』我繼續凝視窗外，讓沉默回答」（同上，頁95～96）等等，寫來都極清新自然，洋溢著放曠佻達的情思。最後一則，滲著斷滅塵緣前的一絲掙扎，特別令人動容！

　　出家人寫作，不定得恪遵佛教八股，才算入行。這在教界早有前例，遠如唐宋詩僧的「西塞長雲盡，南湖片月斜。漾舟人不見，臥入武陵花」（法振〈月夜泛舟〉）、「柳岸花堤夕照紅，風清襟袖彎璁瓏。行人莫訝頻回首，家在凝嵐一點中」（貫休〈馬上作〉）、「萬家雲樹水邊州，千里秋風一錫游。晚渡無人過疏雨，亂峰寒翠入西樓」（祕演〈書光化軍寺壁〉）、「籃裏無魚欠酒錢，酒家門外繫漁船。幾固欲脫蓑衣當，又恐明朝是雨天」（蜀僧〈賦湖中漁翁〉）一類作品；近如曼殊的《斷鴻零雁記》、《絳紗記》、《非夢記》等小說及虛雲、弘一、八指頭陀的一些詩作，都別有審美考量。他們雖然不急切於說教，但識趣的人還是可以在這些作品中感知釋子籲請趨佛的雅意。同樣的，我們不妨也以這一標準衡量或期待當今教界寫作的能手。

三、佛教和文學的前途

　　整體說來，佛門的文學氣息還無法跟外界相比。它有自己專屬的雜誌、報紙，甚至還開辦佛教文學獎，卻不見僧尼們勇於嘗試新作（或緣於教界不鼓勵這麼做），而向新詩、小說、戲劇及其前衛實驗性作品等領域進軍（不像現在多集中在散文一個領域）。這樣一來，「好機會」只好讓給外人了。但外人縱然有心向佛，處理起佛教的題材終究不免「隔著一層」而有露裏看花的遺憾。佛門中人長期浸淫在教內特有的氛圍，深得修證的滋味，如果能將平常的文字般若觀再提升一層到兼合審美成分，那麼勢必可以一改舊習而進入花裏看霧的境地；這時就是花霧一如，而不是花霧兩隔了。

　　也許現在所見能文的僧尼們，早已體知花裏看霧的三昧而不及寫出或不願寫出：這裏的論說就純當作「望文生義」，姑且藉以「策勵來茲」。就算是這樣，上述的幾許諍言，還是針對佛教和文學的前途而發，用心不減他人，無妨僧俗二眾取以為參考。

佛教與文學結合的新紀元

一、佛教與文學關係的稱名

當今把佛教和文學相結合的情況逕稱為佛教文學的，已經漫布在相關的講說和論著裏，甚至泛流到所出版的文集或文學獎的定名上。但佛教文學是一個會引發爭議的稱呼：它不僅要面對跟非佛教文學如何截然分得開來的棘手問題，還得面對所擁有的文學屬性終將喪失文本互涉特徵的弔詭局面。也就是說，文學文本中的意象、修辭、文法、篇章組織和韻律結構等等，都處在跟先前或同時的其他文本所具相關成分的互置、轉換和交涉的情境裏，沒有可以獨標殊異的絕對的面相可供我們辨認和複製，以至將佛教帶入而成為文學的一個限制詞，勢必要絕對化或孤立化文學才能順當的予以稱呼，而這種作法卻先抹除了文學的複雜性，使它變成挪用者所虛擬的對象。

既然佛教文學的稱呼不恰當，那又該怎麼稱呼？我個人認為不妨以「佛教文學化」或「文學佛教化」的實質向度作為認知的基礎，而以「佛教的文學」或「文學的佛教」成為一種權宜的名稱。前者（指佛教的文學）是假設文學經由限定後能容佛教的成分或從佛教典籍中發現有所限定的文學的成分，為了方便指稱而姑且這般追認的；後者（指文學的佛教）是取消佛教規範文學的誤置難題或文學被收編後頓趨窄化的瘦削命運，為了容易辨別

而暫時這般題稱的。這跟「佛教文學」該一稱呼的籠統性和弔詭性，可以構成一種對比，也可以昇華為構設新學的嚆矢。

所謂「佛教的文學」或「文學的佛教」，它在語意上是指「佛教中的文學」或「文學中的佛教」；而佛教為泛指承載佛教義理的典籍，文學則專稱經限定而可援引為論說的對象。這個對象，是將古來眾多被稱為文學作品的所顯示形式上的特性歸結而成的。它可以簡述為「針對某些對象（人事物）進行敘事或抒情，將所要表達的意思（思想或情感）間接表達或曲為表達（以比喻或象徵的方式傳達而非直接說出）」，還可以附和形式主義的說法而許它以「脫棄臼化」或「反熟悉化」的表達手法為進境所在。在這種情況下，所謂「佛教中的文學」，就是指佛教典籍中有文學的表達手法或佛教典籍也運用了文學的表達手法來傳達義理；而所謂「文學中的佛教」就是指文學中蘊涵了佛教的義理，而該義理代表或徵候了佛教人的情思。其實，這純是變換觀點且預設佛教和文學先後順序而看的結果；如果單就文本來說，佛教和文學就並置聯存，論者可以依佛教和文學的比重不同而權稱為佛教文本或文學文本。

二、佛教中的文學與文學中的佛教

以上述的理論架構作為前提，我們就可以把歷來相關的作品予以省視一番，同時還可以向前展望而發出預期。在「佛教中的文學」方面，以漢譯經典為例，略有長短篇敘事體、寓言故事和詩偈形式等樣式可供考察。長短篇敘事體部分，有的在展現佛陀本行，如《修行本起經》、《普曜經》、《佛本行集經》、《太子瑞應本起經》等；有的在揭示佛本生故事或緣起故事，如

《太子須大拏經》、《佛說大意經》、《長壽王經》、《佛說九色鹿經》、《佛本行集經》、《大莊嚴論經》、《六度集經》、《撰集百緣經》等，都頗能製造曲折的情節和形塑新奇的風格，比起中國中古時期所見敘事性作品的精采度有過之而無不及。寓言故事部分，都用在勸諭或諷刺，如《舊雜譬喻經》、《雜譬喻經》、《眾經撰雜譬喻》、《百喻經》、《雜寶藏經》、《天尊說阿育王譬喻經》等，充分顯示聯類取譬的本事。詩偈形式部分，或單獨呈現，或雜嵌文中，近似中國的韻體卻又不講究格律，而且多敘事和議論而少抒情，是一種不易定位的文體。而在「文學中的佛教」方面，印度早期加里陀沙的《沙蓙坦蘿》戲曲，以及近代泰戈爾的《舞者之供養》和《真陀利》等戲曲、德國赫塞的《流浪者之歌》小說、日本芥川龍之介的《地獄變》小說以及三島由紀夫的《金閣寺》小說和金岡秀友的《釋迦牟尼的生與死》傳記、中國從魏晉南北朝迄今許多僧侶文人有關的詩賦碑銘小說戲曲散文等作品，都深著佛教的色彩，可為文學開啟內含佛理一個新向度的例證。雖然如此，佛教經典雜用文學技巧，除了生動效果，此外並不能給佛教增添什麼。倒是僧侶文人志在創作而把佛教引入，可以開闊文學的境界，也許還能因此轉而為佛教尋求發展的契機。

　　我個人所以會這樣說的理由是：佛教的最高輒向在於引人趨入實相世界，但又在提及該實相世界時語涉含混籠統或以不可言說話頭遮斷思路，如「文殊師利法王子菩薩白佛言：『世尊，若有言語則有滯礙，若有滯礙則是魔界。若法不為一切言說所表者，乃無滯礙。何謂法不可言說？』『所謂第一義（指實相世界）。其第一義中亦無文字及義。若菩薩能行第一義諦，於一切法盡無所行，是為菩薩能過魔界：無所過故。』」（《大方等大

集經》卷18）、「若如來於一切法不可言說，無名無相，無色無聲，無行無作，無文字，無戲論，無表示，離心意識，一切言語道斷，寂靜照明，而以文字語言分別顯示，一切世間所不能解」（《大寶積經》卷86）等，類似這種「說了等於沒有說」的出示方式，顯然是無法達到它所要達到促人走上解脫之路的目的。其實，所謂實相世界，不過是指人在擺脫一切執著後所呈現的絕對寂靜狀態。既然傳統佛教短於構設情境以為演示，那麼精於文學的僧侶文人們也就有了發揮填補匱缺的機會。

最近《普門》雜誌刊載星雲法師一篇文章，提到「社會上，因為完全不了解佛法而誤解空義者，固然在所難免，對於佛法一知半解而誤導空義者，也大有人在。例如有些人以為一切皆空，無常幻化，不應執著，所以什麼都不在乎；有些人覺得一切皆空，應及早出離，不應貪取，所以主張自修自了；甚至有些人賣弄世智辯聰，以空義來眩人耳目。其實，如果執著於不執著，不也是一種執著嗎？貪取於清淨無為，不也是一種貪取嗎？以不知佯裝知，不更是自欺欺人的作法嗎？這些人既然無法與『空』的真理相應，又怎能擁『有』佛法的真實受用？」（《普門》第246期）。這跟古德所說的「大聖說空法，為離諸見故；若復見有空，諸佛所不化」（《中論》卷2）近似，都是要人再去空執；但星雲法師的說法更富臨場感，這在他的後一段文字中可以看出：「至今我以古稀之齡，帶著開過刀的老病之軀，每天面對排得滿滿的行程，但我不覺得身邊有人、有事，所以我能同時辦理很多事情，也能同時聚集不同的人講說不同的話題。我不覺得來到此處，來到彼處，所以我能臥枕而眠，也能坐車入睡；我能在飛機上說法，也能在潛艇裏開示。有人問我：『有什麼祕訣可以如此任性逍遙？』我經常以道樹禪師的故事，來向大家說明順

應自然，實踐『空』理的好處……」（同上），所謂「空生有」而「有復歸於空」的道理，在這裏得著了真切的體證。從事文學創作，所可以致力而顯出超邁前人的地方，也就是仿此而構設相關的情境予以巧妙呈現得道後的意態或心境。這一點，自古至今還沒有一部小說戲曲（詩和其他文體多直接抒情或議論，難可並比）能處理得「絲絲入扣」或「突進奧區」，而可以轉期待於並世的僧侶文人。

三、未來佛教與文學結合的新課題

未來佛教和文學的結合，實際上不只要面對「開發」實相世界一個難題的考驗，它還得面對後現代文學、網路文學等疏離或異化思想的挑戰。尤其是網路文學中的多向文本的興起，快速泯除了學科的界線，也徹底改變了作者／讀者或影響／被影響的序列觀念，佛教的實相世界終究難免成為戲仿或反設計的對象；這時所謂的解脫，就是遊戲機上無數黑點的倏忽生滅。人的心靈究竟是淒黯，抑或是泛光，在現代資訊科技的世界裏，已經是即將要被省略的問題。對佛教還不捨一分鍾情的僧侶文人們，到底是退守既有的陣地繼續作「困獸之鬥」，還是迎向前去重新當「開路先鋒」，勢必得有所抉擇。

俠客的兩重命運

一、俠客多名

　　如果要說中國有哪一種文類在世界文壇上至今還可以稱得上戞戞獨造，那除了以俠客為對象所撰寫的一系列作品，恐怕就難以舉出了。

　　這一系列作品，早期是以史傳的形式出現（如《史記》中的〈遊俠列傳〉、〈刺客列傳〉和《漢書》中的〈遊俠傳〉等），中期則換上一副志異傳奇的面貌（如〈燕丹子〉、〈謝小娥傳〉、〈馮燕傳〉、〈無雙傳〉、〈上清傳〉、〈虬髯客傳〉和〈紅線傳〉等），晚期又改以冗長的章回小說來演出（如《水滸傳》、《蕩寇誌》、《兒女英雄傳》、《七俠五義》、《施公案奇聞》、《綠牡丹全傳》、《七劍十三俠》和《仙俠五花劍》等），而現當代則幾乎是章回式的「武俠小說」的天下。曠觀古今中外，實在找不出一種相似的文類，能夠這樣緜延不絕的傳遞著人間異物的「俠客」的訊息。

　　雖然有人說俠客並不全是「正義」的化身，他們所幹下的魚肉閭里、淫擄婦女、販賣人口、詐騙財物、窺人隱私、鑄錢掘冢、博奕技擊等勾當，遠比他們「赴人急難」、「言必信，行必果」、「路見不平，拔刀相助」等行徑還要「可觀」，但俠客的存在確實連結著一幅錯綜複雜的人際網絡，並且也構成一個奇特

詭譎的社會現象，實在不必因為他們經常形似盜賊而「抵銷」了他們可被討論的價值。

《仙俠五花劍》第一回有段話說：「其時宋刻的書卷甚多，那書中也有胡說亂道，講著義俠的事兒，卻是些不明事理的筆墨，竟把頂天立地的大俠，弄得像是做賊、做強盜一般，插身多事，打架尋仇，無所不為，無孽不作。倘使下愚的人看了，只怕漸漸要把一個俠字，與一個賊字、一個盜字并在一塊，再也分不出來，實於世道人心大有關係。」這樣對俠客的評論（要重新樹立俠客的正義形象），不一定合今人的胃口，但它無意中刺激了我們去留意俠客在歷史演變過程所呈現的各種類型。這些類型大致上都有一個個相應的名稱，如任俠、遊俠、豪俠、義俠、儒俠、僧俠、大俠、劍俠、勇俠、英俠、節俠、通俠、氣俠、壯俠、蠱俠、少俠、黨俠、經俠、狂俠、兇俠、盜俠、姦俠等等就是。當然，要去追溯這些類型（名稱）的意涵及其源流，已經相當困難，而且它對今人思考整個社會是否需要俠客也沒有實質的助益。那麼剩下來值得我們審視的，大概就是俠客給社會投下的變數，以及俠客本身的命運，這將決定著俠客在今後社會中的存活率（或說決定著我們該不該努力成為一個俠客）。

二、俠客的出現是社會的不幸

不論俠客的行徑如何，他們都不屬於體制內的人（即使有王公卿尹偶為俠客，也只能在體制外活動）。因此，當他們在「見義勇為、濟弱鋤惡」的時候，就註定是游擊式的，而無法像嚴正的官吏運用公權力去摘奸發伏或博施濟眾；同樣的，當他們迫於無奈或利欲薰心而去「殺人越貨、淫擄詐騙」的時候，也註定是

圖僥倖的，而不可能像貪官污吏勾結土豪劣紳長期的剝削民脂民膏或驅策百姓身陷水火。這樣的人物，的確很特別；而社會藏有這類人，也顯示社會有不少問題。現在就以正史所記載的俠客及其議論作為觀照點，略加探討。

　　大體說來，俠客的存在是社會的不幸，荀悅《漢記‧前漢孝武皇帝紀》說：「世有三遊，德之賊也。一日遊俠，二日遊說，三日遊行……凡此三遊之作，生於季世，周秦之末，尤甚焉。上不明，下不正，制度不立，綱紀廢弛，以毀譽為榮辱，不核其真；以愛憎為利害，不論其實；以喜怒為賞罰，不察其理。上下相冒，萬事乖錯……於是流俗成矣，而正道壞矣……故大道之行，則三遊廢矣。」正因為政治不公、社會不義，才給了俠客挺身而出「主持正義」或挺而走險「作奸犯科」的機會。反過來說，政治清明、社會和樂，就沒有給俠客有「用武之地」，自然也看不到俠客的踪跡了。因此，一個沒有（不需要）俠客的地方，可能就是人間的樂園，《漢書‧刑法志》說：「朝無威福之臣，邑無豪桀之俠……可謂清矣。」然而，歷來從沒有過「大同社會」（《禮記‧禮運》大同章所敘述的社會），而俠客一脈也不曾斷絕，以至從俠客的行徑反照整個大環境，我們就不得不發出陣陣的悲嘆！

三、俠客所從來的原因不一

　　從另一個角度來看，俠客並不是孤伶伶地存在，他們也是人際網絡中的一環，它跟其他各環有著直接或間接的關係。也因為有整體人際網絡的制約，而整體人際網絡又會營造出不同的情境，所以引發俠客的俠行的誘因也就不盡一致了。

依照個人的考察，俠客所以為俠客，不外有下列三種情況：

第一是不得志而為俠，如「（周）䢅，字彥和……䢅使馥矯稱叔父札命以合眾，豪俠樂亂者翕然附之，以討王導、刁協為名……䢅為札所責，失志歸家，淫侈縱恣，每謂人曰：『人生幾時，但當快意耳。』終於臨淮太守。」（《晉書·周處列傳》）、「（裴）之橫字如岳，之高第十三弟也。少好賓遊，重氣俠，不事產業。之高以其縱誕，乃為狹被蔬食以激厲之。之橫嘆曰：『大丈夫富貴，必作百幅被。』遂與僮屬數百人，於芍陂大營田野，遂致殷積……」（《梁書·裴邃列傳》）這樣為求快意或為求適志，就是俠客所以存在的一個理由。

第二是為財富或權勢而為俠，如「（石）崇穎悟有才氣，而任俠無行檢。在荊州，劫遠使商客，致富不貲。」（《晉書·石苞列傳》）、「（朱）紈又言：『長澳諸大俠林恭等勾引夷舟作亂，而巨姦關通射利，因為嚮導，躪我海濱，宜正典刑。』部覆不允。」（《明史·食貨志》）、「周室既微，禮樂征伐自諸侯出。桓文之後，大夫世權，陪臣執命。陵夷至於戰國，合從連衡，力政爭彊，繇是列國公子，魏有信陵、趙有平原、齊有孟嘗、楚有春申，皆藉王公之勢，競為遊俠，雞鳴狗盜無不賓禮。」（《漢書·遊俠傳》）、「（諸葛）誕既與玄、颺等至親，又王凌、毋丘儉累見夷滅，懼不自安，傾帑藏振施以結眾心，厚養親附及揚州輕俠者數千人為死士。」（《三國志·魏書·諸葛誕傳》）這樣為了射利致富或為了鞏固勢力，就是俠客所以存在的另一個理由。

第三是為仗義而為俠，如「（李庠）以洛陽方亂，稱疾去官。性在任俠，好濟人之難，州黨爭附之。與六郡流入避難梁益，道路有飢病者，庠常營護隱恤，振施窮乏，大收眾心。」

（《晉書‧李流載記》）、「（裴）慶孫任俠有氣，鄉曲壯士及好事者，多相依附，撫養咸有恩紀。在郡之日，值歲饑凶，四方遊客常有百餘，慶孫自以家糧贍之。性雖麤武，愛好文流，與諸才學之士咸相交結，輕財重義，座客常滿，是以為時所稱。」（《魏書‧裴延儁列傳》）這樣為行義揚名，就是俠客所以存在的另一個理由。

以上是引起俠客俠行的三種動機（有的只具備其中一種，有的可能同時具備二、三種），而它們都是整體人際網絡相互牽扯、相互糾葛所激發出來的。換句話說，在人際網絡中總有壓抑、被壓抑；富貴、貧賤；不義、正義等等對立、矛盾的現象，而俠客就是要去衝破這樣的藩籬（不論他們只為私利、還是別為公利），即使不免有大破壞也在所不惜。當然，也有可能是先有俠客，才造成類似的藩籬或擴大類似的藩籬（例子如《史記‧魏其武安侯列傳》所載「（灌）夫不喜文學，子任俠，已然諾。諸所與交通，無非豪桀大猾。家累數千萬，食客日數十百人。陂池田園，宗族賓客為權利，橫於潁川。潁川兒乃歌之曰：『潁水清，灌氏寧；潁水濁，灌氏族。』及《漢書‧蓋諸葛劉鄭孫毋將何傳》所載「陽翟輕俠趙季、李款多畜賓客，以氣力漁食閭里，至姦人婦女，持吏長短，從橫郡中，聞並且至，皆亡去。」正是），但在比例上畢竟不及前者。

四、墮落和救贖成了俠客的雙重命運

雖然如此，俠客終究是一羣墮落者。他們偶爾給社會帶來一絲希望、給人間帶來幾許溫暖，但仍抵不過他們所製造的恐怖、驚疑的氣氛，以及由他們激起的許多無辜心靈所飽含的不安情

緒。因此，俠客對社會來說，他們所留下的負面價值，恐怕要比他們所留下的正面價值多得多。

理由是為財富或權勢而為俠的，經常「走死地如鶩」或「死而不悔」：「其在閭巷少年，攻剽椎埋，劫人作姦，掘冢鑄幣，任俠并兼，借交報仇，篡逐幽隱，不避法禁，走死地如鶩，其實皆為財用耳。」（《史記・貨殖列傳》）、「及至漢興，禁網疏闊，未之匡改也。是故代相陳豨從車千乘，而吳濞、淮南皆招賓客以千數，外戚大臣魏其、武安之屬競逐於京師，布衣遊俠劇孟、郭解之徒馳騖於閭閻，權行州域，力折公侯。眾庶榮其名跡，覬而慕之。雖其陷於刑辟，自與殺身成名，若季路、仇牧，死而不悔也。」（《漢書・遊俠傳》）這不啻要教善士良民看了駭異驚怖不已！而為不得志或為仗義而為俠的，也不免於「陰賊仇殺」或「結黨營私」：「（郭）解為人靜悍，不飲酒。少時陰賊感慨，不快意，所殺甚眾。以軀借友報仇，臧命作姦剽攻，休乃鑄錢掘冢，不可勝數。」（《漢書・遊俠傳》）、「（李）業興愛好墳籍……性豪俠，重意氣。人有急難，委之歸命，便能容匿。與其好合，傾身無吝；若有相乖忤，便即疵毀，乃至聲色，加以謗罵。性又躁隘，至於論難之際，高聲攘振，無儒者之風。」（《魏書・儒林列傳》）這無疑也要教旁人平添一分膽寒心戚，不知何時會「禍延己身」。

可見人一旦為俠客，就註定他要走上陰暗道路的命運。如果他能即早發覺，也許還有轉圜的餘地，如「（劉）英少時好遊俠，交通賓客，晚節更喜黃老，學為浮屠齋戒祭祀。八年，詔令天下死罪皆入縑贖。英遣郎中令奉黃縑白紈三十匹詣國相曰：『託在蕃輔，過惡累積，歡喜大恩，奉送縑帛，以贖愆罪。』國相以聞。」（《後漢書・光武十王列傳》）、「（戴）若思有風

儀，性閑爽，少好遊俠，不拘操行。遇陸機赴洛，船裝甚盛，遂與其徒掠之。若思登岸，據胡床指麾同旅，皆得其宜。機察見之，知非常人，在舫屋上遙謂之曰：『卿才器如此，乃復作劫邪？』若思感悟，因流涕，投劍就之。機與言，深加賞異，遂與定交焉。」（《晉書‧戴若思列傳》）、「（王）弟頍……少好遊俠，年二十，尚不知書，為其兄顒所責怒。於是感激，始讀《孝經》、《論語》，晝夜不倦；遂讀《左傳》、《禮》、《易》、《詩》、《書》，乃嘆曰：『書無不可讀者。』勤學累載，遂徧通五經，究其旨趣，大為儒者所稱。」（《北史‧孝行列傳》）這都是「知難而退」尋求救贖的例子。因此，墮落和救贖就成了俠客所有的兩重命運。至於他們要選擇救贖或選擇繼續墮落，那就得看「機緣」或「唯人自擇」了。

五、落魄的邊緣人：俠客永遠的標記

由於俠客的俠行都是游擊式的或圖僥倖的，所以個別俠客對社會各種好壞的變動就起不了什麼作用；只有俠客以集團形式出現，才可能促成社會倫理的重整或政治經濟的改革（這在歷史上雖然找不出實際的例子，但想它理當合有）。但不管怎樣，俠客永遠擺脫不了作為一個落落寡合的社會邊緣人的悲劇性格。

這種悲劇性格，具體的顯現在兩方面：一是既然淪落為俠客，就註定要「身不由己」；二是即使尋求救贖，也難以恢復到「常人一般模樣」。底下有兩個例子，可以分別來作印證：「或譏（原）涉曰：『子本吏二千石之世，結髮自修，以行喪推財禮讓為名，正復讎取仇，猶不失仁義，何故遂自放縱，為輕俠之徒乎？』涉應曰：『子獨不見家人寡婦邪？始自約敕之時，意迺慕

宋伯姬及陳孝婦，不幸壹為盜賊所污，遂行淫失，知其非禮，然不能自還。吾猶此矣。』」（《漢書·遊俠傳》）、「劉义者，亦一節士。少放肆為俠行，因酒殺人亡命。會赦出，更折節讀書，能為歌詩。然恃故時所負，不能俛仰貴人，常穿屐、破衣。聞愈接天下士，步歸之，作〈冰柱〉、〈雪車〉二詩，出盧仝、孟郊右。樊宗師見，為獨拜。能面道人短長，其服義則又彌縫若親屬然。後以爭語不能下賓客，因持愈金數斤去，曰：『此諛墓中人得耳，不若與劉君為壽。』愈不能止，歸齊、魯，不知所終。」（《新唐書·韓愈列傳》）這樣一來，我們是否該努力成為一個俠客，也就有了可以參考或借鏡的依據；而一個社會是否需要俠客（才能顯出它的正常或病態），自然也很容易判斷了。換句話說，一個社會不能避免提供俠客存在的機會，顯見這個社會有太多的人謀不臧需要根除；而一個人想不出良策而要以俠行來面世，也流露出這個人智慧的退化和才情的短缺。

易卦編排的哲學思考與方法

一、《周易》傳本卦序的差異

二十世紀七〇年代，有兩樣東西出土，足以改變大家對《周易》的看法。一是長沙馬王堆的帛書《周易》，一是安徽阜陽的竹簡《周易》。安徽阜陽的竹簡《周易》，只存今本《周易》六十四卦中的四十多卦；卦畫方面，僅見〈臨〉、〈離〉、〈大有〉三卦；其陰爻作「∧」。長沙馬王堆的帛書《周易》，沒有篇題，六十四卦齊全，卦序與今本不同；卦爻辭與今本比較，甚多異文和假借字；其陰爻作「⌐ ⌐」。有這兩本《周易》為證，歷來有關《周易》一些外圍問題的解釋，可能都會產生動搖。

如今本《周易》中的陰爻「--」，一向都被視為與陽爻「─」相對，而代表「陰氣」或「陰物」或「地」（水陸二分），但是從帛書《周易》和竹簡《周易》看來，「⌐ ⌐」或「∧」，象徵性並不強；而且何以彼此畫法有這樣的差異，也無從理解。因此，前人的說法，教我們如何相信？

又如今本《周易》都有篇題，前人大多認為《周易》成書時已定，但是我們所看到的帛書《周易》和竹簡《周易》卻沒有篇題，以至前人所肯定的卦名，以及「乾」、「坤」、「坎」、「離」、「震」、「艮」、「巽」、「兌」等八個三畫卦組成六十四個八畫卦，又教我們如何想像？

又如今本《周易》的卦爻辭,不論被前人指證歷歷的分繫於某些聖人名下,或籠統含糊的歸屬於官家卜筮之流,都無礙於它的「權威性」,但我們比較帛書《周易》和竹簡《周易》,卻有那麼多的異文(其實從《經典釋文》所載一些古本異文,已經顯示今本《周易》不能必稱原貌),我們又要如何確定《周易》的「所有權」?

如果我們再找來《左傳》、《國語》、《論語》、《尸子》、《荀子》、《戰國策》、《呂氏春秋》、《禮記》等書引用《周易》繇辭而不及「九」、「六」、「初」、「二」、「三」、「四」、「五」、「上」等名目佐證,還可以懷疑歷來種種關係「象數」的論說,而同縈繞《周易》不去的畫卦、重卦、繫辭等問題,一併還給古人去「傷腦筋」,我們實在不願意再蹚那一灘渾水。

雖然如此,《周易》已經成書,且輾轉流傳至今,這是事實;而《周易》就以那卦畫、繇辭和數目的特殊組合,吸引我們去探究,這也是事實。因此,我們沒有理由自外於《周易》的討論,徒讓古人「譏笑」我們淺薄。只是我們不能再把注意力集中在《周易》本身上,應該轉移目標,看看前人怎樣處理《周易》,以及怎樣解釋、應用《周易》;否則,我們仍然是在前人的討論範圍內兜圈子,並沒有比前人「高明」多少。

二、從卦序編排看用心

根據《周易》的形態來看,這是一本卜筮書,大致沒有問題。但這本卜筮書到底是怎麼形成的,卻不能沒有疑問。這裏我們可以有兩種假定:一是《周易》經刻意創作而用作占筮範本;

一是《周易》為占筮紀錄而經人編纂成書。在討論《周易》時，這兩種假定會導致迥然不同的結論。前一種假定會讓人想到《周易》的創作者，以及創作目的（古來凡是以「知人論世」和「以意逆志」方式討論《周易》的，都是建立在這種假定上）；後一種假定會讓人想到《周易》的編纂過程，以及編纂者的企圖和期待。到目前為止，我們還無法找到有力的證據，來證實前一種假定，倒是有許多跡象（如前所述）顯示後一種假定比較接近事實。現在我就是要依據這種假定，來進行下面的討論。

把《周易》看作占筮紀錄的輯本，就可以不理會作者的「意向」問題，而專注在編輯者的「詮釋」策略。如果編輯者的「詮釋」策略改變了《周易》的排列次序或用語形式，還可以窺見這種改變的意義和價值。這遠比純粹的「知人論世」和「以意逆志」那種研究方式，要具有開展性。換句話說，研究《周易》的目的，不在恢復它的原貌和尋求它的客觀意義，而在發展自己的「詮釋」策略（依照各人的存在處境，藉著諸多「詮釋」《周易》經驗的「刺激」，建立或豐富自己「詮釋」事物的方式），並藉以探取人生的理想價值，而這正需要跳開前人討論《周易》的窠臼。

基本上我們不可能考證出《周易》最早的形式，也不可能獲知目前《周易》每一符號和文字的確切意義。因此，我們無法妄想《周易》本身有什麼「理路」或「蘊涵」，只能藉某些「詮釋」案例來推測編輯者的思考方向，而就以這一思考方向作為我們思考的對象。現在我所採用的資料是易傳。比較傳世「詮釋」《周易》的眾多案例，易傳的形態顯得素樸而易於理解，取它作為論據有不少方便。首先，在易傳出現前，《周易》經何人編輯成書，我們無從考證，但當易傳作者發表他的著作後，我們可以

肯定他已經認同《周易》的編排方式，而他對《周易》所作的《詮釋》思考，一如《周易》編輯者所作的思考。在我們找不到比易傳更早的談易著作，以它作為論據是合理的。其次，易傳以後的著作，大多順著易傳的思路加以發揮，縱有不同，也只能當作另一種「詮釋」策略的運用，不妨留待日後再行探討，現在專藉易傳來談論，正可以顯示我們能恪守本末終始的分際。再次，易傳出現的年代，占筮風氣已經式微，而易傳作者轉為關注《周易》所顯示的義理，而淡化它的「卜筮」本質，顯然有改變《周易》原貌的企圖，以及藉它來達成某種目的的期望，我們以它為依據，會獲得較多的訊息，而有利於相關的評斷工作。

《繫辭傳》說：「《易》之為書也，廣大悉備，有天道焉，有人道焉，有地道焉。兼三才而兩之，故六。六者，非他也，三才之道也。道有變動，故曰爻。爻有等，故曰物。物相雜，故曰文。文不當，故吉凶生焉。」如果把這一段話視同《周易》編輯者對該書整體內容的說明，我們可以推測出《周易》編輯者所考慮的，是要《周易》涵蓋有關天地人的各種道理。而在《序卦傳》中，我們也看到《周易》編輯者刻意繫聯卦序，使它顯出天地萬物的生長消息（文長不備引）。《繫辭傳》又說：「《易》與天地準，故能彌綸天地之道。仰以觀於天文，俯以察於地理，是故知幽明之故。原始反終，故知死生之說。精氣為物，游魂為變，是知鬼神之情狀。與天地相似，故不違。知周乎萬物，而道濟天下，故不過。旁行而不流，樂天知命，故不憂。安土敦乎仁，故能愛。範圍天地之化而不過，曲成萬物而不遺，通乎晝夜之道而知，故神無方而易無體。」這一段話更清楚的道出《周易》的性質。不論這一性質能不能從原書獲得印證，我們都應該了解這裏有絕大成分是《周易》編輯者的期待，而不是《周易》

本身真有如此「能耐」。此外，《周易》編輯者還設想（指出）人應用《周易》的方法（道理），《繫辭傳》說：「《易》之為書也，不可遠。為道也屢遷，變動不居，周流六虛，上下無常，剛柔相易，不可為典要，唯變所適。其出入以度，外內使知懼，又明於憂患典故，無有師保，如臨父母。初率其辭而揆其方，既有典常，苟非其人，道不虛行。」這在在顯示《周易》編輯者有意讓《周易》擔負宇宙人生秩序和法則的「仲裁者」，好讓接近《周易》的人，都可以從中獲得啟發。《周易》編輯者這種思考，已經從一般雜纂（無特殊用意）上升到哲學層次。換句話說，《周易》編輯者有意把《周易》編成一本解釋宇宙人生秩序和法則的哲學書。

三、相應卦序編排的因應方式

由於《周易》的卦數有限，所含義理也不盡如易傳所述，如果易傳所述可以等同《周易》編輯者的解釋，我們不免會看出裏頭有許多牽強附會。不過，這已經無關緊要，《周易》編輯者的用意，終究有了「回應」，很多著作也在表明跟《周易》編輯者類似的企圖心。《大戴禮‧序》說：「其探索陰陽，窮析物理，推本性命，雜言禮樂之辨，器數之詳。」《新書‧序》說：「通乎天人精微之蘊，窮乎歷代治亂之故，洞乎萬物榮悴之情，究乎禮樂形政之端，貫通乎仁義道德之原。」《淮南子‧序》說：「其旨近老子澹泊無為，蹈虛守靜，出入經道。言其大也，則燾天載也：說其細也，則淪於無垠。及古今治亂存亡禍福，世間詭異瑰奇之事。其義著，其文富，物事之類，無所不載。」《說文解字‧敘》說：「稽譔其說，將以理羣類，解謬誤，曉學者，達

神詣。分別部居，不相襍廁也。萬物咸睹，靡不兼載。」即使是文學家的作品，也有這樣的企圖。《西京雜記》說：「相如曰：『合纂組以成文，列錦繡而為質，一經一緯，一宮一商，此賦之跡也。賦家之心，包括宇宙，總覽人物。』」因此，《周易》本來的面貌如何，以及《周易》編輯者是否能藉有限的卦數來表達無窮的義理，不再是我們關注的重點。我們關注的重點應該轉移到有關《周易》的「詮釋」策略上，同時藉著該「詮釋」策略反省自身既有策略的得失成敗，以便對未來有所寄望，才不會再陷於一些無謂論說的糾葛中。

如果說當今學科的過度分化，以及物質文明的急速膨脹，已經讓人深感「意義失落」的危機，而亟欲「振衰起敝」，那麼《周易》編輯者那種涵蓋宇宙人生全體的思考方式，不啻是最好的「補偏之道」，值得有心人三思！

另類發聲

一、一個關懷點

南洋這個區域，除了海嘯，地震和偶見的暴亂，在舉世喧呶中幾乎是瘖啞的；即使是一些能文的僑民後裔有感於離散的悲情而要藉筆來一抒鬱悶，也大多得再流寓港臺美國等地才能一圓被外界知道「也有我在」的夢。在這種情況下，作為一個外人又能對這個區域中的人事物說什麼？

相對頻繁匯聚世界各地資訊的臺灣來說，南洋所能被我們感知的就僅限於發生在原是同文同種的華人以及南進經商的國人身上的委屈和困折，此外就一切漠不關心而大可「置身度外」了。這樣現在要再談論跟南洋有關的事務，似乎也就得自我侷限而相應的「就華人論華事」。但又不然！華人在南洋生活已經跟當地結成一體，休戚與共，談論他們的處境及其文化情懷，就形同要連結到當地的歷史和社會，才能看出或顯示這種談論有所取徑和知所歸屬。

這在我個人，所關懷的是整個南洋地區「如何發聲」的問題。所謂「如何發聲」，不是既定式或現在式的，而是未來進行式的；同時它也不是針對當今炒得有點熱度的東協十國（印尼、馬來西亞、菲律賓、新加坡、泰國、汶萊、東埔寨、寮國、緬甸和越南）加三（東協加中國、日本和紐西蘭）加六（東協加三再

加印度、澳洲和紐西蘭）在區域經濟共同體上所營造的什麼「發展」遠景，而是針對整體非西方社會同秉的必要自我突破帝國主義宰制的命運。這原可以「不思基進而回返傳統素樸老路」作為對詣的重點，但在如今弱者「不奮力求進就無所謂生路」的普遍氛圍的前提下，還是得勉為「代」謀對策而了卻一個困知者的「齊渡」心願。

二、南洋的華語敘述

嚴格的說，東協的經濟共同體的打造，還是帝國主義者所操縱全球化經濟鏈中的一個環節，內裏的遊戲規則全是西方先進工業國家基於本身利益所訂定的，跨國企業仍然以壟斷獨佔的方式向該地區廉價採購礦產、木材等天然資源以及將污染性產業移往該地區造成嚴重的環保傷害。（詳見史迪格里茲〔J.E.Stiglitz〕《世界的另一種可能：破解全球化難題的經濟預告》，頁221～232）因此，不論再如何的強調區域性經濟共同體的效應，背後強者的政治干預和軍事威脅依舊會緊緊箝制它的「不照安排好的戲局演出」，顯見不會有什麼光彩可以引為自豪。而這也是我個人所以捨「此」而「別」論的主要原因。

換個角度看，華人僑居在南洋這個區域，事實上也有過不再離散而渴望跟在地同榮辱的主體論述，只是環境並未給予足夠認同的條件，「失望之情」經常溢於言表。就以馬華為例，文化隔離還是相當嚴重，雖然「近年開放甚至鼓勵使用英語為教學媒語，其實只是馬哈迪唯恐馬來人在全球化趨勢之下競爭失利的對策，並非誠心實施多元文化主義及雙語或多語文計畫。大環境沒有改善，本地華文文學的市場也沒什麼進展，出版業依舊不景

氣，同人詩社或文社仍然不多，大型的定期文學刊物還是無法生存，學術和學院資源仍舊匱乏。馬華作家唯有憑個人才氣和際遇，繼續流動，繼續離境，到『帝國中心』周邊的其他中華文化環境發展，利用他國的文化資源成就自己的文學事業；或者離開華文的語境，遠走高飛，到美國或加拿大等英語文學環境發憤圖強」。（張錦忠《南洋論述：馬華文學與文化屬性》，頁59）這樣「欲契無門」的困境，不啻阻礙了可能的華人優秀的基因在當地繁衍而為南洋文化重新發聲不勤的一大遺憾！

至於還有非僑居的華人，以他長期接觸觀察泛亞知識生產的經驗，而有所謂「以亞洲為方法」的建言：「透過亞洲視野的想像和中介，處於亞洲的各個社會能夠重新開始相互看見，彼此成為參照點，轉化對於自身的認識」。（陳光興《去帝國：亞洲作為方法》，頁339）這一可以兼及南洋的現實處境的論述，卻也因為具體可能的方案闕如而失去「回餽致效」的價值。這相對於前者僑居南洋的華人有過的限地脫困式的敘述來說，儼然已經有了企求大格局的轉化；但在面對西方強勢文化的威嚇裏脅時這種區域內自足的敘述卻因不知如何「反擊」而一樣喪失主體的能動性。換句話說，上述兩種論述所隱含的逆離散和近諫諍完構的華語敘述形式，都還欠缺一種高實踐見效的潛能，而在全球化思潮中無力爭取到必要的發言權。

三、文化包裹化

依目前的情勢研判，僑居南洋的華人還是得集聚力量在當地參與文化固本的百年大計，才是植根榮末的好對策；而整個南洋實質有效的「奮起」，也一起關係著區域平衡和人類共存共榮的

美好前景能否實現。大體上，西方人到現在都還不會好好正視過
非西方社會的殊異文化系統，老是以他們那一套仿效造物主的創
新觀念在衡量「不思此圖」的他者的表現：

> 亞洲的現代文化很多仍是沒有創造力。日本小說很繁榮；
> 印度也還有一些真正高質量的文學家，存在著一些有趣的
> 畫家。從整個來看，是呈再造而不是創造的趨勢。在數學
> 和自然科學方面，日本已成為完全的現代文化。印度在物
> 理學領域有一些高質量成果，並且旅居國外的印度人在
> 這個領域和其相關的領域中也一直起著顯著的作用。在印
> 度，自然科學的研究的規模很大，但整個科學領域中科學
> 成果的質量，總的來說還不能認為已達到國際標準。巴基
> 斯坦在這方面不論是在數量上還是質量上似乎更不行。日
> 本和中國是亞洲具有比較先進的現代文化國家，兩國存在
> 的明顯趨勢是，一些很有才華的年輕科學家都暫時或永久
> 的從他們本國移居到西歐和北美。整個東南亞，科學研究
> 幾乎不存在。在社會科學方面，創造性和即使只是熟練的
> 高標準的日常工作也很缺乏。正在進行的有價值的工作是
> 地方編史和本土傳統文化研究。（希爾斯〔E.Shils〕《知
> 識分子與當權者》，頁499）

這就是典型的「西方中心」的論調，把一切不符西方創新規範的
東西都蔑視不提；而對於己文化傳統何以能移創新不絕以及有意
無意凌駕他者的霸權心態如何了卻等也一概鮮少反省，導致當今
強者「理所當然為強者」而弱者則「被壓抑而無從發聲」的不平
等境況。

想必位處亞洲「邊緣」的南洋地區中的人，在新舊殖民的過程中更能感受到被劃歸開發中或未開發國家範圍的恥辱和憤慨心情。這是帝國主義者／西方先進工業國家／跨國企業一手導演的結果，不接受的人只好尋求「別為立足」。所謂別為立足，自然不是盲目的力拚自己所不擅長的西方那一套創造的事業（這幾乎不可能成功），而是回返自身探取可長可久的「自保之道」。它一方面跟其他非西方社會的人一樣得勤於模塑自己專屬的文化特色冀以為有朝一日能徹底擺脫外來勢力的欺凌和剝削；一方面則也跟其他西方社會的人一樣得盡出餘力反思批判全球化這條加速地球到達能趨疲臨界點的不歸路。

只要有「引信」和「火藥埋設」，等言論大開時，南洋地區就會點燃爆發「另類優質自我」的連鎖效應和展現挽救世界沉淪「西方不與我與」的批判力道。這時所依賴的就是整合內部的力量將一樣樣可能的新生文化以「包裹化」的方式隨機發聲，在區域醱酵，跟外在霸權文化抗衡，以便緩和日漸一體化的全球化浪潮的壓力和恐慌！而所謂的「另類發聲」，也就是以這種面向未來取勝而有助於人類生存的後全球化大敘述為張本，然後大家齊力以赴「以收後效」。

卷二

講錄

佛教的當代變貌與俗化迷思

一、從達賴喇嘛的到訪談佛教的走向

　　前一陣子，達賴喇嘛來臺灣訪問，我們知道他的身分特殊，他是西藏流亡政府的精神領袖，等於說他現在不負有實質的政治任務，但因為它還算是一個政府，只是以前在西藏跟中共政權不合，被迫流亡海外。達賴喇嘛到臺灣來訪問，他本人和隨行的人都感到非常的訝異，他們曾經到世界各地訪問過，也受到相當的歡迎，但不同在臺灣受歡迎的程度。我們臺灣人歡迎他的方式好像在歡迎影歌明星一樣，追逐、簇擁，在達賴喇嘛下榻的飯店喊叫，這種情況跟當年麥可傑克森來臺演唱所見沒有什麼兩樣。有一個比較年長的婦人好不容易跟達賴喇嘛握到手，當場驚叫！更離譜的是有人對達賴喇嘛擦的面紙也很有興趣，紛紛搶著要。這些表現使得達賴喇嘛跟隨行的人深感意外，他們來臺灣訪問前從來沒有想到他們會受到這樣熱忱的待遇。在達賴喇嘛離臺前開了一個記者會，他講了一段話更有意思。有人問他說捐錢給人能不能獲得解脫？達賴喇嘛的回答是，捐錢和解脫是兩回事。意思是說你捐錢給人跟解脫沒有必然的關連。可是他後面講了一段話好像又跟他前面所講的有相矛盾的地方。因為這一次他來臺灣，不只負有政治的任務，最重要的就是看重臺灣這裏的錢多。真的！臺灣行不負他所望，臺灣人非常的熱情，總共捐了五十萬

美金給他，折合新臺幣大概一千三百多萬。他在回答前面那個問題後，又加了這麼一段話，「臺灣有錢，也應該幫助像我們這樣窮困的人」。那麼這跟他前面所講的話為什麼會有矛盾？因為佛教勸人不要執著於財富，不然你就會有無窮盡痛苦和煩惱發生，所以要得到解脫就要輕視財富、排除財富，可是他又希望得到別人的救濟（因為他們流亡海外幾乎都沒有收入，要靠別人的捐獻來過活，那麼這一次能夠得到五十萬美金，對他們來講好像天降甘霖一樣）。他沒有講出來的一段話，我來幫他講：你們應該看輕財富，不過捐給我來花用就不算數。的確是這個樣子！他說捐錢給別人和解脫沒有必然的關連，但人家捐錢給他而且數量那麼大，那他又如何來自我圓說？所以說，他說出來的話跟他沒有說出來的話，我們把它放在一起，剛好構成了相互的對立。佛教需不需要財富？當然需要！只要想生存，一定需要財富，不管是什麼教，只是佛教比較特別。因為佛教原來就要別人不要執著於財富，才能夠達到解脫的目的（當然還要不執著於很多世俗的事務，這個另當別論）。我把達賴喇嘛訪臺造成一陣旋風以及他事後開記者會過程所發表的談話，印證佛教自己在傳達教義上有一些內在的困難或者矛盾存在。佛教界好像不太會去注意這一點，或者說它可能反省不到有這樣的問題存在。達賴喇嘛他可能也不太了解以前的佛教跟現在的佛教有什麼差別，因為他看盡的是其他地方佛教發展的情況，但臺灣這個地區佛教的發展情況跟別的地區差異非常大，大概連達賴喇嘛自己都無法想像。佛教本身有一些內在的矛盾、衝突存在，佛教界的人好像自覺不到；還有在整個社會中的生存的情況以及它所表現出來的各種面相，古今有什麼差異，佛教界的人好像也不太感興趣去探討，只是一味的跟隨著流俗走。我原來研究的不是佛教，因緣際會的闖入了佛學這

個領域，開始有一些反思；當然整個過程也相當的刺激，跟佛教中人交往、對話，甚至激辯這種情況都有。佛教界的人很討厭學者去研究佛教，討厭的原因就是學者研究佛教的時候會把佛教裏面一些問題暴露出來，會使得他們外表所做的種種事情凸顯出一些問題，還有凸顯出一些矛盾，這是他們很難以忍受的。還有一點是，一般剃髮出家的人還常受教育程度比學者稍微低一點（當然現在已經有所改善了，出家人拿到碩、博士的人已經愈來愈多，但他們拿到碩、博士學位跟其他學者拿到碩、博士學位可能情況不太一樣，這個過程大概也無法去追溯）。一般佛教界的人不希望看到其他學界的學者來研究佛教，可能也是自己覺得在研究佛學方面比不過別人，所以不希望別人超過他們，這是我以往跟佛教界的人交往所經歷過的一些。今天我所要談的這個題目〈佛教的當代變貌與俗化迷思〉，是從一個大的角度或者從一個宏觀的角度來看佛教在當代的表現到底是怎麼樣，以及這種表現有什麼問題存在，而我們了解這問題後應該怎麼樣進一步去思考佛教未來的走向對於我們的世道人心比較有實質上的助益。

二、積極入世的臺灣佛教

　　佛教發源於印度，往後分幾個方向傳播，北傳到了中國，北傳佛教主要是以大乘佛教為主，南傳佛教到了東南亞一帶，以小乘佛教為主，這是早期的佛教。後期的佛教後來傳到了西藏。所以達賴喇嘛這次來，他在很多場合都自稱他們西藏佛教是弟弟，中國佛教是哥哥，就是有這樣的關係。沒有人去問為什麼你自稱弟弟自貶一格、自降一級。事實上這是有道理的，因為藏傳佛教是屬於後期佛教，北傳和南傳佛教是屬於早期佛教。佛教傳

到中國來會受到中國人的歡迎，很多人特別是大陸的學者把它歸於佛教適合於剝削階級的利益，所以歷代的統治者會支持它。它意思是說，佛教講輪迴（講前世、今世、來世），這些統治者在現世會成為一個統治者，在佛教的一個觀念就是他前世做了善事，所以今世才得富貴，相對的百姓前世做惡事，所以今世才淪為貧賤。現在大陸的學者大都口徑一致，對於佛教所以會受到中國人的歡迎或者會受到中國以外其他地區人的歡迎的解釋，大概都是走這個模式。這個不能說沒有道理，但非常牽強。牽強的原因是，我們知道從唐以後，西方的一神教也傳來了，特別是到了明末，最強勢的基督教也傳來，如果照大陸一些學者對佛教的解釋，我們也可以套用在西方一神教傳來，所以會被接受、會被統治者支持這一點上（因為統治者也可以模仿一神教的講法：他們就是上帝特別挑選的人。就是這些統治者是受到上帝特別眷顧的人，所以才會挑選他作為統治者，相對的百姓就是受到上帝的冷落，所以才會淪為百姓這樣的一個地位）。可是我們發現，西方一神教傳來並沒有像佛教這麼的受歡迎，很顯然它適合佛教只因為它符合剝削階級的利益這種講法是有問題的，就是它的效力很有限。我的看法是這樣：這些研究佛教的人，對於我們傳統的哲學思想、我們傳統的學問所知很有限，沒辦法作一個結合。事實上，我們知道，我們要接受一個新的東西，這個東西能夠被我們接受，絕對不可能說我們既有的經驗完全沒有。因為你要理解它，一定要依既有的經驗，如果說我們沒有那種可以接納佛教或者能夠接受佛教那樣相似的經驗的話，恐怕佛教傳來也會跟西方的一神教命運一樣到現在還沒有辦法深入中國人的心。佛教有什麼樣的特色跟我們中國人傳統的經驗相近？有！就是「緣起法」。它把宇宙萬物的存在看成是有很多的因緣造成，每一個因

緣背後又有無數的因緣，也就是因緣可以無窮後退的，這跟我們傳統有的那種宇宙觀——氣化宇宙觀的講法是類似的。氣化宇宙觀它是說，宇宙萬物是由陰陽二氣中精純的氣偶然聚合而成，而這種偶然性跟佛教緣起宇宙觀的緣起性道理是一樣的，只是佛教的緣起法比我們氣化的觀念要周密一點。因為氣化的觀念就是偶然間陰陽二氣中的精純的氣聚合然後化生萬物。不過它沒有進一步說明這偶然的情況是怎麼發生的（但它也預設了一個終極的存在，比如說「道」，或者「理」，或者「太極」，或者「無極」等等，各代有不同的講法），而佛教的講法似乎有道理一點，它不預設一個終極的存在而後來導致宇宙萬物的存在，也就是說宇宙萬物的出現是由很多的原因造成，而每一個原因背後又有很多的原因，這種講法比我們的氣化觀念要周密一點，它的使人信服度要高一點。此外，就是佛教強調解脫。因為宇宙萬物是由很多原因造成的，所以就沒有定性，也就是佛教常講的虛幻、不實在，或叫空，空就是無自性，就是沒有一個定性，不像西方的物理、化學講的物質的東西，都有個定性，佛教它不是這樣講，它知道任何東西的存在都是由很多原因造成，這些原因如果消失了這些東西也就消失。既然它的緣起法是它一切教義的前提的話，那麼怎樣去呼應這個緣起法？它提出一個解脫的法門，就是你不要執著宇宙萬物這些表面的現象，那麼你就不會受到宇宙萬物的束縛。束縛就會產生痛苦、煩惱，佛教最重要就是要人放下執著才能夠解除這種痛苦煩惱，而這個跟我們傳統道家所講的相近：我們要排除分別彼此、分別是非、分別生死，你才能夠達到一個完全自在的境界，也就是所謂逍遙的境界；我們所以無法完全自在，就是因為我們很強調彼此的分別、很強調是非的對立、很強調生死的矛盾或者衝突，所以我們才會沒辦法當下解除那些

束縛。這種觀念跟佛教的那種解脫法門道理是一樣的。有我們舊
有的經驗、舊有的知識這一部分，才能理解佛教，但佛教講的更
複雜、講的更周密，所以我們一下就被它吸引住，才有那麼多人
去研究它。以至現在流傳下來的以漢譯的佛教的經典來說，遠比
我們傳統的經典註解還要多，非常可怕。為什麼會是這個樣子？
如果說我們的舊經驗中沒有這一部分，我們沒辦法去理解它，如
果佛教講的東西沒有比我們舊經驗還要充實豐富，大概也吸引不
了我們去研究它。這才是佛教傳到中國來會特別受到中國人的喜
愛而一直流傳下來的主要原因。這跟前面所提到的，像大陸學者
所作的解釋，我覺得是比較不相干，而我這樣的解釋，合理性要
高一點。佛教傳到中國來被我們接受後，把它擴展開來，到了當
代又有了很大的變化。原來佛教所走的路線，到了當代已經有明
顯的差異。這種差異主要是把佛教原來有的那種神秘性逐漸的消
除掉。佛教講的是自我解脫，那麼你要透過很多的解脫的法門才
能夠達到那種解脫的狀態（佛教講的涅槃是指人死的狀態，人死
的狀態就是達到了徹底的解脫，沒有任何的痛苦煩惱。可是大家
都不願意到死的那一天才解脫，希望活著的時候也能解脫，所以
又把原來的教義加以改造，設想出了很多的解脫的法門；我們活
著當下就能夠解脫）。但那種解脫的感受只具有個別性，每一個
人體會到的可能都不一樣。個別性本身就隱含著一種神秘性，但
當代佛教徒的表現，我們看不到它的神秘性，除了剃光頭、穿袈
裟跟我們沒兩樣，他做的事情那一件跟我們是兩回事？沒有，看
不出來。所以它原來有的神秘性，在當代逐漸不見，造成了所謂
的異化現象。異化就是過去跟現在有了差異，也就是佛教在當代
正在走一條以我的看法是沒有遠景可以期待的世俗化的道路。這
是佛教未來的發展最大的一個致命傷。世俗化的現象很明顯會出

現兩個後果：一個是跟它原來的教義相違背，它原來不走俗化的道路，現在走俗化的道路，顯然相違背。俗化的另一個結果是，我們看到了佛教現在也要現代化。人類走現代化道路已經有一個世紀，在臺灣是從七、八〇年代開始現代化，從我們的十大建設開始現代化，而臺灣的佛教也就是從那個時候開始起步。俗化最終就是要走現代化這條路，但我們知道現代化所以可能，要有一個條件，就是需要很多的資源來支撐。因為現代化最大的內涵就是工業化，而工業化正需要很多的物質和能源。但我們已經感覺到地球的資源愈來愈少，現代化的腳步不得不放慢，否則只有加速人類的滅亡，加速整個地球的毀滅。佛教世俗化的作法，愈來愈明顯的就是跟隨著世俗所走的現代化，而我們知道現代化對人類來講已經危機重重。佛教要走現代化這條路，是不是也會加重人類的負擔？佛教原來就是要看淡萬事萬物，最少消耗資源，但它現在要走世俗化的道路，世俗化道路又跟隨著世俗中的現代化道路，那麼它所耗費的資源將會愈來愈多，這不是變相的在加重人類的負擔？這就是佛教在當代的表現相當可慮的一個現象。

「佛教的當代變貌與俗化迷思」，我想應該稍微界定一下。所謂當代變貌，是指由過去的常態轉變為現在的常態，而不是一種屬於個別性的解脫的轉變。原來個別性的解脫是要把自己所受的痛苦煩惱消除掉，但解脫痛苦煩惱也未必有一個固定的模式，像有個例子：有一個小偷，偷東西偷了很久都沒有被抓到，有一天他兒子問他是怎麼樣賺錢回家？他就把他兒子帶到一個有錢人家，撞破了牆，到了屋內打開一個櫃子叫他兒子進去，他兒子一進去他就把門關上，上了鎖，然後跑到外面喊叫，自己先跑回家。他這一喊叫，那家人就跑出來查看，要抓小偷。他們看到圍牆破了一個洞，認為小偷已經由這個洞跑走了。可是被關在櫃子裏頭的

小偷的兒子是又氣又惱，不知道該怎麼辦，他突然靈機一動學老鼠叫了幾聲，這富有人家就叫個人趕快打起燈火去查查看，當他把櫃子打開的時候，小偷的兒子非常機靈一個箭步就把燈火吹熄了，衝到外面去，順便拿一個石子丟到井裏，「咚！」的一聲，然後跑回家。這個人聽到井裏有聲音傳出來，他以為老鼠跳到井裏了，沒有再追究。這小偷的兒子跑回家以後，父親正在等他。他非常生氣的問他父親為什麼要這樣做？他父親神閒氣定的告訴他：「兒子，今後你不怕沒飯吃了。」像小偷的兒子用這種方式解除自己的煩惱，就佛教來講也應該算是一種解脫吧？如果把這樣的例子再推廣的話，我又想到一個例子，也算自我解脫。半個世紀前，美國有一個州立的監獄，裏頭的一個囚犯逃走了，三個禮拜後那個囚犯被抓回來，監獄裏的人就用盡各種辦法審訊他，究竟他是用什麼東西切斷鐵窗而逃出去？起初這個囚犯都不講，但被疲勞轟炸式的審問之下，感覺吃不消，整個人都快崩潰了，最後終於全盤托出：他利用到機械房工作的時間收集一些細小的麻線，然後浸在膠水中，下工的時候偷偷的帶出來，每天晚上就去鋸一吋厚鋼筋的鐵窗。監獄裏的人相信他的供詞，又把他監禁起來，從此不再讓他接觸那個機械房。三年半後一個月黑風高的夜晚，這個囚犯又逃走了，這次就沒有再被抓回來。監獄裏的人發現鐵窗還是被用同樣的方式切斷，後來才知道他前後兩次都是從襪子抽下毛線，在水泥地上搓成可以鋸鋼條的條形物。像這個囚犯越獄，應該也算是自我解脫的方法。但佛教所指的解脫不是指這一種情況，因為佛教所講的解脫多少還帶有一點道德意義，也就是要人去除貪、瞋、癡、慢、疑這五毒，而以上所述兩則故事主角的所作所為大概都離不開這五毒，所以就佛教來講，他們不應該歸在已經得到解脫的那個範圍。所謂俗化迷思，是指佛教

在當代所走的世俗化道路在我看來有不切實際的現象。迷思是 myth的音譯，意思是神話，但在這裏我還讓它帶有迷惑、迷失之思的意思。世俗化的迷思是佛教在當代變化的一個根本性的原因，就佛教本身來講或者就佛教對人類的貢獻來講，都不是好現象，而佛教界人自己還察覺不到，還很賣力的在做。如果他們也強調這一部分，那不妨就把它看成是一種俗化的神話吧！佛教要俗化，那不過是個神話，它恐怕會支持不下去。這整個是以臺灣當代的佛教作為一個考察點，因為佛教在臺灣這個地區比起別的地區所有的表現要特殊許多，全世界大概還沒有像臺灣的佛教這樣積極的入世。

三、認知傳統佛教的基礎

　　佛教大約是創立於西元前六世紀，跟孔子那個時代差不多。到了西元二世紀左右傳到中國來。它原來是以倡導解脫痛苦煩惱而達到梵我一致的境地作為它的目的，但在變遷的過程中卻出現了一些戲劇性的變化。這些戲劇性的變化，我把它歸納一下，主要有三種情況：第一種情況，佛教原來是反抗儀式的，它沒有什麼儀式，它也不講恩典，也不談所謂神的人格化，它只講苦行、講修持，可是後來的佛教把原來所排斥的這些東西都恢復了，而且更特別的是，它在發源地印度沒落了，卻在中國、西藏、東南亞流行，而中國的又傳到韓國、日本，現在又擴大到五大洲、全世界，這是一個很奇特的現象。第二種情況，佛教原來是以乞食為生的，但它在往後的演變中改以寺院的形態出現。有了寺院後，它就有一個根據地，就可以像世俗一般的去探取財物。因為有了一個根據地後，它可以開始去爭取一些財富（第一它要生

存，第二它要發展，能夠生存、能夠發展，當然也希望能夠回饋一點給社會，所以有了寺院後它就開始想辦法要生財），這跟它早期過的那種乞食生活完全為個人的苦行是兩回事，差距太大。第三種情況，在中國來講，北傳的佛教主要以大乘為主，當然小乘的佛教也有傳來，但小乘佛教並沒有在中國繼續發展，反而是被大乘佛教吸收了，所以中國的佛教既不是純粹的大乘佛教，也不是小乘佛教，而是大乘、小乘合一的所謂的一乘佛教。中國的佛教在歷代的演變過程中發展出很多的派別，這些派別有的是原始佛教比較沒落的而在中國本土比較不受歡迎的，基本上還能夠維持下來；比較受歡迎的那些，都已經被中國人改變了。所以像天臺宗、華嚴宗、禪宗，這些都已經跟我們既有的哲學思想或者是民俗觀念作結合了，而發展出具有中國特色的佛教。在我所謂的相對於現代的佛教的傳統佛教，大概是指我剛才歸納出來的三種情況。把這三種情況合在一起，大概就可以暫時作為我們認知傳統佛教的基礎。

從北魏以來，有所謂三武一宗毀佛的行動，北魏太武帝、北周的武帝，還有唐武宗、五代後周的世宗。特別是唐武宗那次毀佛最為可觀，當時被迫還俗的出家人就有二十六萬多，而且這二十六萬之外還有十五萬是被這些二十六萬人所加以役使的奴僕；更可觀的是這二十六萬多人所擁有的良田（不是一般的蕪田），有數千萬頃，非常的可觀，幾乎國家一大半財產都是這些出家人的。佛教為了生存，為了因應外界的批判，它當然要改變形態，所以從唐代後期開始有所謂的叢林制度的建立。以前他們建寺院都是在都會區，因為在都會區跟人家要錢比較容易，從中唐以後他們陸陸續續選擇一些叢林，一些人跡罕至的地方去建寺院，就住在那個地方，自己耕作，當時連寺院的住持都要一日不做一日

不食，自我要求非常的嚴苛，這主要是要因應以前佛教所受到的批判而採取的一種策略。這種制度的設立，自然也要有維繫這些制度的規則或者法條，當時稱它為清規。以前出家人只有守戒，比如說：不殺生、不偷盜、不犯淫之類，但叢林制度建立後開始立了很多清規，這些清規規範了出家人的日常儀軌，日常儀軌非常多，包括食、衣、住、行、娛樂、課誦種種。在釋迦牟尼時代，並沒有強調不吃肉，因為他靠乞食為生，所以不可能跟人乞討素食，只是很強調最好不殺生，不殺生當然就是要吃素。到了中國以後逐漸的有食肉斷大悲種子的論調出現，認為吃肉就沒有辦法成就佛身，或者沒有辦法變成菩薩，所以開始改吃素食，這從叢林制度建立後更加確定下來。

佛教到了當代，把傳統的形態又加以扭轉。我所謂的傳統，是指在中國地區的傳統（這跟原始釋迦牟尼所創立的佛教又不一樣）。傳統佛教到了當代有很大的改變，這可以從兩方面來看：一方面愈來愈凸顯它的社會福利面，就它原來就做了的不少社會福利方面的工作，到了當代特別去強調它。這一方面可以分兩部分來談：第一部分，就是它改變以往收徒的方式。原來佛教被人家批判的還有一個原因，就是它變成了一個收容所或者養老院。因為會出家的人通常是處境比較艱難，如貧病、老邁、婚姻不幸，甚至罪犯，這些人才會想不開出家。特別是女性出家，婚姻不幸佔第一位。以前的寺院收容這些人，等於是一個收容所或者是養老院，但當代的佛教已經徹底要改變這樣的現象，所以他們要幫人家剃渡的話，一定要慎重選擇。前一陣子，南投埔里的中臺禪寺發生女尼因為出家沒有跟家人報備而家人跑去搶人的風波，當時就謠傳中臺禪寺為了擴大規模，要吸收一些中級的幹部，而高級知識分子（大概有大學學歷，包括在大學就讀這些

人）正是它所歡迎的。吸收一些知識分子作中級的幹部，來推廣中臺禪寺的佛教事業。各位如果有機會到佛教幾個山頭去看看，佛光山、法鼓山、靈鷲山中的出家人，你看不到老邁的，看不到生病的，男的英俊，女的俏麗。這些出家人容貌非常清秀，言談舉止跟我小時候所看到的那些出家人有太大的不同。而且這些佛教團體為了培養他們，拚命把他們送到國外去唸書，拿個碩士、博士學位回來。像嘉義的香光寺全都是女性出家人，據說女性出家人的學歷是在所有佛教團體裏頭最高的，博士最多，那些博士都從國外拿的，因為我們國內沒有這樣的博士，我們沒有所謂的宗教博士。這些佛教團體為了推展社會福利工作，而少不了知識分子。有一次我在佛光山參加一個宗教文化的國際性學術會議，由星雲法師開場，在場的有日本人、美國人，大概還有法國人吧。星雲不會講外語，旁邊有同步翻譯，你講一句旁邊就翻一句，可以翻英文、可以翻日文。當時我感到很訝異：我們的佛教界已經這麼進步。他們吸收信徒的方式和過去有太大的改變，這個主要是為了因應他們正在拓展的社會福利工作。第二部分，他們要找一個理由來支持他們這樣做，就找到了人間佛教。人間佛教在早期是由大陸太虛和尚提出來的。傳到臺灣後，現在在新竹福嚴精舍的印順法師加以發揚光大。而星雲法師和聖嚴法師都是印順法師的徒弟，所以把老師所提出的人間佛教抬出來支持他們現在所從事的那些社會福利工作。人間佛教相對的就是天上佛教，就是死的佛教，因為原始佛教講的最後的解脫就是人死的時候，人死的時候就完全的解脫了，沒有任何的痛苦煩惱。我們現在常看到佛陀的側臥像，那個就是他死的時候那個樣子，所以人死的時候沒有任何的痛苦煩惱，就是佛教講的終極的解脫（就是涅槃的境界）。後來大家把它改了，如果等到死才解脫，自己所

修何來？要成佛，就要在人間成佛。而他們推行社會福利工作，認為這是弘法利生，一方面可以達到弘法的目的，另一方面可以讓接受恩惠的人得到解脫法門而自己能夠獲得解脫。所以這等於是兩面性。他們所作的社會福利工作，並不是像一般的宗教附帶做的，不是！他們是把社會福利工作當作他們的使命。也就是說，他們的解脫是要在現實生活中解脫，他們認為自己能夠解脫了，所以要幫助別人解脫，而從事社會福利工作等於是幫助大眾解脫（因為他們講究六渡，講究所謂的四無量心。六渡就是布施、持戒、忍辱、精進、禪定、般若，四無量心就是慈、悲、喜、捨。這慈濟功德會的證嚴法師常掛在嘴邊，好像她只強調這個，前面的六渡在別的佛教團體裏頭就比較看重）。走人間佛教的路線，實際表現在外面的有很多方式，比如說弘法的時候以信徒取向，它根據各個階層、各個團體的信徒的需要來為他們辦一些活動，包括佛學營，包括佛七、禪七，甚至短期出家（你想要過過出家的癮，你可以剃個頭、穿著袈裟去體驗一下出家人的滋味）等等，就辦得非常多，而這些都是看信徒需要什麼東西，它就因應他們去辦。現在佛教在國內，甚至國外，設了很多的道場，那些佛教中人忙碌得超過一般人。我們看到佛教徒常常坐飛機，手持大哥大，有時候還自己開名貴的轎車。星雲還好一點，星雲怕樹大超風，很少坐飛機，他可能也想坐高級的轎車（他不是買不起，他有的是錢），但他都坐廂型車，大概九人坐的那種，到處跑。還有一個特殊的現象，就是運用現代傳播技術或傳播管道來傳播佛法，也就是利用出版圖書、辦雜誌，利用電視、廣播、電子網路、多媒體來傳播佛法。前一陣子看報紙，佛光山現在要自己成立一個衛星電視臺，以前他們利用民間的第四臺去包個節目來傳播佛法，現在要自己設立

一個衛星電視臺。因為佛光山道場遍布世界五大洲，所以設立一個衛星電視臺後可以改變傳法的方式，就不會像星雲那樣五大洲到處跑。至於另一方面，它表現在外面做這麼多的社會福利工作，內部整個運作也要作很大的調整。據我的考察它顯現在四個層面：第一是佛教徒開始要有所謂的上、下班時間，就是除了自己修行以外，他還要挪出一部分時間來應付外界。因為他要辦佛學營、要辦法會、要辦一些佛學會考，還要辦很多跟佛教有關的活動，甚至要搶辦一些國內各大報所辦的文學獎，也要來辦個佛教的文學獎，所以佛教徒很忙碌，每天電話不斷。既然他有一部分時間要上班，那麼跟我們一般人就沒有什麼兩樣。第二是他們為了因應整個外在局勢的改變，內部的組織也開始有重大的調整，比如說它要把企業界的管理方式引進來，以強化內部的組織。第三是樹立教團本身的威信，這是他們為了在現實生活中能夠存在，而且能夠發展所積極要去從事的一件很重要的工作。那麼怎樣才能樹立自己的威信？就是不斷要去從事一些慈善、文化、教育、醫療、觀光等工作。第四是擴大它的事業範圍，這個可以以佛光山為例。佛光山在國內國外所設的道場將近有八十個，而它所屬的事業單位也很多，包括好幾個基金會，基金會底下至少有一個附屬單位，如現在所成立的南華管理學院，就得先成立一個基金會，有了基金後才能支持這個學校繼續辦下去。

四、落入俗化迷思的佛教社會福利事業

佛教做了那麼多社會福利事業，有一個比較嚴重的問題，就是落入了俗化的迷思。它要世俗化，做了那麼多的社會福利工

作，但它比較少去想這樣的做法有什麼問題存在。問題非常多！我準備提出五點讓大家來想想是不是有道理：

第一，佛教在當代的表現特別強調所謂的濟世，所謂的弘法利生，它覺得本教已經夠壯大了，自己生存沒有什麼困難，也覺得自己可以自我解脫了，所以要來渡眾，做了很多的社會福利工作，夾帶著佛法的傳播。它認為這就達到了濟世的目的。但我們要知道，社會福利工作涉及到一個整體性的規畫，我們有政府的存在，這些社會福利工作本來就應該由政府來規畫執行，現在佛教界搶著做，政府就袖手旁觀，這樣會有什麼後果？我們納的稅沒有減少，我們養的一批官僚卻事情少做了。這些事情誰做了？佛教界的人在做。那佛教的資源又來自哪裏？來自社會，這就變成資源雙重的浪費。我們是不是應該對佛教所從事的社會福利工作打個問號？一個政府單位本來就是要管全體大眾的事情，而這些社會福利工作跟羣體大眾有關的，政府應該積極去做，佛教界也得一起敦促政府積極做這些社會福利工作，而不是自己獨立來承擔。我們自古以來就有很好的社會制度構想，像早期的大同社會，現在也有人提出民主自由均富的社會，這都涉及到全體百姓，而裏頭分項要做的事情很多，歷來大家也都賦予一個大有為的政府來擔負，也就是要有一個大有為的政府帶領所有的民眾一起來建立這樣的大同社會，或者建設這樣的民主自由均富的社會，它不是由某一個團體或某一個宗教獨立承擔。

第二，佛教界本身沒辦法生財，所以它做事全都要靠募款，這募款也有問題。首先，募款得來財富跟佛教是相牴觸的，你不能說要大家看輕財富，然後自己又拚命去募款，叫人家把財富拿出來，讓你來用，而你用的時候，一部分用在自己生活上，一部分用在別人身上，很顯然募款這件事跟原始教義是衝突的。其

次，捐款給佛教界的人都有目的，他希望能夠從中求得平安，好像說捐錢給佛教界就會受到佛祖保佑一般。錢捐的愈多，他的目的就愈大。所以他可能在甲地捐錢給佛教，在乙地拚命賺錢，不然他怎麼可能有多餘的錢來捐給佛教？佛教原來是要叫人家看輕財富的，而現在利用這種募款的方式叫人家拿錢出來，讓它去從事社會福利工作，卻沒有想到在這背後隱藏兩種矛盾現象：一個是它自己所作的跟它原始教義相違背；另一個是世俗中人捐錢給佛教後，他會在別的地方拚命賺錢，形成一個惡性的循環。這樣我們對於佛教所從事的社會福利工作是不是該重新來評估？

第三，佛教界所作的社會福利工作靠募款，而我們知道：拿人家的手短，吃人家的嘴軟。募款大宗一定是這些資本家、一些企業主，一般的民眾都小額捐款，對它來講起不了什麼作用，要捐就要一次幾十萬、幾百萬。那麼你拿了這些企業主或資本家的錢後，你就沒有辦法去譴責他們。因為這些企業主、資本家才是今天污染環境、破壞生態的元兇。這幾年，像慈濟功德會，還有法鼓山，也在積極提倡所謂的環保，做的工作都是一些垃圾分類、種樹、不要亂砍伐樹木，可是今天環境所以會這麼差，究竟是什麼原因造成的？工廠排放廢水，排放毒氣、廢氣，排放重金屬，這些才是造成我們整個環境受到污染的主要根源。還有他們所需要的資源也要從別的地方得到，所以說這等於是惡性循環：取地球的資源來污染地球。但佛教界的人沒有辦法去譴責這些企業主，沒有辦法譴責這些資本家，因為它大額的捐款都來自於這些人。這也是他們靠募款來從事社會福利工作的一個滿嚴重的問題。

第四，一個佛教徒為了做這麼多的社會福利工作，所以他們也要調整生活作息，加入所謂上班的行列。我舉一個例子。有一

個人要到佛光山拍一個紀錄片，這個要拍紀錄片的人要求很多。第一個要求，他要到神桌上去拍攝，法師不敢答應他，因為從來沒有人跑到神桌上拍攝，所以去請示星雲（他那時還沒退休，星雲是六十歲才交棒）。星雲說沒問題，他就上去拍了。第二個要求，他希望拍一個有五百個出家師父作早課的畫面。當時佛光山只有一百個出家師父，而且是晚上，作早課要明天才能拍。星雲也說沒問題，可以把中、南部的那些出家師父找來。讓他們很驚訝的是，隔天早上四點鐘就有五百個自家師父坐在那個大禮堂裏頭。你想想看一個佛教徒每天忙於做這些工作，然後被人家驅遣來驅遣去，他那有時間好好修行？沒有時間好好修行，他配合著社會福利工作去叫人家修行怎麼可能？所以佛教從事社會福利工作是不是有問題？

第五，現在這些佛教團體所以還能夠維持下去，靠的就是幾個大師級的出家師父在領導。有人說，像星雲他不是六十歲就交棒了？可是我們要知道，今天大家還相信佛光山，是因為星雲還在，誰知道星雲百年後，不會樹倒猢猻散？其他的佛教團體根本沒有接棒人這樣的設計不是更嚴重？所以等到這幾個大師百年後，他們所從事的社會福利工作是不是也就要崩潰掉、瓦解掉？或者是沒有辦法持續下去？這個問題也沒有在當今的佛教界裏頭受到重視。

五、重新重視佛教解脫的法門

那麼從以上幾點來看，佛教徒走所謂人間佛教的路線、走所謂世俗化的路線，很顯然是一種迷思，因為它不知道背後所能支持他們這樣做的理由是什麼？問題在哪裏？以及有沒有遠景可

以期待？我們看不出來遠景在哪裏。所以仔細去分析，的確是問題重重。那麼我們作為一個關心佛教或者關心人類前途的人，是不是可以替佛教出點主意？幫它想想有沒有那種可以脫困的辦法？這也許是要重新重視佛教所講解脫的法門，極力去恢復它原有的神秘性或玄奇性。佛教對社會人心真的是有幫助的，但它是要走原來的那種具有神秘性或玄奇性那條路，才有可能用來對治現在愈來愈沒有遠景可期待的現代化。因為現代化在我前面的分析中已經顯示對人類構成非常大的威脅，所以現在很多人要反現代化、逆現代化而行。佛教界沒有那個理由順現代化而行，在它回返到具有神秘性或玄奇性這條路上去後，它才有本錢站在當前的社會中理直氣壯的宣揚它的佛法；不然的話，它會構成自我的矛盾。它沒辦法去解除這種矛盾，也就無從理直氣壯的站在現代社會中弘揚它的佛法。佛教逆現代化而行後，也才可能對世界有些貢獻，因為它最少消耗資源，可以挽回人類繼續沉淪這樣的命運（至少說讓人類在地球上生存可以長久一點）。這恐怕要靠佛教，其他宗教就比較困難一點。

（1997.4.7講於臺東社教館）

歷史文本的建構與解構

林正珍：歡迎來我的住處，雖然大部分的人都已經很熟悉，還是有些人是第一次見面，先彼此介紹一下。陳界華因家中有急事，不能與會，陳老師負責導讀的部分，由於大家資料都已看過，可一起融入這次的主題討論中。林秀玲教授剛由哈佛大學訪問回來，關切的問題與研讀會的主題四「超文本與典律研究」相關，希望有機會能為我們導讀，或介紹國際學界有關的研究訊息。

周慶華：這篇文章前後大約構思三年，初稿最近才完成。主要是探討「歷史文本」如何形成，以及隱含了哪些問題；在這裏「建構與解構」這樣標題的使用，就是在說明歷史文本的特性，並以《史記》和《漢書》作為討論對象與驗證的例子。

我個人認為，歷史寫作內容是與過去有關，而完成於當下，二者之間是如何可能的。關於此議題的討論時有爭議。本篇文章主要是從當代歷史觀的轉變談起，以二十世紀作為分界；二十世紀以前暫稱為「傳統史學」，此後則暫以「新史學」定名。二者的差異在於：前者著重於政治史，書寫對象多為社會菁英；後者著重於整體史，擴大到社會各領域，不再侷限於社會菁英。

這種改變多少強化史家的反思能力，且反映於兩個層面上：一是歷史不再是透明且有固定意義的觀念；另

一則是歷史不再是過去的事件，而是一個「被敘述」的，就是新歷史主義者所說的「歷史的文本性」，是以文本形式出現的人為建構物。當然，這是我個人的見解，同時也是進一步思考的重點。

既然歷史是被建構的，那麼它也可任由讀者解讀。這種情況，仍是在「知識／權力」架構下所成立。也就是說，歷史知識的形成，背後是有權力欲求存在，並由意識形態使權力欲求得以實現。這種歷史觀念在當代的轉變，促使我們進一步對歷史進行反省。

意識形態先作一通泛的界定，可視為一套思想觀念。它體現在歷史上則形成一歷史觀，體現在世界的觀察上則構成世界觀。就這點來說，西方源遠流長的歷史寫作，都無法自外於意識形態，也就是都有特定的歷史觀、世界觀運作其中。古希臘的歷史觀、基督教的歷史觀或近代機械的歷史觀都是。因此，歷史寫作信守著某一歷史觀、世界觀，其作品便是遵循著這一脈絡、或回應著此觀念成型的。歷史文本與意識形態間的關連，不只是新史學出現後，才使我們發現這現象的存在。事實上，自古以來所有的歷史寫作都存在這種關連。

從歷史文本的建構因無法擺脫意識形態的影響來說，過去的事件，基本上是無法達到「再現」的——假定這事件是存在的。於是僅自歷史文本的建構與意識形態的關連上來看，過去的事件是不可能再現的；過去的事件經由書寫而成文本，是存在於過去，與文本相對應的過去的事件是不同的。事件的真相則成為不可知，可知的是存於歷史的文本中。換句話說，無法得知事件的

源頭，也無法藉著書寫而確定其真確的位置。

據此來說，歷史文本建構的可能的方式，就是透過何種方法建構而成。

依我個人所見：如果意識形態的介入，而使得歷史寫作的初始就呈現「鬆動」的對象，因此值得我們再深入思考歷史寫作的書寫形態為何，以及書寫者可以採取何種策略，去改變在意識形態影響下的書寫方式的可能性。

本文將書寫形態簡略分為：事實式的書寫形態、意識性的書寫形態和神話式的書寫形態。一般來說，倘若在論述的過程中，明白的呈現出規範式的論點，就可稱為意識形態式的書寫方式；倘若是觸及某種理想性的觀點，則稱為神話式的書寫。至於事實式的書寫，表面上給人一種客觀的陳述，不加入主觀的意識或價值觀；其實它也無法擺脫意識形態。因為事實式的書寫形態與已明白陳述出某些規範性的書寫形態，受意識形態的影響，只是程度上的差異而已。

接著，我要指陳的是：如果一個人可以改變歷史的敘述，究竟會有哪些因素存在？或者說具有哪些變數，可以使歷史敘述改變。我認為有社會的、心理的因素。前者所指的是書寫者迫於權勢、或跟輿論妥協之類；後者則可能是基於義憤或為謀利等等。現在就以《史記》和《漢書》兩部史書為例。

就《史記》來說，所以要朝向它特定的寫作方向作為敘述，有很大的人不得善終而壞人不斷的現象，提出一種內在的感動後，訴諸於《史記》的文本中。相對來說，《漢書》則無此情況，作者班固乃是承詔撰寫，個

人的立場無法凸顯，它背後有一權勢的壓迫機制存在。這兩部書的寫作動機完全不同，進而影響整個歷史寫作的訴求，或是著述的旨趣。

以《史記》來說，司馬遷自陳的旨趣為「究天人之際，通古今之變，成一家之言」。「成一家之言」，顯示撰史並非當道授意。「究天人之際」，我個人理解為強調「天命」的部分，意在慨嘆自古以來政權的嬗遞、人事的更迭興廢，人力的渺小不足以改變其背後強大的主導力──天命。整部書所以貫穿著天命的觀念，跟他的動機是有密切關係的。例如楚漢之爭中，劉邦常處於下風，最後卻能取得政權，明顯地是天命所主導；雖然人力的因素不可少，卻是十分渺小。司馬遷的動機與旨趣是相連貫的，他在多篇文章中都暗示了這樣的跡象：得權者並非自身擁有能耐，而是天命早已決定。因此，在司馬遷眼裏，當權者的僥倖成分大，不必過於歡喜；至於那些失敗者，則給予多一分的同情。

《漢書》的寫作則異於《史記》，它是一部為帝王張目的史書。從頭至尾讀完，可強烈的感覺到（無論是當時的、或是後代的讀者）作者不斷地被暗示成為一位「順民」。司馬遷和班固，所賦予歷史是可變動的觀念方面，僅是內涵上的不同而已；《史記》所賦予的是天命，《漢書》所帶入的則是人力。

歷史文本建構的基本模式就是如此。但歷史文本完成後，還隱含著「自我解構」的命運，並且顯現在三個方面：首先，歷史文本只是一種「策略運作」下的產物，本身無法自居為「絕對真理」，這也是我跟校內一

些史學界的同仁時常爭論的地方。其次,歷史文本內部因有意無意致使的斷裂、缺口或矛盾,造成自我解構的存在。例如司馬遷強調天命的主導力,在〈孔子世家〉中將孔子描寫為「下學而上達(天命)」的豁達的人,但在臨終前卻給人看不開、對世上的事物仍是十分執著,這種前後矛盾的現象正是一歷史文本的自我解構。《漢書》也有類似的情況,〈項羽傳〉中極力敘寫天命獨厚劉邦,卻咎責項羽不學人事。

最後,在面對一種可能更有效的觀點或敘事方式,也得自我解構而宣告退出與人競爭的行列。當作者發現自己書寫的內容、事件與他人相同,對照之下,自身的作品較為粗糙、不如他人,於是宣布退出,就成為一自我解構的現象。歷史文本的自我解構,不外呈現在這三個方面,因此我稱它為:歷史文本不確定的解構傾向。是否有可能將歷史文本固定下來,我個人認為是不太可能。

因此,如何重新看待歷史文本,我的想法有兩點:首先,歷史寫作無妨是一「系譜學式」的,意即不是為了重建過去,而是為現在寫作;根據現在的需求從事歷史寫作。在此基礎上,對於相同事件的書寫,個人必須各憑本事,讓這些相異的歷史文本間形成相互地「對諍」,出現「眾聲喧嘩」的場面。藉由這項工作的進行,以導出更為優質的論述,獲得更多人的認同。或許可依此展望未來的歷史寫作。

其次,以往史學家爭論歷史事件的真假,現在轉而爭辯歷史文本的真假。依我個人所見,這兩個問題都不是目前我們必須關注的重點。因為歷史文本的組構方

式，我們並無法加以確定；存在歷史上的文本，究竟是
以再現的方式呈現，或是以「重組」的方式呈現，或是
以「增補」、「新創」的方式呈現，我們無法去考證。
於是在無法進一步宣稱歷史文本的真假的時候，不妨
改以欣賞它組構的美學向度，甚至進而提煉基進的敘
事方式，以提升歷史寫作的藝術水準。以此方式——歷
史的「美學化」或「文學化」——跳脫出歷史事件、文
本真假的爭論，提升歷史寫作的境界。

意見交流：

林秀玲：事實上，《史記》主要的重點，在於將天命與人事之間
　　　　作一分際。當對世事的態度上，倘若已盡人事仍無法完
　　　　成或解釋時，才會以天命的角度觀察，其重點則是分辨
　　　　二者間關連的程度。

周慶華：不能否認，這可能是司馬遷的目的。只是他的書寫並不
　　　　一致。

劉瑞寬：司馬遷的寫作態度是一致的。當他為項羽立傳時，他陳
　　　　述了項羽在人事上的一切努力，最後卻無法得天下，就
　　　　是在說明人事和天命間的關連。

周慶華：項羽傳必須分成兩個部分來看。在前段中，項羽的表現
　　　　仍十分精采，此後則每況愈下。這是否可完全歸咎於項
　　　　羽本身，我並不如此認為，畢竟有太多事是項羽無法得
　　　　知，也無法掌控的。

林秀玲：或者說是司馬遷比較無法接受劉邦得天下這一事實。

周慶華：可能。因為在司馬遷看來，劉邦僥倖的成分居多。

林秀玲：換個角度來看，也就是不談歷史敘述。其實，在司馬遷看來項羽是沒有機會得天下，而且他對漢高祖仍是給予相當高的歷史評價。當然，在他評比項羽、劉邦兩人的品行時，他感慨為何是劉邦而非項羽得天下。但司馬遷並沒有將個人的感受放進書寫，他仍舊肯定漢高祖的成就。就這點來說，司馬遷是相當了不起的。

周慶華：大約在1982年左右，我在一篇文章中的看法是：項羽在許多方面都不如劉邦。但十多年後來思考這個問題，我的觀念產生很大的轉折，最大的因素是接觸、研究宗教後所改變的。目前這篇文章，就是要探討天命的影響力。

林秀玲：有關於你在23頁中提及的歷史文本真假的問題，究竟所指為何？跟歷史事件的真假的不同為何？二者之間的區別在文章中，似乎界定的並不明顯，或者說你所指的「假」內容為何？

周慶華：一般人所指的假，大都是指偽作、偽書，但至少都將它視為文本來看待。但文本跟它所相對應的事件的真假究竟是如何，則無法得知。就如同一位新聞記者，對於他所報導的事件，他如何能宣稱他的報導是真的。因為他的報導仍是一個文本，是用了了解那事件的工具，而且還存在著跟此事件相關的其他文本。

林秀玲：你所指的是：誰是作者？《史記》也有所謂「亡篇」的問題，就是原有一些散佚的篇章，但日後又全補齊，因此有人推測可能不是司馬遷所作，而是後人補上的。你談的是這一類的問題嗎？

周慶華：倘若專談作者，那是另一層級的問題。

林秀玲：你在頁23用另一詞形容：虛構，意思是說作者沒有忠於

事件的真相來記載嗎？

周慶華：對，這是我的原意。

林秀玲：虛構一詞有幾個特質，例如像小說創作中憑空造出這樣
的內涵。而你所指的假，並未解釋清楚，是否正是指陳
這樣的意思。

周慶華：這跟虛構應該沒有關係，因為虛構一詞在文學界的用法
是較通泛的。

林正珍：我想，他（指報告人周慶華）的意思應是指：文學的虛構
是有意去創造的，但文章中的虛構則指無法碰觸到真實。

周慶華：應該可以說是仿製的意思。

林正珍：但歷史文本的建構應該不是指仿製，應是一種相對應的
情況。另外，我提出另一個問題，是一極左或極右的看
法：在很長的時間內，史學是跟科學放在一起討論的；
在極右的方面則是將史學和文學擺在一起。倘若是文、
史不分，會使歷史學成為是一種有關於敘述過去的一種
文學體裁、形式，歷史這個學科將會消逝。就長遠的史
觀的變化來說，就是史學和科學至史學和文學的關係的
變化，史學必須思考這樣的問題。倘若是放在後現代史
學中，則可分成幾個層次。例如放在文化形式上來討
論，或是史觀上，或是理性、權力關係上的討論，也有
從文本建構、相對性進行討論。後現代史學的批判性是
很強，然而卻無法達到的一個目標，也是人性當中的一
個特質真實到底是什麼？這種困難，即使以你所謂的文
學化的方法，恐怕也無法處理。

其次，相對性的問題，在西方的討論是從哲學上的
懷疑論發展而出：透過理性的認識而獲得真理，並從中

導出相對性的討論；就是從相對性的問題導出對認識論、價值觀的懷疑。倘若是一般人的書寫有其社會性、時代性，或是如你所說的意識形態、或因現況的需要而建構，仍舊是無法超越時空的限制。能突破這種限制，我們則稱為經典。因此，必須說有一絕對，才有一相對；有善才有惡。如果說所有的東西都崩解掉，那麼所有的溝通和對談都是無意義、不可能的。在中國的思想範疇內，相對性並不會導向虛無的一面，是一種開放的狀態而未預設任何立場，任何人都可以進入討論。

《史記》所以成為經典，正是至目前為止，仍是許多人討論的對象。例如一位作家的文學內容倘若是相當地方性的，大眾只是將它視為奇風異俗；倘若要達到國際性，必然是擁有許多的共相，能夠打動共通的人心。

意即在殊相中仍是存在著共相，否則仍是本土的、地方的。

周慶華：或許這正是你、我之間的差異。歷史是否有獨立性，我個人認為它本身並沒有這樣的能力去達成。

林正珍：你（周慶華）所指的是歷史或是史學？

周慶華：當然，二者可以交換著使用。歷史一定是敘述的形式；史學則是後設的，可以是作為評論、或是作為反省用。歷史本身並不能自我發問，自身是否擁有獨立性，這是形塑歷史的人的能力；你說它有獨立性，它便擁有，反過來也是。

因此，歷史還是有別於非歷史的事物，也就是會促使我們去追問真實的這個層面。我們如何去定位真實，或許可以放在文學理論的範疇去討論、處理。當然，歷

　　史裏的真實是存在的，沒有必要去追究。而我的問題
　　是：人為何要去追問那個真實？我認為主要的關鍵仍是
　　權力欲求，倘若是沒有這個動力，人何以要去追問真
　　實。最後，所有的東西都會被解構，只有權力欲求不
　　會，因此各領域仍可維持各自的現狀。是人的權力欲求
　　促使的，但也非常鬆動。各領域置身其中的人，並沒有
　　發現這種問題的存在。

林秀玲：所以你剛才所說的「只有權力欲求不會被解構」這樣一
　　　　件事，是否也是事實的？

丘為君：他這是依據傅柯的觀點而衍生出的。

林秀玲：他是否有設定一個前提？

周慶華：有，我將自己的文章擺在傅柯的架構下來進行，並且擴
　　　　大他的效應。

林正珍：但傅柯也言明這是一種策略，而不是一種前提，權力到
　　　　最後也是等待被消解的對象。權力並沒有被他視為唯一
　　　　的真理。

周慶華：這是有自覺的行為：知道自己的作品都是權力欲求下的
　　　　產物，因此不能將自己的作品絕對化。

丘為君：但傅柯的觀點也是可以受到質疑的，並不是可以全盤
　　　　接受。

林秀玲：我並不贊同所有的現狀都是因權力欲求而獲得維持。

丘為君：傅柯的觀念並不是在此讓我們膜拜。他的許多作品、理
　　　　論是來自於直接經驗的研究，是從他的博士論文開始慢
　　　　慢推演出的，並且也設定某些前提。

　　　　　另外，整個法國的思想界，從盧梭開始，便設定前
　　　　提下開展，我們現在看到的是他們長期以來的成果。比

方說，自盧梭以來，法國的思想界一直在攻擊道德，或者追問道德的標準何在？表面上，他們似乎在挑戰道德，但在背後卻有一定的事物正在討論、展開：道德究竟是壓制人的本質，或者是這個壓制去除是否就可以還原人的本質。我們只是拿他們的成果、理論來運用，甚至將它教條化。

林正珍：所以就你（周慶華）的意思來說，傅柯強調權力欲求時只是為了凸顯背後所要討論的事物：人的本質是否受道德的壓制而無法顯現，然後再去思考道德本身。

周慶華：他現在所說的，應該跟權力欲求沒有關係。

丘為君：傅柯是用來解釋現象，是種手段。

林正珍：傅柯他是用來解構道德的標準，破壞道德和權力的關係，使人得以恢復他的本質。你的意思在我聽來似乎是如此。

黃　駿：倘若認為傅柯純粹只是從對道德的批判，或是進行反思，這樣的說法仍是有很多的問題。以道德作為一種根基，而形成的一社會理論或政治理論，在馬克思的時代就已經作了許多批判，而自由主義又帶有唯心論色彩的論述，更是後期馬克思主義者批判的焦點。傅柯其實所反對的不僅是以道德作為張本的論述，他也反對以反道德為張本的論述；他所反對的、批判的是當人進行表達、認知世界時，就會有權力的產生。剛才，在座的先進也提到尼采的觀點。

　　在我粗淺的看法，我是將尼采與叔本華放在對抗上，而且必須放在當時與生物學界對抗的意識上來看待：人與生物之間的區別，尼采就此展開他的論述。經由傅柯的演繹則賦予另一風貌，並不是一般認為在政治

鬥爭上的權力，是人求生存，如同達爾文時代所講的物競天擇這樣的內容。在這種求生存的過程中，難免會壓迫別人。此壓迫他人，是以論述的方式來開展，使他人無以反駁、或使他人順從自己，而獲得正當性。換句話說，傅柯對權力的觀點，某種意義上他仍是延續現象學的講法：藉由表達的過程中，將其背後的世界觀建構完成。也就是由表達所建構而得以成立的、延伸出背後的世界觀、價值體系、表意的符號系統。這是現象學式的討論。但傅柯進一步說，背後的這些事物也有很大的問題，因此他提出來進行更進一步的解構。

因此，慶華兄所提及的歷史言說，或是其他的論述是一種權力欲求，其實就是人為求生存，人必須將自身安置在這世界上，感到安定不會感到懷疑，將自己與他人安頓在秩序內，或某種環節上，於是他可以從容不迫地去安排生活上的計畫，完成日常生活的實踐。他不會莫名的恐慌，只是實質的擔心，將它對象化而放置在某個空間內。傅柯認為任何人生活在現代的、文明的世界，都必須以這樣的方式存在。因此，任何論述作為權力欲求的表達，對傅柯而言都是不可避免的。

另外，就慶華兄的文章，我想提出一些意見。你在頁2「新史學」部分提到年鑑學派後期的代表人物Goff，就此來說，新史學很重要的意涵之一，就是年鑑學派的史學方法。但你使用整體史一詞，則可能引發爭議。整體史的意涵為何？整體意味著什麼？其實，年鑑學派無論是早期的布勞代爾、布洛克或是晚期的Goff，都或多或少受到社會學的影響，特別是法國傳統、涂爾

幹的影響。因此，對年鑑學派而言，整體史在某種意義上是結構——功能為導向的論述。換句話說，他們所討論的是各個社會、政治制度同時性、歷時性的對照，或互相呼應的關係。此後，慶華兄的筆調相當快速，接連引用Collingwood、Droysen、Toynbee而後現代史學，如果這是史學史的論述，是否可以將其間的發展說的更仔細。而你引文中提到「凝現的方向改變，觀點改變，新的解讀便隨著出現」，是否只有如同你所說的解構主義的意涵；倘若是從現象學的角度解釋這句話也是行得通：每個人的世界觀不同，因此建構的世界也不同。可是現象學的某些看法跟解構主義卻是站在對立面的。如果這可跟前面討論的真假、虛構作連結，或是直接討論現象學式和解構主義式的歷史觀上有何不同，且在歷史學上又有何開展性。

　　在頁3，慶華兄對歷史意識的解釋——歷史意識促成新的歷史事件，它本身也成為新的歷史事件；而新的歷史事件，反過來也引進新的歷史意識——難免會給人一種黑格爾式的看法。但值得進一步討論的是：歷史意識究竟是何時產生的？難道人關注過去，就可以稱為歷史意識嗎？

丘為君：你在文章中提到二十世紀初的新史學，大致上在史學界所指陳的是美國史學的範圍，而年鑑學派是在1926年開始，至1940年代達到成熟、高峰的時刻，似乎你將二者混為一談。而且前面的導論似乎可以省去，直接導入問題、對《史記》、《漢書》的討論。因為你所要討論的焦點變得模糊，反而產生更多的麻煩、困難。

周慶華：這是我的寫作風格和史學界最大的差異所在。基本上，你們的質疑都是可以成立的，而我的回應是：文中的引

文並不是我轉述這些作者的史觀，或對歷史的感想、反
省。是我個人在反省、研究這些論點。因此，在我文章
的脈絡裏，將這些論點視為我的前提推出後的論點，前
後邏輯的關連應該是沒有問題的。不能單就我的前提來
質疑，必須考慮到文章的整體。

丘為君：我的意思是：你整篇文章的重點應該是在對《史記》、
《漢書》的討論上，而後再進行你所謂文本的建構與解
構。而且你的文章具有原創性的是你對兩本歷史著作的
比較，前面所談的只會模糊焦點。不如將這些擺在後
文，以證明你的觀點是正確的。

黃　　駿：將書寫的順序掉換過來，也是一種策略。

周慶華：這項建議是可以考慮的。

丘為君：而且你目前的編排，也有很大的問題。你花費太多篇幅
在重述他人的論點，使得你討論《史記》、《漢書》的
範圍、內容變得相對減少，無法舉證更多的事例，顯得論
述不夠精確。很多地方你都只是點到為止，學術領域是相
當競爭的，倘若是無法說服別人，是很容易遭到淘汰。

周慶華：當然，各位說的都沒錯。但這篇文章的重點在於理論的
建構，因此本身必須面對來自各方面的質疑。在還沒有
同類型的建構、理論出現前，基本上這篇文章仍有它的
相對主觀性、或是作為一個案例。對兩部史書作更細微
的討論，是必須花費更多的心力，然而卻是我目前無法
達到的，我能處理的就是如同眼前的文章。

林秀玲：你文章的重點放在歷史文本的建構與解構，兩部史書作
為例證。但你的文章並不只討論文本的問題，還牽涉到
作者的部分，而我的疑問是：你並未涉及閱讀的問題。

你所謂的解構產生於何時？是否跟閱讀有關？你又如何
看待閱讀？

周慶華：閱讀的部分我並不處理，只單就文本產生後，它內在所
隱含的自我解構，並討論可能發生的幾種情況。

林秀玲：但我認為你文中談到的大部分是屬於閱讀的問題。因
此，你必須再去凸顯這個問題。

周慶華：我的用意在於凸顯文本的自我解構這一點上，在於提醒
書寫者培養出更高的自覺，不要再將自身的文本普遍
化、絕對化。

林秀玲：但也可以這樣說：歷史寫作所面臨最大的挑戰，就是來
自於讀者的閱讀活動，而且歷史的寫作也是來自於對資料
的閱讀。從詮釋學的角度來說，文本在進入閱讀前，它是
保持沉默的，閱讀的開始才是意義的產生和傳達。或許也
可用此方式談解構的問題，可能並非你的初衷，但你文
章談及的現象卻跟閱讀有關，何不納入其中一併討論。

周慶華：你的說法是非常有意義的。然而，我主要的用意有二：
第一，身為一個歷史學者、寫作者為何要等待讀者對你
的挑戰，而不先自我挑戰？另外，歷史寫作者同時也可
身兼讀者，由自己的另一角度來看待自身的歷史寫作。
　　此外，剛才提到傅柯，我想加以補充。傅柯談到性
開放和性保守的主張，都是受到權力壓制下的產物，但
他沒有考慮到自身的發言，也是權力欲求下所發出的質
疑。我自身反省的結論是：無論性開放、性保守或傅柯
的觀點都是合法的，三者之間必須的是對諍，而不是對
話；對話所帶來的只是各說各話、自圓其說罷了。當
然，這並不能擺脫權力欲求的支配，但經由對諍卻可將

書寫中瑕疵、矛盾加以去除。就像剛才各位對我文章的看法，就是形成對諍，其他人可由自己決定接受何者，參與討論的則不能強迫他人接受。當然，我文章內矛盾的地方確實不少，如同各位所見所提，但我所側重的理論、邏輯，基本上還是站得住腳。

丘為君：我想大家的目的並不在於跟你競爭，而是提出意見跟你分享，並使文章的價值性更高。而且你文章最大的兩個問題，在於論述太多你所不熟悉的領域而忽略自己的長處。例如你在頁23中提到傅柯的系譜學，倘若僅是順帶的也就無所謂，但你是運用這理論，就必須加以說明。系譜學式並不是考古學式的內涵，二者的差異為何？傅柯的用意絕不止於你文中所提，他是為了填補歷史的裂縫；而且也不止於這些。這樣的寫作是會傷害你文章的價值。

黃　駿：我想，在慶華兄回應前，我必須先行告退。因為今晚在臺北還有個約，不能繼續參與各位的討論。

林正珍：原本希望你可以再多談現象學的部分。

黃　駿：我想，慶華兄應可以代勞。

林秀玲：後續倘若是要繼續討論，是否可在網站上進行？

林正珍：可以。所有的會談紀錄都會放在網上，可以隨時加進討論。

黃　駿：各位，對不起，我先告辭。

眾　口：下次可由你（黃駿）來談現象學、結構或解構主義。

周慶華：如果前提錯誤，那麼導出的結論也是錯誤的。

丘為君：我的意思是：你的文章或許可以作得更嚴謹，可以說服人。如果你談歷史文本的建構與解構，而我是一個歷史學者，你卻無法說服我，要說服其他人可能更困難。

周慶華：你的質疑可能僅限於前提的部分，但有關建構與解構的
　　　　傾向，是我很重要的結論。

丘為君：但先前林正珍老師提到有關歷史與史學的部分，你仍舊
　　　　沒有正面的回應，這是兩個完全不同的範疇。歷史是一
　　　　經驗性存在的事物。

周慶華：我們現在所談的是史學，討論的對象是歷史。而我處理
　　　　的不是史學，也不是歷史，是談歷史文本構設的內容，
　　　　或是歷史敘述的問題。

林正珍：兩位同學是否有問題？可以提出來大家討論。

林秀玲：剛才丘老師已經提過文章結構的問題，而你說前面引用
　　　　的理論跟後面文本的分析有關。但在你討論兩部史書
　　　　時，並未看見這些理論的使用，這中間的聯繫是什麼？

周慶華：我是將這些理論視為通篇的前提。

林秀玲：如果這些理論是很有價值的，是可以放在分析進行中。

林正珍：你可以將觀念和實際放在一起。

林秀玲：那你又如何說服他人，司馬遷的《史記》正如你所分
　　　　析，因為我們也可提出反駁。

丘為君：這是很重要的一點。

周慶華：我已說過：所有的質疑都是合法的。

丘為君：這不是合法與否的問題。基礎不穩固，後面的討論都是
　　　　無效的。

周慶華：對基礎的懷疑也是合法的。在我的論述內，我是非常注
　　　　重邏輯的結構。別人對我產生質疑，我是不能干涉的。
　　　　你們的意見是非常寶貴的，對我非常有幫助。

張素卿：羅蘭・巴特在談到流行服飾時，曾用衣服紙版作比喻：
　　　　同一紙版作出的衣服經由不同的著衣者、或時尚雜誌的

拍攝，便有不同的效果、解讀，紙版便失去作為媒介的
功能、意義。他由此延伸認為：所有的書寫完成時，作
者便消逝。因此，真實性並不是他要考量的問題，意義
的呈現才是重心。

丘為君：這不只是巴特的問題，是整個後現代討論的問題，而且
　　　　跟現代工業、科技發展的進程是同步的。

周慶華：那我必須追問人為何製作紙版？可能是為大量製造、謀
　　　　取利益。而且我還要追問，為何在同一社羣裏，人們可
　　　　以接受同一款式的衣服？社會機制的問題，是我這幾年
　　　　在處理文學或宗教課題時，所關注的重點，並發展出不
　　　　同於一般的論述，跳出對真實性的追求，其實還是有很
　　　　多值得關注的事物，那不是我的重心所在。

張素卿：但你文中提到「再現」這樣很大的議題，卻沒有進一步
　　　　的討論。

丘為君：整個新歷史主義就是關注這個文本再現的問題，是不能
　　　　用幾句就帶過的。

周慶華：我所指的「再現」，是別人的文章完成後，我照抄，可
　　　　能跟你所談的概念是不同的，只是借用這一名詞。

張素卿：那你應去尋找其他的用詞，例如複製，而非「再現」。

丘為君：你文章的第二個問題是：究竟是經驗研究，還是理論研
　　　　究，二者之間似乎混淆了。你必須彰顯其中之一。

林秀鈴：你提出局部性差異、斷裂這樣的議題是可以好好發揮的。

周慶華：這是篇短文，為了行文的順暢因而省略一些東西，倘若
　　　　是一本專書，我當然會解釋清楚。

林崇予：你想要討論文本，而將相異的論點放在同一處，使你的
　　　　文本充滿矛盾，這樣的論述是有很容易引發問題的。

周慶華：這代表我們的思路還沒有交集。沒有誰對誰錯，只是立
　　　　足點不同。

林崇予：如同剛才提及的紙版，流行的意義並不是來自於紙版，
　　　　而是透過設計師的設計和廣告的推波助瀾才產生。你所
　　　　談的是紙版的功能性，跟流行的形式並不同，而意義是
　　　　來自於流行的形式及變化。

周慶華：服飾的變化也就是紙版的變化。

林正珍：羅蘭‧巴特用來說明流行服飾的這個概念，似乎是借用
　　　　亞里斯多德「四因說」所作的變化，如此則可討論的問
　　　　題點將會更多。

周世欣：在頁17有個問題想請教周老師。你提到文本的自我解構
　　　　的因素、不確定性，並且你說不能與人爭勝，因而自動
　　　　退出。你的意思是認為文本便失去它的價值嗎？

周慶華：如同大家質疑我的文章，倘若我也自覺文章很差勁，就
　　　　不會再跟各位爭辯。反過來，我必須為我的文章辯護。

周世欣：但你的結論卻沒有任何標準、價值。你似乎在文章開始
　　　　時充滿信心、贊成各種發聲，想要提出某種價值，但在
　　　　頁21卻是以疑問作為結語，邏輯上就是一個矛盾。

周慶華：這個質疑很好，真的指出我文章深層處的斷裂。

周世欣：你的建議是退出與人爭勝的行列？

周慶華：當然，你可以重整後重新出發。

（2000.4.6講於林正珍教授主持「文本分析研讀會」，林崇予紀錄）

佛光學與佛光山的文化事業

佛光山是一個很特別的教團，給人的感覺非常和樂、溫馨；所有的佛光人都很親切、和善，而且還有笑容。只有一個人不笑，那就是星雲大師。可是星雲大師卻很會講笑話；每次聽他講笑話，我們笑得都快岔了氣，他還是「老神在在」，一副若無其事的樣子。所以我在想：是不是當大師的人，高興的時候，也要強忍住笑，才當得了大師？這個問題，請各位幫忙想一想。如果可能的話，也請各位幫忙打聽一下：大師講笑話給人聽後，晚上睡覺前，會不會自己一個人偷偷的笑？我以這樣的玩笑開場，是在說明佛光山這個教團給我的一種特殊的感覺。

一、一個非佛光人的佛光學觀

今年度，我個人因緣際會參與了「佛光山人間佛教事業」研究小組。這個小組，由龔鵬程校長策畫、領隊，有五個成員。五個成員各有自己的研究範圍（也就是內部是有分工的），分別負責研究佛光山的組織管理、教育事業、文化事業、社會工作和國際拓展。其中研究組織管理、教育事業、文化事業、社會工作這四個人，這兩天都會到場；而研究國際拓展那一位，現在人在美國，繼續在奮鬥研究國際拓展部分，所以就沒有辦法回來。

剛才開幕的時候，我聽到陳副總會長和慧寬法師提及佛光學並希望有人來為它定位。這是很多人所期盼的，我也在期盼。

但我有一點不同的想法：今天可以給佛光學定位的，大概只有星雲大師一人；可是像他這樣具有創意頭腦的佛教界的大師，也不確定什麼時會迸出好的新的點子，而繼續往前走。所以佛光學還在發展，也期待有更好的發展；任何的定位，都只是我們的一種「期待」而已，事實上是很難做得到的。於是各位可能會發覺，這兩天當中，我們這些成員（包含另外一組專門研究大師思想的成員）所談論的佛光學，多多少少都會有一點差異；那麼這種差異顯示了什麼？顯示了佛光學的確是不容易定位的。為什麼不容易定位？因為我們的佛光學太豐富了。因為它豐富，所以每一個人在看的時候，都沒有辦法看得全面。再說每一個人都會帶著他的經驗、知識、甚至心情來看佛光學，難免會選擇他有把握或有興趣的那一部分來觀察，以至觀看的結果就各有不同。也因為我們的佛光學有這樣的潛能、有它的極度的豐富性，所以才足以讓不同的人站在不同的角度看，而看出不同的結果。同樣的，底下我要提出的報告，也是這樣「自我定位」的。

在研究佛光學（特別是大家耳熟能詳的人間佛教事業這一部分）的過程中，我也很費斟酌要怎麼切入，才能談出一個脈絡來，而讓別人可以了解在我的脈絡裏，我是怎麼樣在看待佛光學的。大體上，我採取兩個途徑：一個是透過我們既有的出版品以及實際的觀察和訪談，試著來掌握整個教團的運作狀況。我會比較重視教團內部的聯繫以及跟外界的互動情形。因為出版品是平面的，並且能夠敘述的也有限，而內部的聯繫以及跟外界的互動卻隨時處在「變動」之中（也隨時在進行修正和自我提升之中），以至沒有辦法透過平面的資料就能如實的加以掌握，還必須搭配實際的觀察和訪談。另一個是把它放在歷史的脈絡裏，來

看待它的表現。因為佛光山從開山到現在，已經三十幾年了，這三十幾年中做了這麼多事情，發展得這麼快速，把整個弘法的工作向世界五大洲去推展，這裏頭一定有古今中外相關的教團所不及的地方。如果單單看佛光學本身在我們內部的運作情況或牽涉一點點跟外界互動的話，大概還不足以在研究完後給它一個合理性比較高的評價（雖然它也是暫定的）。我自己是以這樣的方式來進行這項研究的；而在研究的過程中，承星雲大師、心定和尚、許多法師和佛光會會員以及在佛光山工作的朋友的盛情招待、提供資訊和接受訪談，才能順利的作研究，也才有今天這場初步的研究成果報告的提出。

二、從人間佛教到佛光學

以我個人的了解，整個佛光學的理論基礎或核心觀念是在「人間佛教」。這個人間佛教，並不是星雲大師第一個提出的；在二〇年代，太虛大師已經開始提倡了。但那個時候只叫做「人生佛教」；「人間佛教」的稱呼是到四〇年代才出現的。不過，從人生佛教到人間佛教，整個意涵並沒有太大的改變。後來太虛大師的徒弟印順法師，接著提倡。但他們師徒二人的理念不同，所以也造成了後人在延續或發揚或研究上的歧異。

太虛大師的人生佛教，是強調我們要從佛教後期由原來的人菩薩的修行轉移到天菩薩的修行（崇尚離開塵世而到另一個世界的福報）一路再導引回來（就在現在感受或獲得福報）；先有人菩薩的修行，然後再慢慢的繼續有天菩薩的修行。但印順法師卻覺得這仍不脫離後期佛教的發展，也就是把佛教導向神秘化境地的窠臼。所以他希望能夠回到原始佛教只重視現世的修行，也

就是強調人菩薩行。現在學界研究最多的，就是太虛大師和印順法師這兩系。而星雲大師比較後出，他所接續的是太虛大師的人生佛教這個脈絡；但又跟人生佛教的主張有點不同。他是把太虛大師那種透過修人菩薩而後再進一步修天菩薩的進路全部消融在現世裏，也就是以出世的精神來做入世的事業。這樣我們就可以不管離開塵世後的那個世界是怎麼樣的。只要能夠這樣，我們在現世已經功德圓滿了，到另一個世界去也應該所受的「待遇」不差。如果我們一直把注意力擺在另一個世界，而荒廢了現世我們所可以做的種種事情，那就會造成人生的虛度。這跟印順法師所強調的現實界的人菩薩的修行，基本上沒有太大的出入；只是他那一部分對一般人來說比較不容易意會。因為那完全是要靠自己非常堅強的意志力以及精深的佛學修養，才能夠在現實中「挺得住」；而大多數人還是期望現世的種種成就能夠延續到另一個世界去。我們星雲大師，這一點就做得特別好；他只強調大家都容易明白、也容易做到的「以出世的精神來做入世的事業」，所以有這麼多人追隨大師的腳步在實踐人間佛教的理念。這樣的理念，才有它的現實的基礎；也就是能夠讓人接受，容易行得通，也能夠看出績效。

這樣的人間佛教的理念落實在現實界，以我的了解，不外要做好三件事：第一，要健全佛教的體制；第二，要完善僧伽的教育；第三，要廣設渡眾的佛化事業。這三項工作是一體的；也就是說，你做一件，其他兩件也要跟著做。其中健全佛教的體制，是為了使教團本身能夠凝固、壯實；不然自己都「鬆垮垮」的，怎麼去弘法，怎麼去推動各項佛化事業。而要弘法，要推動各項佛化事業，勢必得有人才；這種人才不可能仰賴外界來培養，所以僧伽教育也就顯得特別重要。因為制度健全了，教團能夠凝

固、壯實，所需要的人才也能夠由自己來培養，自然而然所有的
弘法以及各項佛化事業的推動，也就沒有什麼困難了。一般人對
佛光山的印象，只是它「做了很多事情」，而不知道整個過程是
多麼的辛苦！如果要問所有出家眾的養成以及出家眾到各個道場
擔負繁重的工作，這些是怎麼辦得到的？答案就是上述三件工
作是同時做的。而這才是徹徹底底的落實人間佛教的理念。這一
項本來是佛教界所期待的，但只有佛光山做得特別好（佛光山所
以發展得比其他教團快，原因也就在這裏）。外界如果沒有看到
這一點，很可能就會產生許多不必要的誤解。至於內部能夠了解
到這一點，也會比較容易知道將來怎麼自我調適而往前走得更穩
健。而所謂的佛光學，也就內涵在這裏面。

三、佛光學中的文化事業圖繪

我自己負責的部分，是有關佛光山的文化事業。佛光山的文
化事業，是整個佛光學的一環；而這一環，顯得特別重要，或者
說顯得特別成就凸出。我所以這樣說，是有原因的。原因就在我
參透出了文化事業在佛光山是把它作為弘法的媒介以及培植興教
人才的基礎和倡導人間佛教的背景說明，此外它也是佛光山由內
塑精神到外化行動而能獨顯殊異的現世體證所在。一般人看佛光
山做了那麼多的文化事業，總不了解當中的情況，以為佛光山財
大氣粗，別人做不到的佛光山都做了；他們不知道這種工作做來
多麼辛苦，而且多麼有意義！大師講過一句話，讓我深為感動！
他說：慈善事業是一時的慈悲、熱鬧的慈悲，只能救人一時之
急；而文化事業是永恆的慈悲、寂寞的慈悲，佛法藉著它才能長
久的傳承下去。而跟佛法有緣的人，也才能夠透過所做的這些文

化事業而深深的沾染到法益。外人只看到佛光山做了很多事，而沒有機會接觸教團，自然無法了解這一點。也就是說，外人看不透佛光山的文化事業是整個人間佛教的理念在現實界落實最能彰顯出它的特徵的地方。

人間佛教的理念在現實界落實，不外要強調它的生活化、現世化和現代化，而文化事業正好可以把這樣的精神傳揚出去。所謂文化事業，包含的範圍很廣，如一場法會的開示、一項佛化婚禮的舉行、一個佛誕節慶典的舉辦等等，都是文化事業的範圍（也就是這裏頭有很多具有恆久價值的東西內蘊著，也可以把它發揚開來）。在我的觀察（或在我的理解）當中，我們佛光山整體的文化事業，有它的一些重點的考量或特定的方向：首要的是藏經的編纂。依我的了解，原來預計要編到十六類，而現在已經完成四類，總共出版了一百四十三冊，非常可觀。而這種編纂的工作，也是先前的人所做不到的，它包括重新標點、校勘和註解等等。而搭配著藏經，還有《佛光大辭典》的編纂和《佛教史年表》的編纂。這是一個很龐大的工程，也是一個考慮周詳的工作。這做來特別辛苦！我想星雲大師和佛光山的法師在策畫和推動這項工作的過程中，所得投入的人力、物力和財力一定非常可觀。但這種工作不做的話，那還有什麼更重要的工作可以做？也因為有這種工作先做了，所以才有許多周邊的工作要搭配著做。於是我們會發現，除了藏經的編纂以外，還有佛教典籍的現代化製作。這種製作，不只像藏經編纂那樣重新標點、校勘和註解而已，它還把佛教經典白話化和通俗化。因為對佛法有需求的人遍布各個階層或各個年齡層，總不能只選定某個階層來弘法，而是希望這種法益人人能共沾的，所以這是非常了不起的。依我的了解，到目前為止，佛光山的出版品，不論是一般書籍或是有聲

書（如早期的唱片、後來的錄音帶或錄影帶、現在的CD、VCD
等），已經超過一千種。這是怎麼辦得到的？短短三十幾年的時
間，就出版了這麼多書！今天光臺灣內部再有規模的出版社，也
不容易達到這樣的出版量。而我披閱相關資料，也了解到這些出
版品沒有「回收」的可能性（也就是投資大而獲利小）。但因為
這是永恆的慈悲、寂寞的慈悲，所以佛光山教團願意做。別人不
願意做，也沒有能力做；而佛光山願意做，也有能力做，當然就
由我們承擔下來了。再來，還有其他周邊的工作在做，如雜誌的
創辦、報紙的創辦以及佛學叢書的企畫出版等。其中佛學叢書所
針對的是學術界或教育界。因為一般人對佛教的陌生，是缺少
「機緣」的緣故；這個機緣，不是說跟教團的人接觸，一下子就
有感應。它好像水龍頭，水流細長或慢滴（而不像瀑布那樣有一
大堆水，讓人感受到「強烈的震撼」）。而佛學的企畫出版，在
這一點上就特別有意義。也就是說，原來由我們教團現有的人
力要來負擔佛教典籍的「再生」工作，他必須先接受良好的僧伽
教育，要有很好的佛學素養。這些是自己內在醞釀出來的「產
品」；然後在辦僧伽教育的過程中，也會跟外界合作，而吸取新
的經驗。因為不只我們內部的人在研究佛學，外界也有很多人在
研究佛學，有這樣的互動，才能使佛學研究工作的面伸展開來。
也因為這種合作的機會多了，所以我們會更希望它能夠長期的舉
辦下去。大家有目共睹，這十多年來，佛光山以及佛光山所屬大
學頻繁舉辦佛學或跟宗教有關的學術研討會，逐步在開展出一個
對佛光山的長久發展具有正面意義的面向；也就是有更多學術界
的人或有更多有佛學素養的人參與了整個佛學的研究工作，也參
與了佛光山整體佛化事業的推動的研究。這一點，以我的觀察，
光有計畫的跟外界合作而出版的佛學書籍，就越來越多（當然，

它也包含定期或不定期所舉辦的佛學研討會論文集）。而我也知道，我們的《覺世》月刊、《普門》雜誌正在轉型，要另外出版一份比較屬於學術性質的《普門學報》季刊。這又是一個新的階段的開始。而這份季刊要能夠辦得下去（一年出四期），可以想見得有外界的人來共襄盛舉，才不致面臨稿源中斷的窘境。這項還在發展當中，可以預期在佛光山既有的基礎上，未來我們一定能走得很穩健。

此外，大家還會發現，我們佛光山為了使人間佛教能夠落實、能夠跟得上時代的腳步、能夠滿足現世人的需求，還開發了很多新的傳播媒體，包括以前的廣播電臺、後來的衛星電視臺以及現在的全球資訊網（佛光山資訊中心）。以上這些都是佛光山的文化事業工作的重點或發展的主要方向。另外，還有一項佛光山的佛教藝術，我覺得應該有專人來好好的研究。由於我個人對藝術很外行，無法多談；但一年來走訪了幾個地方（包括總本山），發覺這是我們教團的一大特色：有非常壯觀並各具風格的寺院建築羣和非常豐富並多稀世奇珍的佛教文物的收藏以及正在發展中的梵音樂舞。最近幾年，偶爾看到研究佛教藝術的人，在他們的著作中只略為提到一點佛光山的建築或音樂，而還缺乏整體性的觀照。這些藝術品的存在，不啻是一座寶庫，可以吸引我們不斷地去探索它到底是透過什麼方式來蘊涵佛法；而這得由有專長的人或有毅力、有企圖心的人來好好的作研究。如果可能的話，下次碰到大師，我會跟他建議；在座有佛光山幾個單位的主管，說不定也可以在宗務委員會開會的時候提議一下，看看有沒有人來作這項研究。我個人比較遺憾，研究文化事業，應該涵蓋這些，但能力有限，無法在所撰《佛光山的文化事業》專書裏暢談這一部分。

四、檢證路上的眾多發現

那麼這樣一個人間佛教理念的貫徹下所開展出來的文化事業，我要把它放在整個脈絡裏去暫時的定位它，總要先了解教團內部的運作以及跟外界的互動情況，這就涉及一個實地考察的問題。當中我專程來過總本山一次，也到過幾個重要的文化事業單位，還隨研究小組去了澳洲、南非、馬來西亞一些道場（研究小組還順道到泰國參訪，我因為有事先行返國，所以就沒有跟去了）。經過這樣的多方的參訪，我總要把我所觀察到的，跟我所體會到的或所了解的佛光山的人間佛教的理念作一個印證。我的感覺是這樣的：第一，所有的佛光人（不論是出家眾還是在家眾）對人間佛教的理念認同度非常高。在澳洲那一次，跟一個協會的張副會長聊天，談到他本人是從韓國經日本，最後才到澳洲。他覺得他一生有很長的時間都在漂泊，所以到了澳洲後，開始想要落地生根，而我們佛光山去了。我問他為什麼要參加佛光會，他沒有正面回應，只說：華人在海外就像一粒沙，被風吹到那裏就落到那裏；如果不想再被風吹走，就必須凝結成泥塊。這句話講得太好了。誰能夠把海外華人凝結成泥塊，能夠在那邊生根發展？沒有任何一個利益團體辦得到，我們佛光山辦到了。這是外人所不容易了解的：他們只會覺得佛光山到處設道場，好像在開連鎖店一樣；那裏知道這都是各地的信徒有需求，星雲大師和法師們在一番評估後，認為自己有能力、也可以得到當地信眾的護持，才選擇某個地點去設道場。而這個道場的存在，就可以凝聚當地的華人，使大家的生活過得更好、更有尊嚴。這一點，也是我在沒有機會接觸佛光山這個教

團前所無法想像的。我在學校有開宗教的課程，每當我們這些學生，年紀輕輕的，看到傳播媒體片面的報導，而在討論到佛教的時候，總會對現在的教團（包含佛光山）的運作有些微詞，這時我就必須把事實講給他們聽。他們聽後，才開始了解到自己的觀察有限，不能那麼快的下論斷。先前，我個人難免也會有類似的偏見，現在接觸越多講話也就越謹慎，不然我對自己都無法交代。

第二，所有的佛光人都能盡出餘力為個己的安身立命和羣體的共存共榮而奮鬥。這一點，我舉個例子：大家都知道南非有個好望角，那個地方環境很幽美，早期還有商船經過，應該也很繁榮；但現在已經沒落了，也有點淒涼，而且風很大。風大到什麼程度？我們柯雅玲師姑，她的個子雖然瘦小，但也不至於到那個樣子：據她說，有一次她辦完事要穿過馬路去搭車，偏偏走不過去，她想用跑的應該可以吧；但跑了老半天，還是在原地。有一個大塊頭黑人看不過去，走過來抓著她的領子，像老鷹抓小雞那樣的把她帶過去。風大到那種程度！我們想在那種地方還有什麼我們佛光人可以賣力的？有。因為有人會把車子開到海裏去溺斃，需要我們佛光人幫忙善後。所以我們佛光人忙得不得了；光柯雅玲師姑一人，就這樣整個南非到處跑，其他人也可以想見。而這顯示了什麼？這顯示佛光人認同佛光山所提倡人間佛教的理念而無怨無悔的奉獻他的心力。

第三，充分展現了人性化的熱忱、友善、進取和才幹。所謂「人間化」，就是表現在這些地方。我所接觸到的法師，給我的感覺是個個都是強人的姿態：口才好、反應快、辦事能力強、辦事效率高。我參加了幾次學術研討會，看到法師們忙進忙出，沒有滴過一粒汗，而且還從容不迫。換作一般人，一忙就慌張，一

定是「汗大粒流，細粒滴」。我們的法師們有修行，總是能夠很順遂的、很有效率的把事情辦好。今年五月初，來佛光山參訪，山上為研究小組的成員安排了一場和心定和尚的訪談。我們從晚上七點談到將近十點；慧堃法師最後趕到，很訝異的說：「你們談這麼久啊！」當然呀，誰叫心定和尚口才那麼好，全程幾乎都是他一個人在講呢！

五、再許一個佛光人的新的世紀

佛光山在我的接觸過程中，給我的感覺是這樣，所以我在想我們佛光山應該會有一個更好的未來。而到目前為止，依我的觀察，我們佛光山既有的成就，具有多項的意義和價值：第一，佛光山有著全方位發展佛化事業的企圖和努力，這在人類文化史上特別具有里程碑的意義。也就是古今中外沒有一個獨立的教團，能夠像佛光山這樣全方位的在發展佛化事業，這對人類文化的促進作用，一定會受到肯定的。第二，佛光山高效率的教團經營，佛光人遍布海內外，以及蒸蒸日上的佛化事業，這對於現在很多教團擔心信徒的流失，還有社會的某些層面充斥著暴戾之氣、政壇上所存在爭權奪利的現象以及經濟風險的不斷發生等等來說，頗有可以被引為借鏡的地方。也就是說，我們佛光山的信徒越來越多，內部的協調性很好，信眾彼此的相處很融洽，而且能善用錢財經營佛化事業，難道這沒有一點可以給當今的宗教學、社會學、政治學和經濟學等等在建構時參考的價值？絕對有。第三，佛光山國際弘法的列車早已啟動，深受國際人士的歡迎和肯定，這一定能展現出在國內所無緣展現的另一種優異的成就，也勢必會給人類的長遠發展帶來正面的影響。

　　當然，面對一個詭譎不定的未來，我們也得有心理準備；也就是我們是不是能夠儲備足夠的能力來回應。比如說資源短缺、環境惡化、生態危機、核武恐怖等等，究竟要如何解決？這是人類共同要面對的問題，我們佛光山自然也無法逃避。我相信我們佛光人一定有這樣的能耐：在既有的基礎上，繼續調整步伐，貢獻所能，當一盞明燈，為人類社會的永續經營指引方向。我甚至希望，未來不只是「佛光普照三千界，法水長流五大洲」，如果真有外星人的話，那些外星人也能夠同沾法益，深受感化。

（2000.6.8講於佛光山）

附記：我個人參與佛光山人間佛教事業研究小組，所負責撰寫的《佛光山的文化事業》一書，已經完稿。這次講演，並無意全以「摘錄書中要點」的方式呈現，難免穿插一些輕鬆的話題，還望並世大德海涵。當天講演後，有位佛光會的朋友告訴我講綱「一個非佛光人的佛光學觀」中的「非佛光人」不妨改稱，因為星雲大師說過「只要跟佛光山有緣的人，都是佛光人」。我聽後甚為感動！現在所以還維持原樣，並不是有意辜負他的好意，而是深怕自己對佛光山的了解有限，浮濫冒充佛光人，並大談佛光學的種種，心終難安。以至只有「退而求其次」的這麼辦了。

卷三

小札

隨想

▲忘掉你想記得的，記得你想忘掉的，生活如果過得還不煩悶，把自己打扮一下，走出門，看見頭上的陽光正燦爛。

▲這個社會，一半光明，一半黑暗；兩邊都要有人，不然無法相互襯托。

▲我無法對別人說我會「愛你」多久，別人也毋須對我許下同樣的承諾，因為「你可能變得比我還快」。

▲不必因為社會黑暗而放過可以自我亮光的機會。

▲詩是美麗的謊言。

▲他人多被人間遊戲（迎合、媚俗、甚至強顏歡笑等都是），我則意在遊戲人間（力求自主）。

▲如果你跟人家搞小圈圈，那麼很快就會變成一尾困在養魚池裏的魚，大海從此離你遠去。

▲我們總是把最濃烈的情感給了無緣的情人，最後來跟自己廝守的人，所得到的僅是稀釋過的那一部分。

▲克服恐懼的唯一辦法，就是繼續恐懼。

▲鄙薄他人，未必要對世界失去熱情；凸顯自己，也得常現光風霽月。

▲一個常不滿意自己的人，也很容易對他人殘忍。

▲女人只可短暫相處，不能長久廝守。因為短暫相處，美感可以持續到永恆；而長久廝守，則可以持續到永恆的美感會提早幻滅。

▲悲劇使人偉大。

▲婚姻是給平凡人最大的懲罰。

▲不敢抗俗是英才的末路。

▲人生就是一大悲情，要懂得享受悲情，才不會被悲情所遺棄。

▲詩人是用言語按摩我們心靈的人。

▲從《美麗人生》影片中可得到的啟示：人生缺憾中有圓滿，圓滿中有缺憾；而對圓滿的追求，就是人生的希望所在。

▲婚姻像一潭水，在外面的人想跳進去，在裏面的人想爬出來。潭水不變，變的是跳進爬出的姿態各有不同罷了。

▲人年幼時像猴子，蹦蹦跳跳；年老時像猩猩，肉垂皮皺，這也算是一種進化？

▲講究穿著、打扮的人，常數落同赴宴會穿著隨便的人不懂「禮儀」，污染了他們的眼睛。其實，那些人哪懂得什麼是禮儀，他們衣著光鮮亮麗，如果不是在炫耀自己有錢，就是在掩飾內心的空虛。反觀有內涵的人，又何必往外表去窮扮飾？

▲越來越不喜歡「外遇」、「婚外情」、「第三者」一類的字眼。一般人只會把男女的情愛置入道德的框架，而不在意它的美感價值，實在是一大悲哀。

▲男人婚後，做綺夢，對象很少是自己的太太。可見男人平日想別的女人甚過自己的妻子；但礙於種種因素，不便表白，只好在夢中「一償宿願」。上天這種給人獲得「替代性滿足」的安排也真神奇，否則不知有多少人會悶出病來！

▲不會打牌，人生就少了一項樂趣；但如沉迷於打牌，人生就只有一項樂趣。

▲有人很不屑別人堅持不提師承，哪裏知道一個人學問的好壞有很多因緣造成，豈是任何一位師長所能保證的？因此，強提師承究竟有何用意？是為了沾光？還是藉機羞辱師門？我這輩子，大概很難讓人強迫做這件事！

▲「真實」的認定是相對的。如有人說：「我正握著方向盤在開車，這是真的。」未必。就上帝來說，祂會認為是人受制於祂，才能開車。「然而，『有人正握著方向盤在開車』這確實是真的嘍！」也未必。就車子來說，它會認為是它在操控或引導人開車。「但不論如何，人握著方向盤是永遠假不了的！」依然未必。就微生物（如細菌）來說，人的手和方向盤之間仍有空隙存在。依此類推下去，沒有人有能耐宣稱有所謂的絕對真實的存在。

▲高個子的人很少笑，因為別人看不見；矮個子的人則不便笑，因為別人會說他是「戇囝仔」。

▲說故事的人是白痴，聽故事的人也是白痴。好比老太婆嚼飯餵孫兒，一方不知嚼飯餵人有欠衛生；一方不知所嚼飯有欠衛生而如數接受。說故事的人從甲地聽來故事而到乙地複誦；聽故事的人，不察該故事已經別人嚼過，還一邊接受一邊報以掌聲，真是呆得可以！

▲越來越不願意看到題為「學思自述」或「求學歷程」一類文章。作者多半佔著跟報刊雜誌編輯有交情的便利，所寫文章才能發表，卻要在內文中說些師恩浩蕩而實際是要表示自己還能尊師重道的話。這類寫了只是為了達到自我標榜目的的文章，還有什麼看頭！不然，對於為數甚多他所不喜歡或對他沒有幫助的師長，又要怎麼「安置」？這些人難道對他們沒有半點影響嗎？

▲年歲漸增，厭倦事也漸多。稍作估計，以底下二事為最：一厭濫施同情；一厭記人名。人多有自尊，知獨立，除非十分必要，否則施予同情，只會徒增對方心理負擔。而世人日多，過眼無數，記了後者，忘了前者，每每暗生慚惶，也是一苦！

▲偶有瘋客或流浪漢出現在眼前，饑則到處揀拾食物，睏則隨便倒臥街頭，天災人禍似乎跟他們扯不上關係；而有些人正當英年或事業顛峰，卻無緣無故逆觸而死，彼此命值這般不同，豈是一聲浩嘆所能了結！

▲我痛恨考試，更痛恨監考。監考的無聊，百倍於考試。且以一例為證：當年在文大讀中文所博士班時，因領獎學金而被指派期末考監考。在一節九十分鐘的考試中，不及一半時間，考生都走光了，只剩一名男生在窮耗。跟我一道監考的那位女職員，曾對他使了十數次白眼，對方仍故作鎮定狀，繼續點逗文字，而我倆卻「度秒如日」的陪他站下去。好不容易聽到鐘聲，收回他的卷子一看，一大片空白，登時兩人差點氣炸！不知國人什麼時候才能發明好玩一點的遊戲，考試、監考都會使人發狂。

▲「共產黨」，多具有「平等」意識的玩意兒，可是大家都怕它，甚至避之唯恐不及，為什麼？原來共產黨並不是真的好「共產」的，它只喜歡教別人把所有的東西拿出來充公，並接受它的宰制；而大家所以忌諱它，無非是擔心被收編後將失去一切（包括他既有的威望、權益和財富），不如繼續留在現有社會支取他所能支取的東西（特別是「權力」和「利益」兩

項）。倘若不是為了這個目的，大家又何必要「聞之色變」或「恨之入骨」？

▲一些反對性愛搬上銀幕、印在畫刊，甚至公然表演的人，表面上是要為社會清除污穢，實際上不過是嫉妒心作祟：眼看著別人堅挺、持久的享受做愛的歡愉，而自己卻……

▲曾跟一位在北市小學服務的學弟閒聊，談到現在師院生離校後的敬業情況，對方猛搖頭，大嘆每況愈下，並引述一位資深同仁的話為證：以外掃為例，師範生是親自帶著學生去打掃，師專生是在旁邊看著學生打掃，師院生是叫學生掃完後回來向他報告。我聽了不禁一陣暗笑，當年還在小學教書時，每逢清掃時間，如果不是體衛組人員來催促督導學生打掃，我都找地方躲避灰塵和噪音，連學生回報那一回事也免了。唯一的理由是：厭煩！面對一羣屢勸不聽的小毛頭（總愛掃自己丟的垃圾），每每徒呼奈何！

▲巫侹緯修我「思維與寫作」課後，受「刺激」跑去數三仙臺跨海橋上的階梯，我為他編了一個笑話：「巫侹緯數了十幾次，每到快要數完的時候，就被三個仙人（呂洞賓、鐵拐李、何仙姑）輪流弄亂而忘記數了幾階。到第二十次他終於數完了，因為他講一句話把仙人都嚇呆了：『再不讓我數完，我就叫你去修周慶華的思維與寫作！』」

據題抒意

▲在圖書館遇見圖書館

這看來像是一個有點糟糕的題目，卻又不然！進過圖書館的人，未必都知道圖書館是什麼地方；以至「在圖書館遇見圖書館」就帶有籲請的意味，希望大家都能看清楚圖書館的真面目。

來到圖書館，我們會發現它典藏了很多書，也在進行資訊的交流和借閱諮詢的服務。但如果僅是這樣認知，那麼我們只會想到「利用」它，而還沒有真正的「遇見」它。要遇見它，一定得從「愧對」開始。

當我們站在一排排的書架前，首先要感到慚愧：什麼時候自己才能發憤寫出一本書或更多本書來；其次要覺得慚愧：為什麼自己寧願虛度光陰也沒有動力把館藏的圖書讀完；最後要一併慚愧：面對這一「吞吐」無數愛書人靈魂的場所，自己卻無法捕捉任何一個完整的倩影。

薩豐（C.R. Zafón）《風之影》小說裏提到：「每一本書都有靈魂，這不只是作者的靈魂，也是每一個跟它生活在一起、閱讀它的人的靈魂。」只可惜我們都很少用心去察覺感受靈魂和靈魂相遇的那種驚喜和悸動，匆匆來去，徒遺嘆息在館內。

還有「一本圖書館的藏書……於是不僅僅是消費品而已，而比較像是一種投資」這一巴托斯（M. Battles）《圖書館的故事》

論著中所分辨的事項，似乎也不容易引發大家的穎悟，努力成為裏面的一個投資人，寫書讓它增值。

《明天過後》影片裏有一幕：那羣「判斷正確」躲在圖書館避氣候急凍災害的人士，當燒掉一批又一批的圖書來取暖後，獨見尼采（F. W. Nietzsche）的書和一本古騰堡時代刊印的《聖經》被館長特別的留置保護著，他認為那是人類珍貴的文化財，不是泛泛的著作和出版形式可以相比。這時候我們才見識到：寫一本或更多本獨特且有價值的書成為「鎮館之寶」，是我們最深的渴望。

大多數人進出圖書館常兩手空空，不知道為什麼而來，也不知道為什麼而去，好像圖書館只是提供他們吹冷氣和隨便看看貨色的商店，彼此幾乎都「原封不動」的在時間流裏陌生的相對。我有一首兩行的短詩，題為〈圖書館風暴〉：「寂靜中跳出一串帶血的音符／我要當飯桶──」，也許所戲謔的會剛好擲中他們那一方昏暗的心室。換句話說，他們是否正在想：讀太多書會變愚蠢；而圖書館有太多書，與其讀它們變愚蠢，不如不讀。但問題是，離開圖書館還有那個地方可以讓人變聰明？

從這點來看，「在圖書館遇見圖書館」就是一個現在進行式的感懷：除了自我期許能早一點弄明白圖書館存在的意義，還發覺不能這樣看待圖書館的人卻仍然自在的出入圖書館，也真讓人開了眼界。因此，從現在起不妨把圖書館加上括號，使它可以發揮暗示或指引的作用；而想被文化創造感召的人，都得真誠深入的跟它覿面。

▲邊地發聲

寫文章，是學文的人的本事，如果學文的人不寫文章，那又

要留給誰寫？這是我一向的信念，也是我在東大特別寄望於語教人的地方。而實際的情況是：東大語教人比我想像的還要傑出，舞文弄墨，狎風月、玩情場，現代、後現代，魔幻、基進，都難不倒他們。只是可以表演的舞臺太少，而他們也不頂熱中一些浮名濁利，以至有點要自我埋沒於今世紅塵。

　　兩年前，我們一些常有機會碰面的同事，在閒聊中一再提到系上得有些經常性的藝文活動，才能熱絡氣氛，鼓舞語教人的意志。今年洪文珍老師接掌系務，終於促成了砂城文學獎以及語文週各項活動的誕生，並交付王萬象老師和我籌辦砂城文學獎，而跟系學會合作執行。現在徵文活動已經告一段落，得獎作品也產生了。據各組評審老師表示，所收稿件雖然不多，但盡是佳構；如果不是礙於得獎名額有限，真該統統給獎。這顯示了語教人並非安於沉默，也顯示了東大人對於發聲的渴望，因為這次也有其他系所的人投稿並得獎。倘若我們的宣傳再添把勁，相信還會有更多人來共襄盛舉；我知道我們東大還有許多能文的人，這次並未寶刀出鞘。

　　綜觀所有得獎作品，童話類帶有奇幻色彩，又不失溫馨童趣；散文類景闊情真，英采儷人；新詩類意象翻湧疊奇，情繞韻長，特能驅人睡魔。後者，不舉例則無以為憑：「暗像黑狗／痴吠狂嚙自地底遍湧上來／孤獨與恐懼是堅硬帶刺的狗毛／長滿每一個部位」（陳建男〈孤獨背後極大的恐慌〉）、「思緒努力爬出充滿鹹水的洞穴／伸手撕裂大氣」（劉仁儷〈謎〉）、「我像隻悲傷的老虎／在飛揚與混亂的城市中踽踽獨行／不停的調轉倉皇的頭／隨即沉淪在汙泥的絞繞中」（徐右任〈計程車〉）、「拔除思念，一絲一絲／轟炸著我的胸膛，十萬部坦克／踐踏著我的心板，千萬隻大象／咬著我的雙眸，螞蟻一窩／大腦如炸彈

一顆,即將引爆／靈魂背叛軀殼／不知去向」(陳耿民〈最後一次見你〉),這些都取譬新穎,耐人咀嚼。

在我個人的構想中,這種文學獎還可以增加徵稿類別,在現有的文學或兒童文學的各種次類型外,新興而無從歸類的網路文學、多向文本,也不妨考慮加入。畢竟只有這種新領域,才足夠天才馳騁並帶領風潮。東大地處偏遠,本就缺乏發聲管道,想一舉成名,只好橫向跨步,先扮異類。今日在此地「慶生」,明日盼望在他處「收成」。

▲非零度寫作

當什麼都不再存在時,說這話的人所說的那句話會留下,這似乎只對文學人來說為真。向來沒有一個普通人只說一句話就會留名千古,只有文學人才能。它也許是一句詩,也許是一句小說的對白或一句戲劇的臺詞,都可以因撼動人心或撫觸閒情而跨越時空穿越你我胸臆的寂地,這是文學的魅力所在,也是崇尚絢美兼嚮往永恆的人所能找到的靈性唯一的出口。

我不知道華語人懷著多大的志趣在耕耘文學的園地,也不知道彼此的文學感興是否有了代際的差異,只從他們對文字凝澀妍麗的鍛造經營,約略就可以判斷他們已經在繁複意象的世界裏自得其樂了。這個空間的其他事物可以不必是真實存在,而文學也可以不必是憑虛的構築,它們都會在各個人的呼吸吐納間出入換角,真真的活出自己生命的重量。

與其說這幾篇作品是小說,不如說它們是詩。情節要素得空逸離了,人物性格的刻畫也被濃稠的字質掩蓋了;其他的懸疑、衝突、跌宕、歧出,甚至超現實、魔幻、後設等等,都不再是它

們所要競勝的對象。因此「聲聲喚喚，盡是溢出的溫柔（〈愛到荼蘼〉）、「時間彷彿凝結，項羽的手化作一幕幕的殘影落下」（〈西楚‧霸王〉）、「『手、腳為玫瑰花帶刺的枝』」（〈蝶血〉）這些敘述或對白，開始乘著詩的羽翼在紙頁間翻飛翱翔；而像「你突然插話，薄唇向上勾起，卻是難懂的苦澀」（〈愛到荼蘼〉）、「刀劍掉落的聲音開始了名為膽怯的奏鳴，府中的士兵漸漸跪了一地，莫敢抬頭」（〈西楚‧霸王〉）、「女子散開血液　如翅膀般嚮往著青空」（〈蝶血〉）這些半停格的語氣，也酷似詩人沉吟緩吐的姿影，在悠悠迴盪著茴香的氛氳中出場蹀躞。

這是一種閒逸新潮的書寫，得具有詩的感興的人才能欣賞。我深知文字的花朵綻放前馥郁的醞釀難得，這些篇章都有奮力站上枝頭全開的潛力；不論是追躡俠踪還是憑弔英雄或是傾向憤世，無不展現芳菲待人採擷的本事，可以為它們的美感留後挾著入夢。

▲一夕花開燦爛

第二屆砂城文學獎短篇小說類所收作品共十九件，由語教系學會先行彌封後，經評審（洪文珍主任、王萬象老師和本人）多方討論、斟酌和決議，選出前三名和佳作三名。作品集付梓在即，本人被推為「善後」者，負責撰寫單類總評一篇。

砂城文學獎首度徵稿短篇小說，字數限定在四千字到六千字之間，投稿件數雖然「不夠多」，但品質卻出乎意料的好。除了筆調嫻熟，還有巧思以及耐人尋味的故事，把一個小的不能再小的文學獎粧點得繁花亂眼。可嘆的是，獎額有限，逼迫人要去面對「遺珠之憾」！

　　大體上，敘事性文體要能夠滿足「故事性」、「寫實性」和「藝術性」等要求，才會留下口碑。所謂故事性，是指使事件或主題達到它們最高的故事效率（其他如以寫景來作性格或氣氛的映襯、增強，也是一樣的）；所謂寫實性，是指在虛構中能賦予真實感而表現在「對人性真實」、「對人生事件真實」和「對人生經驗真實」等層面上；所謂藝術性，是指以「多義」或「歧義」（特就主題來說）激起讀者的美感，此外使某種因素（如敘事觀點或敘事方式或敘事結構）「新奇化」或「陌生化」，也是同樣的作用。

　　在六篇得獎作品中，都有著離奇或曲折的故事情節，也以相當的真實感在引發讀者的共鳴。而所以會再區分它們的高下，純是藝術技巧運用的「不齊」的緣故。其中〈走樣的失落〉一文，以「現實」和「回憶」交錯呈現的方式，把一個女孩「誤入歧途」的過程寫得悲感鮮活至極，非常難得，誠可為壓卷之作！而〈♀＆♂的對話〉和〈冬季〉二文，一寫男女好事多磨而合，一寫母女受不了惡魔般的男主人長期騷擾而將他殺害，結局突變，頗能牽動人心；只因〈冬季〉未能為男主人的變態多加著墨，情節略有「空白」，所以讓它屈居第三。至於〈交會的平行線〉、〈真正的天使〉、〈熟悉又陌生〉三文，也都能展現相當的新奇化的寫作技巧，如果能再行剪裁或深化，去掉「冗長」的對話或多一點人物性格的塑造，一定能臻上品。

　　臺東大學語教系設立砂城文學獎，用意在廣開寫作風氣，讓寫作成為我們延伸生命力或增強生命力的憑藉；不然聚集一些文學人相濡以沫，也是一件挺愉快的事！兩年來，逐漸要見到了成效；而且搭配其他的語文活動，不斷在製造一波又一波的高潮，

彷彿一夕之間花開了滿地。今後聞香而來的人,但願也都能踏花歸去,東大人會陪著大家做一個又一個的好夢。

▲又有叫獸得獎了

每逢國內幾大文學獎開獎,我都會特別留意兩個現象:一個是我所認識的一些年輕朋友是否得獎了;一個是又有那個學校的教授搶佔名額了。前者是我衷心盼望的,後者則是我不由得要為他們坐立難安。

文學獎的設立,本有很多目的,當中為了推動文化發展和鼓勵文學創作應該是比較重要的兩項;一個大專院校的教授有這種使命感和興趣而願意寫稿去接受考驗,想必沒有人會說一聲「不可以」而加以阻止。但問題也就在這裏:一個已經擁有相當聲望和社會地位的教授,去跟一些還無緣出頭的年輕/年老的文學人競爭極少數的文學獎額,就不只是基於呼應上述那兩項目的,它還有想要「錦上添花」或「利上滾利」的用意;而這跟我們社會中一些大官家庭投資股市「與民爭利」的情況又有什麼區別?

如果從得獎者的角度來看,接受文學獎的洗禮是成名和獲利的「終南捷徑」,那麼我們就會發現那些還處在默默無名境地的年輕/年老的文學人遠比教授還需要獲得鼓勵。現在有教授佔去了文學獎的一些名額,試問那些落選的亟須頂戴文學桂冠的非教授級的人又「情何以堪」?還有這些教授如果在學校也常鼓勵自己的學生投搞,而如今那些學生沒機會入選但他們卻看到自己的老師獲獎了,這豈不是會更增添他們無謂「陪賽」的悲哀?因此,不管得獎教授的照片刊在報章雜誌「笑容多麼燦爛可掬」,我都會有一個直覺:又有叫獸得獎了!

除去「與新人爭名」、「與學生爭利」等不光彩的事，教授參加文學獎還有一些弔詭的現象：如主辦單位所聘請的評審可能比自己資淺、甚至是自己的學生輩，這樣即使是自己僥倖得獎了，也會讓外人感覺「勝之不武」！像幾年前輔大比較文學研究所教授劉紀蕙在中央日報文學獎得首獎的那篇文學評論，評審之一的焦桐當時正在該所就讀，這樁「公案」後人究竟要如何理解才好？雖然評審是針對彌封的文稿進行甄選，但得獎名單公布後卻有這種「奇巧」事，當老師的和當學生的兩造又要如何在課堂或其他公開場合碰面？又如有的教授連拿了幾次大獎後，食髓知味而想要繼續維持他在文學獎生態中加速「名利雙收」的優勢而不惜抄襲或冒用別人的東西，導致風氣敗壞，並且連累主辦單位（如有一年一位張姓聯合報文學獎得主被控剽竊且被追回獎牌獎金就是一個「浮出檯面」的例子），像這種給文壇染色的事件，我們又如何能夠「平心靜氣」的看待？

由此可見，教授獲得文學獎終究不是一件美事。如果他「搶」了學生的榮光，會讓學生憤慨；如果他遇到了學生輩評審，他自己會難嚥「窩囊」氣！因此，不論教授以什麼（再好的）理由來為自己辯白，他都會讓人覺得「不夠明智」而最後不得不給他一個「叫獸得獎」的謔稱！

▲我的心還在漂泊

從小我就不是一個喜歡依戀一事一物的人，每次遇到玩伴邀約遊戲，也都是我先告膩而別為變更戲局，以至那些玩伴常禁不住誘惑而一再期待我來出點子；稍長後，學人折節讀書，原以為找到了終身的歸宿了，但不料那一股野性始終存在，不僅跳來繞

去，還窮搜冥索古今中外非書本上的東西，幾乎不曾做過一個安分的讀書人。這時候，我才明白自己是這個世界的一縷遊魂，不耐拘束在一個跑不遠的軀殼中。

然而，不安於當個純粹的讀書人，那就提筆寫作吧！寫作才能成就新的玩手，繼續生生世世未完的遊興。而回顧生平，究竟是什麼時候想變換這一身分，已經不記得了；但那種因為長久受挫而難以翻身的煎熬和苦楚卻還歷歷在目：有時窩在斗室苦慮，有時混在人羣裏愁思，更有時從深夜後就困住枕邊的孤寂而黯然神傷，總沒有一刻鐘肯放過自己而任它漫無目標的遊走。一個備嘗困頓的靈魂還沒有找到出口，就先悒鬱在五丈紅塵裏渴望著呼吸。

也許就是向來這一野慣了的韌性支持著，我才沒有退縮到自築的藩籬祈求外緣的憐憫；而原先想藉寫作來改造命運的計畫，也由於有了一次又一次的顛簸經驗而更加知道怎樣去翻新求變。尤其在一些偶然的機遇下，接觸了文化這個深廣的領域以及所屬的哲學、科學、宗教等熱門學科的激盪，終於從比較單純的文學的美感中幡然躍起而懂得如何去眄衡曠觀寰宇。我的生命開始有了新的光點，也逐漸能夠擺脫命限和境限所帶來的淒涼和悲苦。

現在有機會在大學殿堂謀生，彷彿先前所遇到的榛莽已經劈開了一大半，實際上卻是依然不改「心懸四方」的舊習。雖然所出版的幾十本書都能標誌著我的一段段的心跡，但接著「想寫」或「該寫」的書卻一如來時路那樣異景排列，無從耽溺重數；以至持續的面向未來探險也就成了此刻不可迴避要思量的事。誠如美教二葉于璇於思維與寫作課中所給我的形容：「別人懷寶劍，他有筆如刀」；只不過這把刀不為砍殺別人而磨利，卻會為自己心中的荊棘刪除大亮寒光。

　　還有修我思維與寫作課的資教二的廖明癸，不知道根據什麼推算出了我的前世狀況：「周慶華可說是大俠中的大俠，為人忠義，性烈如火，愛喝酒，重情重義，至情至孝。他在最失意落寞的時候得到阿珠的愛，可是最後卻因為一個誤會而親手錯殺了她，因而抱憾終身。曾經是丐幫幫主，但因有心人用計謀以他的身世大作文章，導致丐幫上下對他眾叛親離；後又無辜牽連諸多命案，霎時成了江湖追殺對象……」。這似乎有那麼一點道理，只是沒得求證罷了。不如就挑出《佛學新視野》、《語言文化學》、《臺灣文學與「臺灣文學」》、《新時代的宗教》、《中國符號學》、《佛教與文學的系譜》、《後宗教學》、《死亡學》、《故事學》、《閱讀社會學》、《後臺灣文學》等我自認為寫得還差強人意的書，讓大家看看這到底有什麼「前因後果」。

　　如果說一顆「通識」的心靈是從能夠無止盡的自我觀照生命的起伏升跌處去涵養的話，那麼我已經艱苦經歷過一回了，將來還會是一個不怕挑戰的人。雖然每一次走出洞窟後所迎向的可能是無垠的荒漠，但生命的流轉假使沒有止息，又何必擔心時時刻刻都要去流浪兼植手？

　　　才滾過光亮的極地
　　　又要翻向黑暗的深淵
　　　不知道那一年到得了家
　　　著急的人紛紛駕著飛船先行離開
　　　還邊走邊抱怨你跑得不夠勤快
　　　往前只得再往前
　　　召喚回家的手仍然藏在看不見的地方

這是我的一首題為〈地球找家〉短詩。地球如果有知可能也會找尋它的家，正如我無法忘懷生命的原鄉；但地球的家永遠藏在看不見的地方，而我的心也註定要一輩子又一輩子的惸然漂泊。

▲詩想東海岸

前人喜歡自比天地間的過客，末了都期待能繁華落盡見真淳，找到一方的歸宿。我卻不是這樣，老覺得自己像一縷遊魂，飄來蕩去，從來沒有心許過固定的居所。正如我最近一本詩集《新福爾摩沙組詩》後記所說的「沒有處所，遷徙只是為了遷徙」；因此跟詩相遇，也就成了逗留的唯一理由。

來臺東十餘載，物換星移的腳步慢了點，有時甚至會懷疑時光是不是停在樹梢忘了顫動。最初我只用一種「超過客」的心情，以詩跟東海岸結緣：「衣著光鮮的遊客／請遺忘還有一個鳴鳥和彩蝶的故鄉／你們的家在通往塵囂的路上／這裏不需被記憶也不要被記憶／剩下我無所謂歸去也無所謂前來／就像波濤拍擊海岸的緣會／僅以一點回音守著守著還未流逝的歲月」；後來認清了自己的處境，開始連結亙古蘄向而讓詩將可以昇華的生命一起朗現：「已經來過了／陽光不會再邀請你第二次／／……還沒來的／想像可以留白／你的網絡減去這一段／島就不必傾斜／／我也有過該被放逐的身分／現在線的這一端還是那一端牽著靈魂／奔跑出一道彩虹／歲月才得到了赦免令」，從此重新感覺這裏的陽光和來時一樣的燦爛。

讚美東海岸，還用不到「鬼斧神工」這類形容詞，但它卻有足夠「天然去雕飾」的純淨和熱力在山海間交響；即使沒有極速

的衝動去擁抱，也不敢輕易的褻瀆，就看著它跟自己漂泊的心境融為一體：「我孵著一天僅剩的閒適／還要到海邊釋放」，經常像這樣會想到它已經「走」進了我的世界。

為了到石梯坪看一位姑娘孵夢，我「坐在東海岸上」，鼎東客運車一路陪我細數「小野柳的豆腐不要笑」、「都蘭的河水小心爬累了跌下來」、「只有三仙臺和石雨傘最無辜了／一個自從留不住仙人的鞋印後便換來一座拱橋的詛咒／一個還沒有嘗到愛情的滋味就在苦撐一季又一季的烈陽和冷雨」；結果不等我驚奇她「不經意雕塑的一抹活脫出塵的倩影」，就開著「灰色風行的新款」離開了。我只好收拾起「站在空曠無際的海岸」，細數「世紀初失聲的淒涼」，久久才回過神來「不能記得你往日的樣子」，因為有點「駭怕失去的訣別重演明天超重的飛翔」。往後重逢，也許詩興會「只剩一點足夠用來對吻海的藍唇」。

情慳一世這裏的情遇，風和雲卻給了我最多的補償。往往「風箏回家了」，雲還在「高高的天上煲著」；有時候，它在「色彩逃離後／換來的是一副懶怠梳洗的容顏／東幾筆淡掃西滿版氤氳／中間有一羣灰鴿飄過」，很讓我饗宴「東海岸初夏細雨涮過的黃昏」；甚至還會遇到「海天的接觸有宿醉的變化／十朵雲撐著厚厚的銀幕」，只好「讚嘆都給了忘記切換的時間」。

至於風，帶給我特別新甜的回憶：「風輕輕的搧著／雲和樹的倒影從夢裏波動起來／一片落葉掉在湖上／清脆的一聲響／盪出半艘金黃色的船」。走在海邊步道，「砂岩路面有鞋印在兌換海空洞的回聲／我還得繼續往前走／時間負載生命總是有點沉重／只剩下風清癯的呼嘯著／也許它需要一片天空／右邊是水彩／左邊是潑出去的墨／中間像一幅油畫／／沙沙的樹可以作見證／這是我上輩子連著這輩子最大的奇想」。還有雪白浪花迸

發的地方，那裏「緣起幾時會找回緣滅／我的腳步剛剛踩過太平溪的出海口／那裏駐著一羣水牛和白鷺鷥／還有滿天飛舞的泥燕」。

　　每當散步到海邊，最想留住的是冬天的景象，那時常常可以看見「一隻鷗鳥淡淡的飛過／背後托出綠島昏濛的帆影／滿溢的寒波忘了滾動」；偶爾還會訝異「才一擡頭側望／蜻蜓舞動了滿天微雕的黃昏／突然有人歡呼貼近／淺淺蹲著的蘭嶼正從腳下悄悄地向遠方延伸出場」；然後我獨享的那條灰濛的路上，「海浪分段在咆哮／獨踞著沙丘的男子／眼神裏有驚剩的痕跡／／狗兒不再跟著主人出巡／一條路疊出陰慘昏蒙的霧／／那個八十歲還在慢跑的老人／影子從風中穿過／聚斂了所有忘記吐納的沉寂／／水銀灯慢點兒亮／護欄上一對小情侶／乾坐著等不及過完這無聲的約會／／閒閒的望去／枯黃的草地縣互著歷史的盡頭／沒有人想要知道」。這時我想通了，小小的悸動必須遺忘歲月的容顏。

　　在金樽等待一條夜河的湧現，臨風鹿野高臺遙對美人山的英姿，前往利吉耽戀小黃山的巉削，隨後卻發現最愛的是金針山上那一次「花的聯想」：「一排杜鵑花一排曼陀羅花／一排桃花一排李花／一排杏花一排梅花／不是一排是一片／不是一片是一山／不是一山是一地／不是一地是一天／不是一天是一宇宙／不是一宇宙是一顆心」。

　　書寫東海岸，許多闖入我心房的小動物都成了詩的題材。像是那隻被雷聲嚇醒的狗「到底要幹麼 才能計算出／剎那間活著的長度／／哦 對了／我要像『蜀犬吠日』一樣／面向還在轟隆轟隆的地方瘋狂的叫它幾聲」，牠完成了一個「東狗吠雷」的儀式。還有那羣泥燕，聽說牠們不再遠行後，「就蛻化變成一隻貪

玩泥巴的鳥／俯衝　爬升　斜飛／用不著別人的掌聲／一樣可以驚動得滿天紛亂的奇蹟」；而我踩踏的這輛「很艱難才騎上橋頭的單車」，「意外的撞見你們泥燕族的大動員／你衝我竄我衝你竄／然後一個拔高／翻出了兩截冰凍的黃昏／一截停在遠處半枯的樹梢／一截落入他當下失禁的眼眸」，最後「單車不知道是否要繼續前進／只為著你們還在賣力演出今生最大的絕技」；而蜻蜓、白鷺鷥、水牛等趕得來的伙伴，也都參與了牠們這場專屬於冬季的舞夢。

　　宿舍這一小天地，也不時的上演一齣齣沒有經過彩排的獨幕劇。先前有一羣螞蟻，喜歡佔據我的書桌，窺伺我的食物，還常偷襲我的手腳；後來牠們搬家了，突然讓我想念起來，因為牠們「列隊通過眼前的壯觀景象／那裏面有我被禮敬的無上快感」。現在還剩一隻壁虎，始終看到「牠在偷窺／高高的牆面被顫動／緊縮成一張沉默的嘴／突來的聲音仍然夾著嘎嘎的威嚇／俯衝我的耳膜／室內剩下牠和燈光在對峙」；很懷疑「這樣的情節還要多久下片／牠對準空曠的白堊又是一記尖響／不玩遊戲了／黏膩的感覺剛剛宣布失效／我會在床上等著／繼續跟天花板裏的強敵巷戰」。真正有巷戰的感覺，是那隻蚊子：「一隻蚊子／跟我生活在一起／牠偷襲我的腿／我用巴掌驚嚇牠／睡覺時牠在我耳邊飛來繞去／我還擊牠一個破碎的夢／／現在牠又停下來飽餐了／我決定結束這段纏鬥的苦日子／舉起手對準方向拍下去／啪　正中一個腫包／蚊子悠閒的飛到天花板／留下我一塊熱辣辣的腿肉／／找出橡皮筋／這次不跟牠玩了／我要射到牠投降為止／一條二條三條四條五條／蚊子玩起跳繩來了／好像在說／你儘管射吧／你儘管憤怒的射吧」。這場只有在東海岸才有閒暇遇到的「人蚊大戰」，已經從我記憶的扉頁裏自動題記而少了硝煙味。

　　滯留臺東，不好織夢，卻適合作詩。這裏沒有車馬喧闐，也罕見閒雜人連連贈送倥傯，詩興很容易從穿過伯樂的時空中滋生。我公餘以詩痴想東海岸，東海岸也回響我濤聲、明月和隱隱的憶念。每次返北，清晨不是醒覺在它蔚藍的晴空，就是驚疑我的小床怎麼突然搬了家；這種黏著棉花糖的錯覺，恐怕會再持續下去。

附記：文中所嵌跟東海岸有關的詩句，都收在我的《七行詩》、
　　　《又有詩》、《我沒有話要說——給成人看的童詩》、
　　　《新福爾摩沙組詩》等詩集裏。

卷四

紀遊

澳洲佛教道場參訪

楔子

十幾年沒寫日記了，連散文、小說這些過去頗愛的東西，也全然不碰了。但文章並沒有少寫，只是心情不如從前那樣易動易感；這可能是理智用多了的結果，也可能是年歲增長、歷事漸多所換來的。

跨年那幾天都待在臺東，依然忙著檢閱資料、構思文章，絲毫也沒有像年輕人那樣感受到新世紀來臨的喜悅。女兒夥伴去北市政府廣場參加跨年晚會，近二點才到家。太太數度來電，只一味的埋怨、發怒；一邊擔心女兒的安危，一邊怪我躲來這裏享樂，我都無言以對。似乎人所要過的一生，就是這般的不盡如人意，又能奈何！

腳步越過一個世紀，心卻已橫渡無數個世紀。人們都在展望前景，而我反懷念起過去某些歲月的恬淡生活。也許我會繼續用現代學術的功力，為世人擘畫曾經在我心中留存的不屬於這個世代的簡樸而安詳的生涯藍圖。別人所追求的風潮，終將被新時代淘洗過濾；而我所崇尚的美好家園，勢必在一番構築後，重新成為大家渴盼的對象。

2000.1.11，星期二，天氣晴，臺東

去年11月初，龔鵬程老師來電，邀我參加佛光山人間佛教事業研究小組，撰寫一本有關佛光山文化事業的專書。向來常受龔老師照顧提攜，對於他所交辦的事，我都一口答應並設法把它辦好。但關於這件事雖然答應了，卻心裏老是橫梗著一個問題：以我多年來對佛教的各種事業所持批判態度，顯然會陷於學術良知和為人塗脂抹粉的兩難困境中，實在不知要如何動筆寫作。

就在我允諾後，龔老師安排了研究小組成員和星雲會面。那天是星期三，我調了兩節課，搭飛機趕去松山道場。星雲、龔老師和其他人都已就坐，正在閒聊中。我入席後，龔老師隨即說明這次研究小組所要撰寫的範圍，包括佛光山的教育事業、佛光山的文化事業、佛光山的慈善事業、佛光山的國際弘法和佛光山的組織管理等五部分；每一部分由一位學者負責撰寫。星雲接著作了一些補充，然後就吩咐弟子傳喚義工進膳，眾人吃了一頓美味的素食。

由於我還要趕回臺東任課，要求大家先讓我發表意見。「這次奉龔校長命參與撰寫佛光山的文化事業，我不知道大師或校長期望這本書寫成什麼樣子？」我以這樣開場。星雲沒有回應，我就繼續說出我對佛光山出版品提及文化事業這部分只停在平面描述的層次（其他部分也是），而想改添一些動態觀。它約略涉及：第一，由古今佛教文化事業的比較，佛光山所作的特異處何在；第二，佛光山各部門或各單位在從事文化傳播上的互動聯繫如何；第三，文化製品在生產過程中隱含著何種心理背景和社會背景（包括為何有那麼多人願意及有能耐投入這樣的工作，以及

社會究竟提供了什麼機會有利於這類工作的推展等）；第四，文化製品在傳播過程中究竟受制於那些內外在機制；第五，接受者的接受情況和回響又如何；第六，未來的展望是什麼（包括整體經濟力是否能繼續供應如此龐大的文化事業，以及信徒的信仰是否能隨著深化等）。我比較想表達的是最後「展望」這一部分，它也許能讓我保有一絲「自主性」，不純粹淪為歌功頌德的難堪局面。然而，星雲沒聽出我話中的意思，而龔老師在回應時，也僅針對前面幾點作闡發。至此，我依然無法釋去心中的那個鉛塊。

從那次餐敘後，龔老師又洽商為我們安排一週的澳洲參觀訪問行程，並邀請星雲和大家再聚會一次。這次約定在星期四晚上，我還是無法早到，他們已經吃完飯在聊天了。星雲讓我邊吃邊聽他敘及參訪事。隨後大家就聊起其他事，我都不怎麼感興趣。龔老師示意我不妨問一些去澳洲的事，我推拖心裏還沒有個譜而無從問起；實際上我正在為調課和出國一些甚費周章事煩心，不想勉強自己講些不合己意的話。

明天就要啟程赴澳洲，一切都還沒有準備就緒，看來這本書的撰寫有得折騰了。

2000.1.13，星期四，天氣晴，澳洲雪梨

經過了一夜的飛行，終於抵達了澳洲的雪梨。這是行程的第一站，多少有些忙亂，連在平穩的機艙內都不知何故難以闔眼；有人睡不著，在走道上踱來踱去，仍無助於入眠。同行的除了領隊龔老師，還有其他四位研究小組成員謝正一、許仟、趙介生、郭冠廷和佛光山負責書記業務的蔡孟樺。

　　南天寺的住持滿謙親自率領駐寺的比丘尼和佛光會的會員來接機。我們先到佛光書局小憩、吃早點；接著拜會雪梨臺北經濟文化辦事處田臺清處長。田處長口齒伶俐、雙語皆溜，一副女強人模樣；在一番官方樣版開場白後，彼此對談起了佛光山在此地的弘法事業。澳洲地廣人稀，七百多萬平方公里上，僅住了約一千九百萬人，且多集中在東海岸，內陸則為廣大的沙漠。1968年以前，澳洲人實施白澳政策，對有色人種頗為排斥。1968年以後，有了改變，尤其是1988年以來，開始不斷有人移民來此。據說是白人由原有的90%逐漸降到70%為主要緣故，使得華僑以及其他非一神教得以在此地生存發展。在佛教方面，佛光山所作的特別令人矚目，它不僅在全澳設立十餘個道場，還建了南太平洋最大的佛寺：南天寺。田處長在言談中，對南天寺所推動的傳教和文化交流活動讚美有加；而滿謙在回應時，也對辦事處跟此地僑團互動良好及常支持南天寺所舉辦的活動多表感謝。會談結束後，直奔南天寺。先在香雲會館安單，後在禪悅齋用膳。

　　午後又安排拜訪臥龍崗市市長和參觀臥龍崗大學及噴水洞觀光等行程。臥龍崗市長哈利森（Harison）一直表示以佛光山在臥龍崗市設寺為榮，除了稱讚南天寺繼臥龍崗大學、鍊鋼廠後成為臥龍崗市的新地標，還對南天寺隨時敞開大門歡迎所有人前來遊覽禮佛深為佩服。尤其後面這一點特別引人注意，他是針對其他宗教往往只對自己人開放而說的，這或許就是南天寺受人歡迎的一個重要因緣。至於臥龍崗大學則沒什麼特殊感覺，成員中會英語的跟接待我們的文學院副院長對談一陣，似乎也聽不出這個學校在那些方面有凸出表現。隨後到噴水洞瀏覽，此地像極鵝鑾鼻海景，只有那一橫鏤空的特殊岩岸地形在海浪衝過來時會激奔出水花稍顯奇觀。

　　回南天寺後，跟臥龍崗會員共進晚餐。由於自己不會英語，無法直接跟這些洋人對談，只能透過陪坐的駐寺比丘尼口譯來了解他們親近佛教的原因。有的說他喜歡寺裏的清幽和禪修活動；有的說他在這裏找到了他所要的真理（也就是佛教說人死後可以轉世為人，讓他覺得有希望，不像原來他所信仰的天主教只告訴人僅有一輩子可活那樣讓人憂心）。餐後的座談會，他們又同樣提到這些觀點，我才及時領悟他們所表現的不過是對佛教的一種「偏信」，把他們在原宗教信仰中得不到現世永生的遺憾，從佛教這裏獲得了補償。我想南天寺能爭取到部分洋信徒，恐怕這一機緣是最重要的。輪到我講話時，先對這一點表達我的看法，並以佛教的勝義在於脫離生死苦海而不在於肉身的不斷轉世為諍言；接著我拋出兩個問題，詢問在座的人如何幫助南天寺在這裏長存以及期待南天寺多辦那些活動。後面這個問題，是因為南天寺在今年文藝季中辦了書法班、禪坐活動和中國結研習等活動，此外是否還有再增添的空間而引發的。他們並沒有多作表示，只提出「法師不妨去露營，以便引起注意」一個他們認為好玩的建議。然而，聽他們談話，他們真正在意的是充實英文佛學書籍和開設更多佛學課程，以便他們能了解佛教。這一點寺裏比較能耐不足，還有待尋求管道設法來滿足他們的需求。目前只能「遷就」他們，投他們「所好」，把禪修活動辦得讓他們「值回票價」而已。

　　一天下來，身子已疲累不堪，但腦海卻持續在翻滾中，包括整天只聽到洋腔洋調而不禁浮現一幅全世界只有漢語的「美好」憧憬在內，都已快速的湧上來了。

2000.1.14，星期五，天氣晴，澳洲雪梨

　　早晨用餐畢，由滿謙陪同參觀南天寺，這已在昨夜座談會結束後寺裏所作簡介時從影片中略見全貌，今早得以一一親歷，才真正感覺星雲和滿謙們的心思費盡。此地除了建築宏偉、獨樹一格，其餘一草一木、一花一石的栽植設置，也無不跟整體環境搭配合宜，益增異地靈氣。尤其寶藏館的壁畫、石刻和收藏品，在滿謙一一細數來歷後，更可見她的用心和巧思。

　　巡山後，就驅車前往南天講堂。這是佛光山早期在澳洲弘法的據點，也兼辦中華學校，現在正在改建為四層樓高。滿謙帶著大家邊邊參觀。別人都上樓去看，我和許仟留在下面閒聊。二人談起各人所負責專書的撰寫，似乎他也跟我一樣還在摸索門路，但感覺得出來我的部分將會困難一點。

　　在預定行程中，還安排參觀奧運村。這裏將在今年舉辦奧運，各項運動場地還在趕工中。雖然只是坐在車上環村觀覽，仍不禁為那些現代化且精巧的設計而心折。以往只在電視上看到他國奧運村的部分樣貌，這次才得以目睹一個奧運村的形成，真不知其中所耗費的人力、物力、財力和智慧有多少，恐怕只有主辦國才知道了。

　　中午，在富豪酒店跟《星島日報》、《自立快報》等社長、編輯、作家們座談。這是《自立快報》記者黃渭泠代為安排的，她本人兩天來也全天陪同拜會、座談等活動。同桌中有武俠小說家梁羽生和香港大學中文系退休教授陳耀南曾經耳聞過，二人鄰座，交談甚歡。梁老年近八旬，仍思路清晰，談起佛理、政事，無不頭頭是道，還不時引證乃師陳寅恪的論說。滿謙坐在我左

側，也是談笑風生。她讓我改觀了長期以來對比丘尼的刻板印象。從昨天同車以來，就不斷見識了她「人性」的一面，出家人的呆板形象並不在她身上，我喜歡上了她開朗的笑容，這才是「佛陀不離人間覺」。

一場歡聚，又得離散。去新南威爾斯大學面對另一個有著莫名隔閡的環境。學校遠比臥龍崗大學規模大，新舊校舍建築參錯其間，令人嘆賞它的繁富和張露美。導覽者又是全場英語。只能約略從隨行譯者片段的口譯中得知它的一鱗半爪，至於它的內涵和它所有的文化氣息，就需要憑空想像了。回程中，順道去雪梨大學繞了一圈。這裏的建築別具特色，有早期的沙岩建材和中期的紅磚建材，跟其他多為鋼筋水泥建材的現代建築相比，它顯得老成持重多了。只是現在正值暑假，仍然不見上課情形。

晚餐，原安排在菜根香餐廳，但小組成員不習慣餐餐素食，而辭去滿謙她們的好意。龔老師和趙介生約了他們的朋友周春志開車帶我們去找葷食吃。周春志幫我們選了賭場的餐廳。大夥吃到了許多肉食，摸著圓滾滾的肚子出來欣賞附近夜景。周春志還帶我們上高處看海灣和雪梨的燈火。仰首天空，南太平洋上著名的十字星隱約出現在眼裏。大家豁然開悟，原來澳洲這塊樂土是上帝特別安置的，不然為何別的地方不見如此嘉辰美景？

大夥興起還隨周春志的導遊去了一趟邊區，看看戲謔文明的人體表演是什麼樣子。不時跟「異我族類」擦肩而過，早已頗感不適，所見又是讓人頭痛欲裂的搖滾樂和隨著擺臀扭腰的洋男女，真想逃離現場，連舞臺上曼舞的女郎也無心欣賞了。回到旅館，才稍稍平息看不慣那些「異地風情」的躁鬱，只留下一點人間樂園也有墮落頹廢的一面的記憶。

2000.1.15，星期六，天氣晴，澳洲雪梨

昨夜宿帝苑飯店，只睡了三、四小時，精神不濟。原預定要去藍山參觀，滿謙覺得此行得耗費四、五小時，不如多在市區逛逛，欣賞這個都市的美景。大夥同意她的提議，就到雪梨大橋、情人橋等地遊覽。為我們開車的佛光會會員石禮民，沿途介紹各地景物，不時穿插一些有趣的話題。

雪梨大橋採沙岩建橋墩，橫架鋼骨，頗為壯觀，據說可媲美舊金山跨海大橋。我們在橋下，仰看它橫跨海灣兩側，頓覺人的渺小。大橋左邊，是著名的貝殼造型的歌劇院，它早已成為雪梨的象徵。正在拍照中，適逢從高雄來的一個旅遊團，他們比我們還形色匆匆，只逗留一會就趕赴別處。我們恐怕永遠都無法想像當地人如何悠閒的過他們的生活。

中午在情人橋畔一家馬來西亞華裔開的餐館吃飯。我們六人吃葷，滿謙他們吃素，彼此各享讚餐館的美食。老闆年輕有為，待人和善，他自己剃了光頭，也要求男性員工剃光頭。只要員工剃光頭，他就給一百元，然後要他們把那一百元捐給南天寺；平時他也常贊助南天寺的活動，而餐館入門的那一大尊彌勒佛雕像，也展現了他向佛的虔誠。

飯後，石禮民等人又帶我們去一位臺商所開禮品店購物。大夥盡掏腰包，為親人小孩買些紀念品、玩偶和用品。我也買了半打綿羊油和無尾熊布偶。在跟老闆聊天中，才知他從花蓮來，專作華人遊客生意，眼前已有二家子公司，可說是事業有成的商人。離開商店後，直驅華僑文教服務中心，拜會主任汪樹華。汪主任就職不久，略已展現推動文教服務的旺盛的企圖心，跟全澳

的華語學校近四十所中的三十多所都有聯繫。彼此交換了一些意見，我也提出教材部分的問題請教他，順便建議他可以向僑委會反映增添一些思想、宗教的教材，才能深入僑民對中華文化的認知和情感。而宗教部分，就可以跟佛光山合作，自編補充教材，兩個單位也才有多一點的互動機會，對於僑民生活的充實諒必也會有助益。

離開僑教中心後，先到經由華人代為挽救規畫的一家百貨公司參觀，裏面除了名貴的飾物用品，還有玉車洋鐘及英女王塑像等。匆匆瀏覽一過，又驅車到Moon Terrace餐廳晚餐並跟雪梨協會會員座談。席開三桌，分配入座。對方都盛裝而來，只有我們休閒妝扮。席間先自我調侃一番，接著才好打開話匣子暢談。事先準備好的一些關於佛光山出版品在此地流傳接受情況的話題，都因盡聊些彼此所想試探對方生活的點滴而沒有時間提起。一場晚宴，就在大家為了解對方生活動向而意猶未盡中結束。

回旅館後，順便到附近的唐人街逛逛，嚐點小吃。這裏的人多半沒有夜生活，街上少了來來往往的人潮，沒甚興致，早早就回來了。

2000.1.16，星期日，天氣晴，澳洲黃金海岸

今晨再前往昆士蘭，搭了一個多小時的飛機。黃金海岸協會會員王隆熙、楊史邦來接機。我們先在黃金海岸佛光緣安單，再遊黃金海岸。

佛光緣就如當地建築，平房，綠草如茵，旁有樹林，前有河。楊史邦自己有遊艇，他要載我們一遊黃金海岸內河道。不料

人多過重，遊艇吃不消而折返。楊史邦笑語解嘲這是由於我們都是「重量級」人物的關係。遊艇坐不成，王、楊二人就帶我們暢遊黃金海岸。久聞此地處處美景，有如人間天堂，果然不假。在跟龔老師聊天中，得知佛光山在此弘法，不因這個國家富庶，生活品質佳而使不上力，它還是可以展現急難救助、僑民教育、社會關懷等功能。尤其從楊史邦口中更了解它凝聚僑民和協助僑民就學就業等作用更為可觀。

晚上在帝皇宮用餐。我們先在前面的海灘稍事逗留。此處是黃金海岸最美的一段，沙質密度高，浸水平硬，適合漫步。大夥在沙灘上拍照聊天，直到天昏黑。晚餐同桌葷素分食，我們品嚐了生魚片、帝王蟹等上等海鮮，王、楊等人依然茹素。這一餐恐怕花了他們不少錢。

夜宿佛光緣，盥洗後補了一些記載，無心參與大夥的夜談。越接近回家的日子，越對此地一景一物不敢再留戀。別人問起我來澳的感受，只能以一句「我無福消受這裏美好的生活」回答。

2000.1.17，星期一，天氣晴，澳洲黃金海岸

用過早餐後，楊史邦又開來他的遊艇，要彌補昨天未能載我們遊覽內河道的遺憾。他已把底艙的水放掉一些，發動後果然快速行駛起來。河道上已少了昨天假日所見的遊艇競駛的景象，頗有迎風威嚇水鄉的感覺。不意才剛有準備向遠處飛馳的心情，遊艇又擱淺了，地點就約跟昨天停駛的同一個地方。這次是引擎過熱，楊用無線電話求救，並將遊艇慢慢滑向岸邊，大夥都依序離艇上岸，等待佛光緣的法師開車來載。楊又戲說我們「教授就是不一樣，連遊艇在河上漫漂也沒有一點驚慌狀」。其實，我想到

這次來此都是走馬看花，而遊河海得耗工夫，也許老天有意不讓我們奢侈的觀賞這裏的美景。

遊河不成，改遊高山鳥園。成員除了我們，還有覺善和幾位佛光會會員陪同。先在鳥園旁的BBQ餐廳用餐，然後去餵鸚鵡。原來這裏並沒有如今這樣眾鳥群集，是因為遊客常餵食，才引來各種鳥類。看那些紅、藍鸚鵡在人頭頂、手臂上啄食，好一副人鳥和諧相處圖畫，沿途中還有火雞、烏鴉等其他鳥類，但都不敢靠近人，覓食時也略顯謹慎。大夥進去林裏走了一趟懸空吊橋，就蹩了出來，直驅市區，在河海交界處欣賞海景。

晚上在帝皇宮跟黃金海岸市長及其夫人、盧姓教授、鍾錦銘、方姓會員、中天寺住持依來等人座談。座談會和晚宴是由王會長也是帝皇宮老闆安排招待，全場稍顯嚴肅，王女士本人又常打岔左右座談的進行，大夥終於見識到了僑領辦事的方式。在座談會中，我也請教與會者一些問題，當中有一項是關於佛光山眾出版品在這裏被接受的情況，但沒有人回應，只在中間休息時，有一中華學校教師陳智惠過來跟我說：佛光山不妨製作類似一休和尚那種卡通影片和多媒體電子書，以及製作一些相關的生活化且具趣味性的文字、動畫成品上網，才能吸引年輕一輩的人；至於現有出版品在海外除了中年以上華人能自行閱讀而受益外，其他的幾乎派不上用場。也就是針對移民第二代以後的傳教活動，必須重作考慮，才有可能成功。

散會後，回到佛光緣，人已睏極，很想早點入睡，不再陪著大夥聊天了。

2000.1.18，星期二，天氣晴，澳洲布里斯本

　　最後一天的行程，要往中天寺。這是一間叢林寺院，佔地比南天寺大，但建地卻稍遜。四周遍植尤加利樹，偶爾會有無尾熊出現，只是今天都未見著。聽楊史邦說，這附近青少年會來縱火搗毀建築物，顯然比南天寺剛建時比丘尼被丟爛水果還充滿敵意（據滿謙說比丘尼在忍無可忍下也將水果反丟回去，嚇壞了那些孩子，從此就不再發生被欺負事）。看著後院白色的柵欄，再想想昨天依來說的「在這裏傳教不容易」，所謂異地弘法人的心情已可想像了。因此，像「法師進女廁所，會被抓出來（誤以為她是男生）」、「你這件衣服很好看，那裏可以買得到」等比丘尼在海外的經驗，也足以寫一部異域「拓荒史」了。

　　在中天寺並沒有多作休息，先是一場座談，後是參觀格里菲（Griffith）大學、拜會裕峰集團以及跟布里斯本市一位多元文化局官員和一位議員晚餐，相當忙碌。在座談會中，有大陸來此的老畫家黃苗子（現年八十七歲）、政治學家邱垂亮、天主教徒姜文和多位佛光會會員。邱垂亮以一個非佛教徒身分建議佛光山可以考慮比照基督教、天主教在這裏辦醫院、中文學院（收洋學生）、老人院等，不必限於目前所作的那些社會工作。姜文也提到中天寺在這裏已經成了華人的精神寄託所在（她本人也常參加各種法會活動），佛寺本身的水準也提升了（不像以前的佛寺供應香灰之類）；至於佛教在這裏會被認為侵犯了原有文化，她則建議辦一所綜合大學來拉近彼此的距離，而她本人每當有浴佛節時，就會帶洋人朋友來參觀，讓他們減輕對佛教的敵意，同時也讓他們增加對佛教的了解。我好奇的問與會的會員如何協助中

天寺化解附近居民的敵意，所得答案一樣是「多邀請附近居民來參觀」、「多跟他們溝通協調」之類，似乎除了這樣做就別無他法了。成員中有人問及佛光山在這裏傳教有何特色，會員陳宗欽表示中天寺已成為中華文化傳承所在，也有越來越多的洋人認識到了這個宗教（每年都有不少參訪團），同時寺裏所舉辦的活動講究活潑、生動，特能吸引洋人的注意，頗有助於文化的交流。「要走出去」，已經變成他的口頭禪。然而，也有令人遺憾的事，就是有些臺灣來的青少年得不到好的安頓（多半是父母在臺灣／澳洲兩地奔波，忙他們的生意，任由小孩自生自滅）而加入幫派，經常打架滋事、勒索、搶劫，甚至淪為妓院（早期來此的華人所經營）的保鑣、打手等。會員現任《世界周報》社長陳守中建議不防借重佛光山的力量去了解關懷、幫助解決（據知佛光會中有青年團會，只是不知能否發揮該項功能）。依來在綜合回應時，只約略談及星雲所示在海外弘法，主要是要幫助僑民活得有尊嚴，如果可能的話，希望在這裏能辦一正式學校（這樣佛光人就不會失業），至於邱垂亮所說的那些則限於人力而尚未考慮。此外，中天學校教師龍又麟、雍嘉鳳夫婦還建議製作簡體字的佛書以便大陸來的華人共修用、成立生命線服務僑民（解決他們的婚姻、就業、就學、安寧等問題）而不只辦法會或文藝活動。我對這一點特別感興趣，午餐時就近還跟他們夫婦聊了一會。他們都是中文系畢業，來這裏投資做生意。我本想多問些他們的心路歷程，但礙於時間有限，以及他們語有保留，便作罷，只以《佛教與文學的系譜》一冊相贈結緣。

下午在格里菲大學會見該大學亞洲與國際研究學院院長和二位懂漢文的教授沙學漢和馬克林。大家所談的話題，我都不怎麼感興趣，但對於沙學漢提及他過去專門研究臺灣的窮人（現在則

研究臺灣的富人／臺商），卻有憤意。他是人類學者，老早就把人看扁，儼然是西方人類學者偏見的再現。返途中，跟同行人敘及此事，他們反而對我嗤之以鼻。這些喝過洋水的人，渾然不知自己被洗了腦，還為他們圓說，真悲哀！

　　稍為感到暢快的是在拜會裕峰集團總裁傅顯達時。他是臺商中典型的成功者，單槍匹馬來此創業，如今不到十年，已經擁有十六家購物中心，傳為布里斯本的首富。他的經營策略著重在「長遠」而不求短利。好比澳洲人會在營運轉好時轉手購物中心以牟取差額利潤，而他則不如此，以至事業越作越大。加上他原有臺灣人「勤奮」的血統，並善於雇用當地人從事管理工作，業務蒸蒸日上，正在形成他的商業王國。一時間，讓人覺得他為臺灣人爭了一口氣。

　　至於晚餐，跟昆士蘭協會會長陳楚南、副會長張傳勝二人聊得甚為盡興，以至不覺得座中有洋人在。陳楚南從馬來西亞來，在此地經營木材生意；張傳勝從韓國輾轉日本再到這裏，經營日本料理店，都很有成就。問及他們為何要參加佛光會，張傳勝以「華人就像一粒灰塵，落到這裏要想不再被風吹走，就必須凝聚成泥」作比喻，暗示加入佛光會就是為了團結僑民而使生活獲得保障，此外無從寄望任何僑團或某一中介力量帶給自己這樣的便利。多日來，佛光會的會員全程陪同，不辭辛勞，也沒有慍色，正印證了張傳勝所說的話及佛光會會員所暗守的「我今日為佛光會效勞，來日佛光會也會關照我」的信條。

　　回程中，陳楚南等人又帶我們遊洛根市河濱公園。他們曾在這裏舉辦浴佛法會，去年一次吸引了十二萬人參加，導致當地政府催促他們今年還要再辦，這樣可為他們帶來經濟效益。看著公園精心設計的一景一物，並想及華人今日風光局面，不禁喜從中來！

2000.1.19，星期二，天氣晴，臺灣新店

　　參訪活動終於結束了。告別了中天寺，也告別了澳洲。坐在返臺的飛機上，已沒有剛來時的不確定感，只想到「他鄉雖美，終非吾土」，不再有絲毫的眷戀。朋友問及對澳洲的觀感如何，權且以「那不是人住的地方，太美好了，應該是神仙住的地方」作答。其實，我更想說的是，那邊的人沒有什麼人情味，唯法是尚，豈是鍾情如我輩的人所能適應？

　　全程中結識了謝正一，他年長於我，卻喜歡跟我逗趣。他留日曾任教於海洋大學，現在是民權時報社長兼工黨副主席，講話偶爾會無厘頭，逗得別人笑哈哈。郭冠廷較少言語，許仟和趙介生則有一次被我出言小傷，對我存有芥蒂。我也只不過開個玩笑，他們卻耿耿於懷，奈何！雖然如此，我仍會記得他們對我的協助，不致在遇到洋人時完全被看扁。如果不是基於任務，我絕不會踏上洋人的國土一步。老子所說的「雞犬聲相聞，老死不相往來」的「小國寡民」或「各過各的生活」理念，仍是我所崇尚的。就此忘了這一趟澳洲之旅吧！

馬來西亞‧南非佛教道場參訪

2000.6.27，星期二，天氣晴，馬來西亞吉隆坡

隨人間佛教事業研究小組再度出國，這次佛光山招待我們去南非道場參訪。目前星雲人在北美弘法，他很關心我們的行程是否安排妥適，特別要住持心定在臺北道場設宴為我們餞行，並了解相關的情況。直到昨天為止，旅行社在辦簽證上略有延誤，許仟一人趕不上搭同一班飛機；而龔老師也因為教育部通知考察佛光大學建校進度在即，不克帶隊前往，使得這趟旅程並不如上次順遂如意。

今天凌晨四點半就搭計程車趕往桃園機場，飛機將在七點十五分起飛。來送行的覺了、孟樺等人，寒暄幾句後，大夥就請她們先回去，她們都在《人間福報》任事，正忙著，還要為我們一行人安排參訪事宜，頗為過意不去。同行還有任職於宗務委員會編輯《佛光通訊》的張美紅，她跟孟樺一樣健談，但比較不會主動找話題，也許是彼此不熟的關係。

飛機於上午十一點四十五分抵達吉隆坡機場，我們要在這裏轉機，中間有近十二個小時的空檔。吉隆坡道場派劉雪燕開車載我們先到過境旅館休息、午餐，而後去市區遊逛。劉雪燕祖籍廣東，已經三代居馬，她芳齡二十一，明年要去佛光山讀佛學院，擅長球類運動，開車熟練，又嫻習馬國文化。張美紅一路盛讚馬

籍的出家人能幹，除了先前的幾個案例，她又在劉雪燕身上看到這一點。

馬國人口二千萬左右，不算多，城市綠地不比建地少，只是多種族，一時還難以適應過眼黑白黃人種交錯及衣著、語言繁花的景象。劉雪燕帶我們去參觀吉隆坡的現代化建築雙峰塔樓和地標長達四百二十一公尺的電訊塔。吉隆坡是一個純現代的城市，高樓林立，各有特色，且寬敞高聳，冠廷、介生都說馬國人好大喜功，無法提升生活水準，卻競在建築物上跟西方媲美。殊不知這是弱國所能出頭天的表現之一，不在外觀上跟人一較長短，如何獲得些許的國際地位？看吉隆坡機場玻璃、鋼條建材的後現代式搭配建築和熱帶雨林區的設置，豈不印證了「輸入不輸陣」的臺諺？

在電訊塔上俯瞰吉隆坡全景後，轉往唐人街晚餐，大夥買了一些荔枝、山竹、紅毛丹當零食吃，非常盡興；只是那一餐不算便宜的合菜，大家頻頻暗罵難吃，不但牛肉硬如橡皮，連魚也烹調失味，看著屋外滿座和等著佔位點菜的數十位華人，不禁失笑；還是臺灣人善於料理，也有品味多了。

我們於晚上九點多回到旅館，略事休息，又趕赴機場，搭機前往南非。經過一天的耽擱，大夥已經顯出疲態，提不起勁談笑，連吉隆坡也快被淡忘了。

2000.6.28，星期三，天氣晴，南非南華寺

經過九個多小時飛行，抵達了約翰尼斯堡。扣除六個小時的時差，下機時才清晨五點半。南華寺的當家（監寺）慧昉和居士陳志遠、師姑柯雅玲三人來接我們。

　　約堡從空中看，也是燈火輝煌，堪稱南太平洋的一顆明珠。高速公路也建得極好，車速可以高達時速一百二十公里。南非是一個草原國家，物產、礦場豐富，只是聽說從黑人執政以來，經濟、治安都遠不如從前，移民潮還在持續中。

　　一個小時的車程，到了位於豪登省布朗赫斯特市的南華寺。天才剛亮，一顆火紅的朝陽照遍了整片草原，更顯得蒼茫遼闊。慧昉留在機場等搭另一班機到達的許仟，我們安單後，即將調回佛光山的慧機招呼我們吃早餐。席間聊起很多這邊的情況。佛光山在非洲弘法，使得佛教得以在非洲流傳，他們辦佛學院，教育從非洲各國來的黑人，也兼收南非的白人，希望這種本土化的策略，能改變非洲人貧窮、落後、征戰不休的命運，眼光遠大而悲願感人。慧機說到渡化非洲人，無法像水庫洩洪那樣一下子灌輸給他們太多東西，只能像水龍頭滴水一點一點的開導他們，不然會衝垮他們的信念。這是他們來建寺弘法的作為，也是實際跟黑人相處後的體悟。

　　南華寺整體的規模不比總本山小，現在只完成普賢殿和佛學院建築，大雄寶殿和其他殿宇正在興建，據說斥資新臺幣六憶元，可說是大手筆。佛光山在這裏建寺，考慮的是非洲佛教將要以它為中心，一方面幫助僑民在這裏過好生活，一方面幫助非洲人過好生活，苦心孤詣，遠非外人所能想像。

　　慧昉領我們參觀寺內建築、典藏文物以及剛來時臨時搭建而現在作為育幼院場地的房屋。已經來寺幫忙多年的美籍教師馬思道為我們介紹育幼院的申請設立和招生的情況，他說南非黑人每四個人中有一個是愛滋病帶原者，而每一個黑人家庭又平均有五個小孩，當大人發病死亡後，小孩就沒人撫養，處境堪憐。因此，設立育幼院就是要收容當地一些孤兒，目前已經政府核准，先收二

十名兒童。馬思道本人也長年在從事防治愛滋病的工作，全南非約有二百人跟他一樣投入宣導防範愛滋病以及照護愛滋病患者的志業。而他來南華寺，發現彼此的理念相合，甚至佛教治心的觀念更有助於藉來開導黑人，以至他就留下了。聽完他的一席話，深受感動，人間所以不失光明，就是因為有許多深存宗教情懷的人默默的在為人類的生存、尊嚴、和樂而努力。佛光山在海外的弘法以及所結合的善心人士，一起推動佛化事業，可以得到印證。

近午時分，一行人前往佛學院跟佛學院的學生座談。在座的有教務長慧祥和四名佛學院的學生。我想了解他們的學習情況，提出三個問題請他們回應：第一，禪修、學佛前後有什麼明顯具體的差異？第二，學院所安排的課程，有沒有特別喜歡的或覺得艱難的？第三，將來畢業後，如果不繼續深造（回佛光山繼續受教育）而回去家鄉，可以服務哪些對象？有一個曾在電腦界工作了十來年的白人學生，說到他過去容易浮躁動怒，來這裏後透過禪修、學佛已經很能夠自我調理；還有一個黑人學生說他終於知道人所以會有煩惱的原因就在不懂得自我負責和自我救渡。而佛學院的課程，他們普遍覺得英文最容易勝任，中文最難。至於將來可以做的事，也普遍認為可以把學到的佛法用來幫助族人或其他人，讓他們能正常而有希望的過生活。

先前馬思道已經為我們介紹教育這些非洲學生，有四種主要的項目：第一是禪修，讓他們能自我安頓；第二是佛理，讓他們能改變觀念；第三是中文，讓他們將來方便在華人企業、工廠找到工作；第四是中國功夫，讓他們有「一技在身」而活得更安全。現在看到這些學生所流露的虔敬、自信的樣子，深深覺得南華寺的佛學教育相當的紮實。馬思道全程當我們的翻譯，中英文俱佳，也很令人贊嘆！

　　午飯後，南華寺安排我們到約堡Santon高級商業購物中心參觀。我和許仟、張美紅坐慧昉開的車，一路在草原上奔馳，大家閒聊著，偶爾講講笑話。慧昉提到這裏有三快：車速快、死得快、水開得快（電壓250伏特的關係）。我只有看到前者，其他兩樣都沒有見識到。但從整天來所聽到他們敘述的黑人短視、黑人不知有未來、黑人容易暴動等等，也可以意會到人命在這裏是不怎麼值錢的。

　　由於缺乏睡眠，非常疲累，即使到了購物中心看到高聳華麗的建築和琳瑯滿目的商品，也都提不起勁去觀賞，只買了一隻木刻大象和一隻木刻長頸鹿回去給女兒，剩下的時間就跟大夥在咖啡店休息。

　　晚上，佛光會約堡協會的鄭金梅會長在皇都餐廳宴請我們，駐約堡臺北聯絡辦事處處長陳永綽也受邀前來。在跟約堡協會幹部等人餐敘中，了解到佛光山在這裏做了不少外交的工作，但也因為南非治安變壞，佛光山的擴展受到阻礙（大家都減少出門機會，不大願意參加相關活動），使得全南非六個協會和二個分會加起來會員不超過千人。鄭會長還提了一件小趣事，就是當年普賢殿蓋好後，沒錢添置普賢菩薩像，她只好設法籌錢，包括從牌桌上去動腦筋，為了這事至今還耿耿於懷。聽完後，我安慰她說：「菩薩需要那筆錢，所以透過你的手去獲得，你不用在意；更何況人世間哪一件事不涉及『賭』？」她聽後笑得很開心，更添一分「嫵媚」。

　　返南華寺，已過十點，累得快撐不住了。明後幾天還有緊湊的行程，鐵定會甚於今日，今夜只好早點睡覺了。

2000.6.29，星期四，天氣晴，南非南華寺

　　一夜無夢，也沒有聽到一點聲響，這真是一個寧靜的草原和獨特的娑婆道場，不知這裏的人如何度過這種幾近與世隔絕又不確定未來的弘法生活。

　　早餐後，前往普利托利亞南非大學參觀。途徑南華寺的農場，還有一大半的玉米未採收。據慧昉說全年（四座）農場的收入約有三、四百萬南非幣，足夠自給自足，但蓋寺院以及正在興建的主體建築大雄寶殿等，就得到臺灣募款，住持慧禮這回就是為了募款才回國的。在異地發展，似乎解決自己的生存問題遠比解決弘法、教育的問題要迫切而艱難，佛光山這些發願來此的法師、師姑，真的需要無比的毅力和鬥志才行。

　　一行人到了南非大學，正逢假期，沒有看到什麼人，事先約定要拜會的宗教學系，也僅系主任庫克教授一人接待我們。在座談中，庫克提到他們系裏開設佛學的情況，以及因南非國內政治局勢丕變和經濟活力下滑等情況，語多感慨！現在宗教學系和南華寺還有合作（包括南華寺的捐款），而由馬思道代為策畫申請的佛學院設立案，也正在他和他的學生手中審查。從庫克敘述中，得知佛教在這個以基督教和回教信仰為主的國家傳教，不容易看出大的成效，但也不必急於一時，只要願意融入當地的社會以及肯為這個國家奉獻心力，將來一定會擴大影響力。庫克本人專研小乘佛教，對大乘佛教也不排斥，一個南非白人有這種心胸，我們都覺得已經很難得了。

　　離開南非大學後，還逛了國會山莊的前苑。因內部正在整修，不能入內參觀。中午，普利托利亞協會的楊克文（Calvin

Yang）在御園餐廳宴請我們。在座的還有駐南非臺北聯絡代表處
祕書令狐榮錦和軍事協調組組長方文生等人。這次聊的大多是
「生意經」，楊會長從臺灣來到這裏做生意，雇用黑人，常惹
一肚子氣，不但指揮困難，還動不動就以罷工威脅。馬思道補充
道，在管理黑人上一定要讓對方怕你，絕對不能處於劣勢，不然
他們會反過來吃定你，這裏是沒有什麼中國人那一套忠恕誠信邏
輯的。整頓飯吃下來，數落黑人的部分超過一大半。

　　飯後，又驅車前往駐南非共和國臺北聯絡代表處拜會，林松
煥副代表接見我們，全場大多在聽他談論南非政經和海峽兩岸駐
外人員在此較勁的情況。南非從1994年黑人取得政權以來，白人
的政治地位一落千丈，黑人又沒有能耐治理國家，移民的移民，
撤資的撤資，白人和華人普遍不看好前景。從林松煥的談話中，
可以聽得出來他對於未來是「審慎的悲觀」。二日來，在約翰尼
斯堡和普利托利亞看到多次很不協調的畫面：黑人麇集十字路口
在賣報紙、雜貨，而白人落單的在乞求施捨（用紙板書寫而持立
於道路中間）。這正象徵著黑白人現在的處境：白人日漸變成過
去的黑人，而黑人卻如何也取代不了過去的白人，只能草草維生
罷了。

　　出了代表處，到王瑞山、李梅花夫婦家飲茶。王氏夫婦移民
來南非只有短短幾年，目前在南華寺幫忙，過些日子又要返國定
居。他們住在「豪華宅第」（當初僅花臺幣三百萬購得，還附送
一大片園地），卻不須就業，不知靠什麼過生活。直到離去時，
還是一團迷霧。

　　晚上，回南華寺跟前新堡市副市長而現任市議員的黃士豪餐
敘。對方矮而肥胖，禿頭油臉，戴副眼鏡，一見就嗅出他的官宦
味。全程幾乎都是他在暢談從政的經歷以及在非洲最兇悍的祖魯

族人羣中奮鬥崛起的過程。他是唯一從政成功的華人，官商兩得意，現在又擔任南非祖魯國王的經濟和農業首席顧問。此外，他也有一分教育的熱忱和理想，過去辦中文學校，現在又在向教育部申請南非臺北國際學校建校。至於捐助南華寺建寺院辦活動，更不在話下。飯後，閒聊中又探得二事：一是黑人不聽外界勸告使用保險套避孕和防止感染愛滋病的原因，是黑人陽具前細後粗，外界製造的保險套不便使用，即使免費送他們，也會被他們棄置一旁；現在他們正在研發新型合用的保險套。二是佛光山在這裏傳教略嫌僵化，儀式瑣碎，很難邀得奔波勞形於商場的華人前來共修；黃士豪本人建議過多次，但沒有獲得什麼回應，以至迄今還不大容易擴大影響力。不過，憑良心說，佛光山派不出多一點的法師來這裏弘法，他們要做那麼多事，如何奢求他們抽空想出因時因地因人而制宜的對策？這也許得等待日後內部再去從長計議了。

2000.6.30，星期五，天氣晴，南非開普敦

今天轉往開普敦參訪。一下飛機，就被安排到好望角遊覽。暉弘南非旅遊的曾武卿開了一個多小時的車，載著我們行經桌山下、桌灣，一路風光旖旎，葡、英、荷建築沿途點綴，別有味道。

大夥在燈塔下方的Water Front用午餐，巧遇僑委會主任委員張富美、文建會副主任委員羅文嘉等人。一番官式的打招呼後，各自坐食。飯後，他們離去，我們搭纜車上燈塔。這是非洲的最南端，在蘇彝士運河還沒有開通前，這曾是東西唯一的航道，現在已無當年盛況，看著印度洋和大西洋在此交會，徒增一分蒼茫寂寥感。介生他們頗以能登臨此地為難得，喜形於色，我則沒有

什麼感覺，也許是歷史上一場場爭奪主權的戰役以及無數鮮血沾染山石海灘，讓我無從生起美好印象有關。

回程迤赴開普敦講堂，跟佛光會員座談。滿穆一人在此，經營得頗有成效。今天來了十幾個人，老中青三代都有。大家都說了話，我們五個人也各自發表了一篇簡短的演說。今天終於聽到了年輕一輩嫌佛教不夠本土化、年輕化的心聲，將來要如何向下紮根而打動年輕人向佛，恐怕是佛光山得努力以赴的一件事。

晚餐由開普敦協會會長邱育千請客，吃得滿盡興的。邱會長還說了一個「蝦子和螃蟹同語言」的故事，我們也回報以一些笑話。夜宿Plumwood旅館，跟張美紅、許仟、謝正一同一住處，一人一個房間。許、謝二人在沐浴後，到我房間來聊天，許備了酒菜，彼此深談了學校、佛光山和研究小組的事，頗多感慨，不知道這一路走來將會以什麼方式收場。

另外，張美紅二日來同車，不停的講故事、講笑話，一方面為開車的法師提振精神，一方面參與大夥的談興，偶爾還會因某些見解不同而有一番爭辯。先前以為她不會主動找話題，這回全錯了，原來她比誰都健談。

2000.7.2，星期日，天氣晴，馬來西亞仁嘉隆

1日在開普敦講堂用早餐後，準備再飛回馬來西亞。滿穆和多位佛光會會員到機場送行。我們先飛約堡，再行轉機；由於時差6小時，抵達吉隆坡機場已是2日上午9時。

佛光會劉先生等人開車來接我們到Hilton旅館。他們原安排午餐請我們，但被大夥以亟須休息為由婉拒。直到下午1點，才由佛光會副財務長王妍秀等人接我們去位於仁嘉隆的東禪寺。東

禪寺滿亞、滿燈、永道等人及佛光會會員為我們安排了頗為盛大的歡迎會，並跟三、四十個佛光會會員座談。我們幾人都講了話，事後張美紅說我們幾位講話越來越像山上長老。聽了，不覺莞爾。殊不知從參與研究小組以來，到今天才比較進入狀況，講話還不致太離譜。因為我在這種場合，為了不讓氣氛太沉悶，總喜歡多找點額外的話題，說個玩笑話，從南非到馬來西亞都有人說我「一語驚人（驚死人）」，實在好玩！

東禪寺有點因陋就簡，建築物受限於馬國法規不准蓋得比回教建築高而無法像澳洲南天寺、南非南華寺那樣擴建，但人氣卻比其他地方旺多了。法師們似乎也有忙不完的事要做，總是來來去去，穿梭不停。還來不及瀏覽此地的風光，就被帶去餐館吃晚飯。由於介生堅持不吃素，佛光會會員邱先生、陳先生、李先生等就順我們的意，葷素同桌，大夥也餐敘得滿盡興的。

飯後，他們一行人又帶我們去逛流動夜市。一路上所見，除了環境不輸臺灣，其餘都差臺灣一截，感覺不怎麼新鮮。馬國華人佔了三分之一，多半聚合而居，語言還通，略有一點親切感。詢及當地到處有高速公路，為何如此便利，陪同的佛光會會員都說這是馬哈迪的德政之一，似乎他們對現在的政治領導人褒多於貶。

回程買了一些紅毛丹、山竹、香蕉等水果，大夥在旅館內一邊享用一邊聊天，就這樣又過了一天。

2000.7.3，星期一，天氣晴，臺灣新店

上午，由溫先生等人陪同，到大智圖書館、馬國新政治中心參觀。印象比較深的是馬國幾乎是政教不分，連官署旁都要蓋間

回教教堂，而且都極為宏偉高聳。更特別的是，回教徒可以向其他宗教的人傳教，而其他宗教的人卻不可以向回教徒傳教。滿亞她們說跟回教徒毗鄰還能相安無事，哪知道它已經少了那麼一點尊嚴和發展空間，實在不怎麼光榮。

由於我得先趕回臺灣，後天要去臺大參加大學聯考國文科閱卷，不能隨他們到最後一站泰國。午餐後，溫先生開車送我去機場。半個多小時的車程，聊了一些話題，他問我對馬國的印象，我問他信佛教想得到什麼。我的回答，當然是正面的，他訕訕一笑（他大概聽到昨天座談會中我對南非的批評）；而他的回答，卻僅有一句：「有求必應」。越聊越覺不投機，他送我進候機室後，也匆匆的離去。我在返臺的飛機上，什麼也不想；看了一冊書，其餘就只想著快點到家。這種旅行真累；佛光山的人費心為我們安排一切行程，沿途照護、招待，恐怕疲憊更甚於我們。也許只有好好寫這本書，才能聊為回報一點他們的盛情了。

卷五

信函

調寄學界朋友

阮慶岳

21日當天，承阮主任面轉你贈送的卡片和文章，由於事忙，沒來得及去電致謝，非常抱歉！現在謹藉這封信表達由衷的謝意。

前次拜讀大作《紙天使》時，就有一種難以言喻的感觸。不知是時代的催迫，還是自己失去憑依，今人好像都在不可逆料的人生中，更添一些莫名的變數。表面上他們極欲抓住某些稍縱即逝的東西（如愛情），其實他們什麼也沒有得到，事後反而更加無可奈何。這種無可奈何的感覺，也顯現在人與人的交往過程中，雖然彼此可以藉著某些媒介相互溝通（如「橋」的連繫兩地），但是各自心靈的異質性，卻又阻礙著彼此的交流（如「橋」下澎湃的水聲，擾亂了兩地人對談的興致），使得原先的種種渴望都變成悵惘的根源。我不知道〈橋〉要表達的是否也有這一層意思，但從全文看來，「他」所構築起來的「那一點」美好印象，在找不到對象可以「附著」後失望的模樣，不難感受到人的某些執著，恰好成了他自己的「負擔」。這是否需要「解脫」，就看個人的意思了。兄所寫這些文章，似乎也只負責「呈現」，而不提供「解答」，所以更有思考的餘地。

當年波特萊爾所寫一系列詩作，瀰漫著深濃暗影的怪異、險奇、悽愴等類的情調，曾被視為極盡病態能事，而冠之以「惡魔

派」，殊不知這正是波氏的用心所在：如不正視人間的不美好，何以知道真正的美好在哪裏？今天不是要以這一點妄作比擬，只因為兄在卡片上提到波氏而作此聯想罷了。

有幸再次讀到大作，又給我不少觸發，聊作上述感言，還望指正。（1992.12.28）

王鎮華

承您惠贈大作及邀訪，非常感謝！大作已盡力拜讀過，對於您的文化情懷和有關古蹟維修方面的卓見，已有更深一層的了解。同樣身為知識分子但始終不敢奢望個人能發揮什麼作用的我，看到您為一些關係文化命脈的事四處奔走呼籲，結果卻是「多年來，古蹟事件拱出了不少古蹟名家，我卻很少看到那個古蹟被完整的保存下來」（引自大作《兩岸文化的關懷》，頁91），突然間一陣哀感襲上心頭：居然連古蹟維修這類具體可見的事都「無緣」領受行家的指導，那其他的文化事業，個人的努力豈不真的要一概付諸東流？想來「不敢奢望個人能發揮什麼作用」竟有這樣的「旁例」印證，也真該狂嘯幾聲，才能稍慰心中的淒涼！僅以這短短數語，略表拜讀大作後的感想，並向您申致敬意。但願今後有更多人從您那兒得著智慧，深獲啟迪，一起來為文化開創新局。（1994.10.2）

張堂錡

陸續拜讀四冊大作，收穫很多，也得到不少啟發，這還包括從您的反面看到了我自己：您一直懷抱著理想走過來，而我只

是走一步算一步，當中讀書是為了換工作環境，寫文章是為了太窮。每回穿梭在人叢中，我真懷疑自己能為別人做些什麼！至今忝為人師已十數年，仍不敢相信自己的身分。反觀您走得這麼有自信，也不斷透過各類文章來實踐願望，差距真不可以道里計！

很喜歡您為文不慍不火，寓理深遠，這也是我始終做不到的。每有一文出手，總覺「凌人」太甚，別人閱後也常反應「刺」太多（現博士論文正因這個緣故而陷於跟指導教授「拉鋸戰」中）。自料已經得罪不少人，但又覺得相當無可奈何。幸好有你們這些友朋不嫌棄、包容我，常保一股情誼，深堪回味。（1995.7.19）

孟樊

這次博士論文能順利付梓，得特別感謝你的幫忙。昨天已跟揚智簽了合約，還同葉先生聊了一個多小時，對兩位為文化事業所付出的心力和所懷抱的理想，有更深的了解，也打心底湧起一股敬意（交談中還慫恿葉先生提筆寫文章，他只笑而不答。）

今天繼續拜讀大作《當代臺灣新詩理論》，其中大部分文章，過去已在相關的論文集中看過，再次讀來仍意猶未盡，頗有吸引力，它一定會給文（詩）評界投下不少的變數。有關〈印象式批評詩學〉一章，是首次讀到，所作耙梳、分辨，都具統系。我自己於六年前所寫碩士論文《詩話摘句批評研究》，也曾處理過今人所論傳統詩話、詞話摘句批評屬印象式批評的問題，當時傾向於不同意今人浮面的考察和不關緊要的論斷。論文已於三年前出版，「嚶鳴以求友」，特寄一冊，以供閒時瀏覽消遣，並請指出瑕累。（1996.3.17）

楊平

上回接獲大作《我孤伶伶的站在世界邊緣》時，突然有一股衝動，想要提筆寫起詩來，好彌補二、三十年來缺乏詩作的赧然，但在翻閱一些自己當年偷偷寫下的短詩後，又洩氣的放下了：原來自己就少了那麼一點詩情、詩心，以至滿篇不見詩味！難堪的是，日子過得繁忙以來，連詩興都有銳減的趨勢，「我期待一個新的出發」（借用大作序語），恐怕得再延後了。

很佩服吾兄既出詩集，又辦詩刊，在詩的國度裏盡情的馳騁，這份熱情和願力，足以感動愛詩和關心詩的人，我很樂意把詩集和詩刊推薦給朋友（我自己也準備訂閱《人文詩刊》）。這次來函中，吾兄提到下期《人文詩刊》，將有「現代禪詩專輯」，個人很感興趣，至於能否撰文，還得看有沒有辦法蒐集到相關的詩作（吾兄是否可以提供相關詩作的名單呢）。9月後，我將到臺東師院任職，在家時間較少，希望本月底能做出決定。

隨函寄上剛出版的拙作《臺灣當代文學理論》，請指正。（1996.8.8）

丁敏

三個月前承你惠贈大作《佛教譬喻文學研究》，非常感謝！連日拜讀，深為書中的精審考辨、周贍析理所著迷，此刻才知佛經中有這麼一座可供挖掘的寶礦，而你已經率先找到了珍寶，佩服！佩服！

月餘後，因大作而引發我從別的角度另撰一文，題為〈佛教運用譬喻的問題探究〉，有機會再請你指教。近來常想一個問題，就是學界中人研究佛學，除了被歸為「學術佛教」（意謂它不是真佛教），還會被質問是否有修行的經驗（似乎沒有修行經驗，就沒有資格研究佛教或不懂得佛教），但依我的觀察，佛教中人的作為又大多逆反佛理而行（我還有一些相關的論文尚未發表），實在是很弔詭的事！不知你是否也遇過這個問題，可有高見？

隨函寄上剛出版的拙作《臺灣當代文學理論》（博士論文略為修改而成），請你斧正，這學年度我將辭去臺北的教職，到臺東師院語教系任教，再連絡。（1996.8.8）

林政華

感謝您賜函告知臺東會後回響事，似乎該會仍在餘波盪漾中，耳聞目睹對我不屑的言語臉色，已不止一、二件，這都是預料得到的，只有您寬宏大量，特能包容。無以回報，只能心存感激。

我本無才，也沒有能耐做什麼大事，唯一在學術這條路上還堪有我可以馳騁的空間，不意這必須付出向人挑戰的代價，才能有所建樹，真是兩難。但既然已經上路了，要回頭也很不容易。不過，還是謝謝您的提醒。

其實，去年在臺灣繞了大半圈（求職），別人防我的情況，已讓我覺察到今後依然不會有什麼機會了（您大概不知連臺大中文系那些先生也被我「得罪」過了）。現在有一份專職，勉強可以溫飽，已足夠了，不想再求什麼「發展」。至於想堵我學術發展空間的人，除非他有通天的本事，不然也很難得逞。何況我本獨來獨往，游走邊緣，得失自知，別人大概也奈何不了我！

謹再次感謝您的關懷，並隨函寄上近期出版的《佛學新視野》乙冊，請予指正。（1997.3.22）

渡也

承您惠贈張夢機《古典詩的形式結構》和邢公畹主編《語言學概論》影本二書，非常感謝！

近年來，家父因過去當礦工罹患塵肺症而常常住院治療（今夏就住院二次），大部分課餘、假日都在照顧他，遲至今天才給您回信，實在抱歉！

屢次蒙您誇獎，很不敢當。朋友都說我樹敵太多，一定會對我不利。這我早已感受到了，但要我封筆或封口，恐怕難之又難；何況我只抱定自己的學問自己負責，別人的白眼或排斥，對我來說並不具有意義，所以也不在意一些對我不友善的傳言。而您始終不糾謬幾句，我反而不太習慣。

突然想起張夢機先生，在他還未中風前，見過一次。當時他是我碩士論文的口試委員，晚餐後一行人在淡水河畔散步，一時興起，曾以研究所入學考試「語文能力測驗」卷上有一聯「觀音山坐臥淡水旁，有動有靜」，請他提供下聯（我一直無法想出妥當的下聯）。他沉吟許久，又望望觀音山和星空，還是沒想出來，可見它真是難對。我疏離古典文學已有一段時日了，不知為何還那麼在意這一點小事，也許生命中真的有一些東西忘不掉。如今您多次鴻雁傳送情誼，一樣會令我銘感。

上回報載貴校當局對您出言威嚇，不及致函問候，至今仍耿耿於懷。學術界、教育界儘多讓人覺得不平事，豈是感嘆一聲所能了結！（1997.9.9）

回應學生

基督書院文宣系廖肇基

暑假中寄來兩張卡片，都收到了，謝謝你的問候。

你的文章上報，我也很高興。這是你的才氣的發揮，我一點也使不上力，請不必過謙。希望你多寫，多投稿，別辜負了一支好文筆。

這學期我仍任兩門課，如有事要我幫忙，不妨儘管說。順便問問田恬，你們的文集編印得怎麼樣了。（1993.8.29）

淡江大學夜中文系郭景孝

來信收到了。最近特別忙，拖到今天才回信，很抱歉！

你的想法可以支持你闖出一片天，但要試圖去改變時下一些冬烘先生，恐怕還得一段時日。如果覺得中文學界確是「待不得」，不走入這圈子也不需感到遺憾，就我所見圈中人未必個個都得意，被「壓抑」或「自我壓抑」者比比皆是，看不出他們進入這一行有什麼意義。

從另一個角度來看，人生旅途上越多挫折，越有利於一個人的成長，等到那一天我們較有辦法轉化這些挫折為助力時，可能會回過頭來「欣賞」那些不幸的遭遇。無論如何，「怎樣活才有

意義」，這永遠是人一生中唯一不能不想的課題，我們相互勉勵吧！順便送你一本我剛出版的論文集。（1995.1.16）

臺東大學學士後師資班陳榮俊

你寄來的小說稿，我看了。

這如果要發展成長篇，得多一些「波瀾起伏」；不然平平說來，跟散文沒有太大差別。還有情節線也不妨多一點，讓它有「曲折離奇」的味道會更好。男主角想到山地教書服務原住民學生，這種懷抱再求深化，總得要給讀者一個「合理」的交代（你處理蘭嶼見聞的那一段不錯，可以循著那個模式去發揮）。另外，有一點疑問：不是每一個山地學校都有原住民學生（反過來平地學校也有原住民學生），你一直強調男主角到山地學校教育原住民孩童的心願，會不會不切實際！

能寫作總是好的；而也只有寫下去，才會知道困難在什麼地方，期待你繼續把它完篇。（1999.8.27）

臺東大學語教系洪嘉琪

到墾丁渡假三天，回來後看到你的信和詩，又享受了一番紙上風景。〈三牲〉詩寫得有點愴然，上蒼無法悲憫的事，就由你的筆代為抒懷；如果續作成組詩（如〈美女圖〉之類），一定更可觀。

「後現代」的東西是這個時代人的夢魘，不理會它的解構、去中心、無政府主義特徵等，就要落伍；但理會了，又覺得虛無得很！詩文字表面的諧擬、拼貼現象，顯不出內在的張力，所以隨意玩味一下也就可以了。

語教系的創作舞臺，等你來大顯身手，開學見。（2002.8.22）

臺東大學語教系吳文祥

有煩惱是好事，沒煩惱就不像在讀研究所。根據你的敘述，我幫你調一下題目和分辨幾點，看是否管用：

一、題目改成〈家庭的社會結構和階級生活文化對小學生作文表現相應度的探討〉，會比較穩當。

二、小學生作文的好壞，變數很多，包括智能、興趣、美感能力、勤惰、教育資源、教師教學方式等等，上述「家庭的社會結構和階級生活文化」這兩個變數未必具決定性的影響力。

三、現在把研究重點擺在上述這兩個變數在小學生作文表現出來的相應情況，一來可以印證假設（有關連或無關連）；二來可以想及改善小學生作文的策略（如果跟上述兩個變數有關，則可以建議家長改善；如果不是受那兩個因素影響，則得透過其他變數的改善來達到目的）。

四、希望它是有關連；否則你要研究的就會變成一個假問題。

五、參考書得涉及教育學、社會學、方法學、語文教學、作文指導等方面。

再聊，並送你一本《語文教學方法》。（2008.6.23）

聯繫出版人

文訊雜誌社湯芝萱

　　承贈貴刊本期二冊，非常感謝！我朋友殷善培所寫的〈速記周慶華〉很精采，陳小姐的拍照很生動（本人的白髮悉數可見），整體版面的設計很美觀，只是我仍愧不敢當「文壇新秀」的頭銜。這都是李瑞騰老師及貴刊編輯羣的厚愛和成全，除了致謝，似乎不宜再多說些什麼。多年來，所以勤於讀書和寫作，一方面是別無長才，一方面是迫於貧窮（寫稿多少可以貼補「家用」），沒想到居然已經到了「樂此不疲」的地步，這才是足以自我慰藉的地方。此外一切「榮銜」我都避之唯恐不及，只因為自己確是乏善可陳。倒是很想聽聽這些年師友對我的批評（有的是耳聞，還未見形諸文字），也許那才是促使我再「長進」的激素吧！（1995.4.30）

民生報社桂文亞

　　您好。這個學期我在我們東師語文教育研究所開了一門「閱讀社會學」，來選修的研究生都是現職的國小、國中、高中教師，他們都頗有閱讀和教學的經驗，所以我就跟他們商量有計畫的來研究和深度解讀出版社所出版的兒童文學作品。他們很感興

趣，也開始著手在進行這項工作。我們首先選擇貴報系所出版的少年兒童叢書作為探討的對象，希望最後研究和深度解讀的成果能有機會和貴報系合作出版。

我們的構想是這樣的：貴報系一向重視兒童文學的傳播推廣，尤其在您主編的民生報兒童版和少年叢書，囊括了海峽兩岸優秀兒童文學作家的作品，早已家喻戶曉，有口皆碑。只是還缺有人來作一統觀性的整合和闡揚，以便外界對您和貴報系的用心有一全盤性的了解。我個人長期在從事文學創作、研究和教學（包括兒童文學的創作、研究和教學）的工作，也出版了十幾種跟文學有關的論著，深知如果有人願意投入時間心力來探討出版社出版的相關的系列叢書，一定會帶給作者以及研究者和教學者更多的回饋和刺激。因此，現在有機會集合一些優秀且志趣相投的夥伴，正是可以開始織夢實踐理想的時候。我們很珍惜這樣的機會，也很慎重的要來跟您商量這件事。

目前我們已經計畫好了要解讀下列的作品：

張嘉驊〈吐火獸〉（收於《怪物童話》）

黃　海〈思鄉的外星人〉（收於《思鄉的外星人》）

林芳萍〈色香味的陽光〉（收於《屋簷上的秘密》）

劉思源〈一樣國〉（收於《妖怪森林》）

桂文亞〈結果呢〉（收於《感覺的盒子》）

張之路〈原諒我！小新子〉（收於《懲罰》）

管家琪〈啄木鳥和老樹〉（收於《複製瞌睡羊》）

金　波〈流螢〉〈其實並沒有風吹過〉（並收於《其實並沒有風吹過》）

羅　青〈如何到達彼岸〉〈回家〉〈答案〉（並收於《一本火柴盒》）

孫健江〈最佳評選〉〈獵狗〉〈崗亭、欄杆和下水道〉〈時針〉（並收於《公雞先生生氣了》）

我們的解讀方向包括作品裏裏外外的問題：凡是有關作品的形式技巧、意義特徵以及創作的對諍、接受的態度等等，都會在解讀的過程中分別予以處理，以顯示這類解讀和一般泛泛解讀的不同。我們希望經由這樣的解讀，可以引導讀者更加深入的來閱讀作品，也有機會提供給作者反思或更上一層樓時可以參考的資源，合而對兒童文學的創作和接受的日漸提升成效有一份貢獻。

為了能夠達到上述的目標，我們在選文上也特別的講究，一方面照顧到它們在類型上的代表性；一方面又可以滿足讀者從「故事性」、「主題」、「世界觀」、「價值觀」、「潛意識」、「意象的創造」、「韻律的經營」、「人物性格的刻畫」、「情節的安排」、「背景的呈現」等角度來探討作品的要求。此外，我們還準備在全書的開頭加上五篇文章，分別敘及該叢書的「少年兒童叢書的總觀察」、「作者羣的特性」、「各系列作品的風格」、「製作模式的探討」和「對讀者的期待」等課題；同時另有一篇序（由我本人來撰寫）來說明這段深度解讀的因緣。

現在已經有一篇解讀整理出來了，隨函寄呈您參考，也盼望您能給些意見。這本書預計十二萬字，倘若能蒙您的慨允協助而獲得貴報系的出版，也是對這些研究者的一大鼓勵。您是兒童文學界的前輩，也是兒童文學出版界的領航者，很期待有向您學習討教的機會。就在這裏靜候您的回音。（2002.10.25）

萬卷樓圖書公司梁錦興

不好意思，打擾您！

　　我跟幾位朋友正在合寫一本《寫作教學》的專書，已經接近完稿階段，想商請貴出版社出版。先把計畫書寄上，請您看看，改天再專程拜訪。

　　這本書結合寫作教學的理論和實務，是目前所見偏於一端的同類型著作所不及的。現在中小學九年一貫課程剛實施不久，大家都在摸索方向，有關作文／寫作的教學更難有主見。本書可以提供相當多有關這方面的參考資源，不但有寫作教學理論的導引，還有寫作教學實際的示範；而讀者羣的設定更可以廣及中小學教師、師範院校語教系教師以及其他有志於從事寫作教學的人等。很盼望得到貴出版社的接納出版，以便能早日在市面上流通。

　　從上次跟林文寶等人合撰《臺灣文學》，才有機會聆聽您對於書市運作的高見；下次拜訪時當再當面請教，以補荒疏。（2003.6.27）

洪葉文化公司郭淑玲

　　《靈異學》已經完稿，並請人繕打好了，即刻寄給您看看是否合用。

　　這本書囊括了世人所遇到的靈異問題，一一試著給予妥適合理的說明解釋；同時也自行發掘了許多論者所未曾碰觸卻甚為重要的課題，依便安置在整個理論體系中。理路並不簡易，但所舉具體案例可以沖淡它的抽象性和嚴肅性，無妨定位在學術界和非學術界都可以接受的對象範圍。

　　謝謝您對這本書寫作進度的關心，有什麼問題請再跟我聯繫。（2005.9.8）

弘智文化公司李茂興

哲學書完稿了。沒等您告知有否企畫結果，我就先自擬章節並以半學術半通俗的方式寫成了。

書內容涵蓋面遠超過市面上任何一本哲學書，形同是重新建構了哲學這個領域。雖然它離原先您所要「為高中生撰寫」的構想有點距離，但只要具有高中以上程度且有耐心閱讀的人，應該都可以讀得懂。

書名所以沒用您當時所提議的《打開哲學後花園》，而改成《走訪哲學後花園》，主要是為了避免跟坊間一些題為《打開……》的書混似；此外它和內文所論述的也特別相應。

請人打完字後，優先寄給您看看。如果有機會再合作出版，近日內我會將序寫出及磁片一併寄上；倘若有困難，請告知一聲並將書稿作廢也沒關係。

再次謝謝您。（2006.10.24）

給師長

顏崑陽師

對不起，打擾您。明知道經您否定的文章，再為它辯白是沒用的，但不說又難以釋懷，所以這裏就冒著不敬的罪名和捱罵的後果，再為拙文說幾句話，懇請原諒。

一、把批評方式抽象出來，摘句批評這種批評方式（以單一的判斷，運用批評的語言，對某一對象給予價值的評估），相對西方文學批評那種批評方式（以多重的判斷，運用批評的語言，對某一對象給予價值的評估）來說，具有「不可或缺」的特性。為了證明這一點，我從摘句批評的實際運作入手（以單一的判斷，運用批評的語言，對一些特殊的詩句給予價值的評估），探討它的原因，然後把它抽象出來，跟西方文學批評那種批評方式作比較，肯定它是「不可或缺」的。您說不能作這樣的比較，又說要研究摘句批評這種批評方式的特殊性才有意義。這就很為難，因為摘句批評這種批評方式不經由比較，無法凸顯它的特殊性，但要比較，不能在它實際運作時比較。在實際運作時，它以特殊的詩句為對象，而別的批評方式在實際運作時不以特殊的詩句為對象，彼此沒有一個「對應點」，無從比較；因此，只有把彼此的批評方式抽象出來，找出「對應點」，才能進行比較。這樣一來，中國文學批評所用的方式就沒有不同了（這也是我在

前後文所強調的摘句批評這種方式可以代表中國文學批評的理由），只有西方文學批評所用的方式是不同的，經過比較（比較過程，這裏不再重述），發現摘句批評這種批評方式是「不可或缺」的，這才顯出它的特殊處。除了這樣做，實在無法證明它的特殊性。

二、您說我這篇文章應該從存有論、知識論立場，作實體性的探討。這的確是要去探討的問題，可是我在前後文中已經說明哪些是現在所能探討的問題，哪些是現在所不能探討的問題，而您所說這個問題正是在所不能探討的範圍之內，自然無法加以處理。

三、您說我是站在跟別人對立的立場來論說。這是態度問題，我實在沒有這個意思。由於我所探討的問題，已有人探討過，我重新再作探討，勢必檢討前人的研究結果，不然如何顯示這次研究要比別人合理而有意義？當然，我也反省到將來有更合理的研究成果出現時，必須修正或放棄我的研究成果，目前我仍會堅持我的說法。

四、您又說我整個研究只是概念的辨析。事實上，概念的辨析，只是必要的手段（因為每個概念都可能有多義或歧義或混合，不加以界定，無法確定它在言說脈絡中的意義），我並沒有停留在這個階段，而是進一步去解決我所提出的問題。

另外，您還指出一些問題，我都仔細考慮過了，有的在文章中已有交代，就沒有更正；有的依照您的意思，加以更正（如效應那一部分），謹在此深表謝忱。

最後，您要我在重寫與提出應試作一選擇。我選擇提出應試，不知可否，懇請裁示。

在老師的心目中，我是一個固執己見、不肯虛心向學的學生，而這篇辨白只能更增添老師這一印象，恐怕於事無補。

但我也只能做到這樣，冒昧不敬之處，只有請求老師寬恕了。
（1990.4.1）

李瑞騰師

去年古典文學研討會，承准提出論文發表，非常感激！今年至盼能再獲賜類似機會。頃刻擬撰一文，題目及綱要如下：

〈佛教因緣觀在《紅樓夢》中的運作及其意義〉

一、因緣觀在理解《紅樓夢》上的重要性。

二、因緣觀的歷史及理論依據。

三、因緣觀在《紅樓夢》中運作的情況

　　(一)為功名冠上「虛浮」的形式

　　(二)為錢財安排「空洞」的內涵

　　(三)為愛情點染「詭譎」的幻夢

　　(四)為親情措施「縹緲」的雲霓

四、因緣觀在《紅樓夢》中運作所顯示的意義

　　(一)揭示一種倫理抉擇的途徑

　　(二)提供全面秩序建構的模式

不知是否切合今年研討會的主題，並能在會上見習發表？先以專函奉達，後再電稟請示。（1993.1.13）

金榮華師

近來安好。整個暑假都惦記著一件事，想向您報告。

本來跟楊旻瑋約好，等他辦完公務，一道去拜訪您，給您請安，並且為課堂上講話冒昧向您道歉。但他人還在國外，不知道

什麼時候回來，所以就先寫這封信給您。

初次到文化，所抱持的仍是一股追求學問的熱忱，希望有更多向師長請益以及跟同學討教的機會，所以不知不覺中就沿著過去在碩士班和學術會議中「直言不諱」的習慣，來面對新的情境，沒有考慮到它可能出現的某些「負面反應」，以至冒犯了老師，而得到「目無尊長」的罪名。這點我要深致歉意，將來也會力加改進。

最後，我仍得說，如果平常我的公開發言太過激烈，那是緣於對學問一事的敬重，完全沒有絲毫「傲人」的意思。但願這點也能獲得老師的諒解，也請老師不吝再教我。（1993.9.2）

龔鵬程師

《新仙學》一書編成了，僅將原稿和轉檔稿及磁片隨函寄上，並有幾點稟報：

一、原始文獻，無從查到原出處，都依武國忠主編《中華仙學養生全書》一書收錄的輯出，可能也得取得授權。

二、評論文，見解大同小異，僅取三篇充數。為便於取得授權，並將出處著錄供查。

三、原始文獻為簡體字版，倩人打字時，對方不諳簡體字，無法應付，只得以掃描再轉檔的方式處理，順便將其他文稿轉成簡體字。但因解析度不佳，成功率僅約七成，所以才將原稿附上，請出版社依原稿校對。

新仙學在大陸學者的討論中，多取它的實證精神而略去原對治科學的精義，頗為可惜！這在導論中已經有所發微，應該可以提供讀者一點新穎的看法。（2007.6.25）

卷六

序文與書評

《從前從前，有一個小王子》推薦序

　　你可以想像一羣三十歲左右的人聚集在一起演童戲的樣子嗎？那可不是蓋的，手足狂飆、羣星亂竄、滿天光華，比那些剛出道的小毛頭還要能夠「撐起場面」！偶爾有人太過入戲，久久還回不過神來，嘴裏溜出的盡是剛剛反串時說的一些嬌聲嗲氣的話，而讓整個氣氛「勁爆」到最高點。他們就是這一羣人，在一個偶然的機會聚集在東師的校園，搬演著一幕幕趣味橫生的短劇，也喚回了一段已經消逝的童年。

　　原先我無法預料在兒童文學課中設計演戲的活動，究竟可以激起多少這羣不再年經的朋友的熱情，但看到他們一次又一次賣力且不計形象的演出後，我就知道這項活動對上了他們的胃口。其實，他們不只在教室這個臨時舞臺勇於變裝獻藝，還有課後的寫作也看到了他們正在一點一滴的清除心靈上的塵霾，好讓童年時保有的稚情「重見天日」。他們卸除了裝飾太多的外衣，也掀開了虛掩過久的性靈，終於在一個時光停止流轉的寒冬迸出了一道絢麗的光芒！這個光芒就是貫串著他們的作品的那份真情和創意；它將隨著隱藏的叫賣的鈴聲傳送到海角天涯。

　　如果要我再說有關兒童文學寫作的道理，那絕對可以一籮筐一籮筐的傾倒，一直到聽者猛生睡魔為止；但如果要我回顧一下當初在課堂上跟他們說了什麼話，那就要大感抱歉了。雖然他們的作品還保留著我所提供的情境背景，也提醒著我得雪亮著眼睛欣賞他們的文采，但我的確難以從記憶中去搜尋曾經從我口中

流出的話語。只依稀記得「製造差異」這個近於口頭禪的詞語一再的被我反覆的搬弄，而他們似乎就在這一氛圍裏不斷地生產作品，從故事到童謠到童詩到童話到小說到戲劇，一路追趕著寫作，並且以「另類」的姿態向創作的極限挑戰。現在集子裏的這些作品雖然只是從中甄選的同為敘事類型的部分，但已經可以想見其他未曾選入的抒情性作品以及還有限於篇幅不能收入的更多敘事性作品的「激進」性格情狀了。

還記得志維帶來國王迷路了出版社願意出版這本作品集的消息時臉上飛揚的神采，它是那麼的「新鮮」和「動人」；宛如這一開張後就要大展鴻圖了。

我真要為這件事高興，也樂於向讀者們推薦這本書。畢竟看慣了一個平凡和索然乏味的現實世界後，需要一點不一樣的東西來刺激我們的感官，進而在心靈上重新植入一棵永不枯萎的童話樹，然後期待它幻化成長，璀璨孤獨但不寂寞的人生。

《狂狷》序

寫作或許可以用織網來比喻吧！織網前總要構想網的規模和材質，織網中又得細密的勾勒和修改，織網後卻對先前的種種作為逐漸失去記憶，甚至不復記憶，只剩下那張既熟悉又陌生的網，彷彿在向我們質疑為什麼要織了它，而我們也無法想像自己到底掌握了什麼。

沙特（Jean-Paul Sartre）曾於1949年發表〈為什麼寫作？〉一文，對於人的自由著墨甚多，他主張只有透過寫作（包括閱讀），人才能逃脫與生俱來的限制，並進而賦予支離破碎的世界一組有意義的關係。這的確能安慰人心，但如果連寫作一事人都難以如實控制，那又該怎麼辦？顯然沙特是樂觀了一些。

近年來，我常在講課和寫作中覺得疲累，也是因為語言這東西詭譎異常，沒有任何的「必然」，也沒有任何的「絕對」，它只是它自己，誰也沒有能耐稱它已經「為我所用」，以至人仍處於一個冥冥中就布置好了的網絡裏，既不知過去也無從保證未來。這種無奈，又豈是存在主義者（如沙特）所能料想得到的？

雖然如此，語言世界還是一個比較有價值而可以投注心力的場域。在這裏，我們固然不能再像前人那樣妄想「包括宇宙，總覽人物」（司馬相如語），但跟人共商如何來玩「語言遊戲」仍有相當的可能性。如果要說人活著還有什麼意義的話，那參與語言遊戲並試圖提升遊戲的水準就是了。至於這種遊戲的規則「該

當」如何，參與的人所要「具備」的條件是什麼，就有勞大家努力思慮了。

　　我的朋友們所印行的這本小說集《狂狷》，也不妨從語言遊戲的角度去看它，這樣我們才不會浪費心力去追問一些不該或不宜追問的問題，而能從容的接納它是在邀約我們共玩遊戲。至於兩位編輯曾金城、葉連鵬，別出心裁的使排版多樣化，想必也有助於遊戲效果的「催化」，終將令人懷想。

《小題大作》序

　　每當跟人討論文學的課題時，總會遇到「文學能做什麼」、「文學解決得了吃飯問題嗎」一類的質疑和鄙薄，彷彿文學真的是半點用處也沒有。這時就不是發發瞋怒或抬出莊子「無用之用是為大用」的話題作為擋箭牌，就能化解對方的心結和存在彼此間的尷尬氣氛。

　　沒錯，不曾嚐過文學好處的人，是有權懷疑文學無法給人生帶來什麼。但這並不表示文學確實也有無用的時刻，因為文學的有用無用是一個後驗的事實，必須由當事人實際去閱讀或寫作後才能判定；而就在當事人願意去閱讀或寫作時，他已經「肯定」了文學的價值（值得閱讀或為它而寫作），如何能說文學無用？這好比鈔票，在它還沒有實際成為交易的媒介時，也不過是廢紙一張（雖然它偶爾也會讓人從它身上獲得一種抽象性的滿足）。因此，文學的有用無用顯然是個假問題，我們應該要改變問法：當我要閱讀時如何才能獲得更多或當我要寫作時如何才能寫得精采（一如我們在花鈔票時所要問的：怎樣使一分錢買到一分貨）。

　　總歸一句，文學的用處是要在閱讀或寫作後才知道，始終徘徊在文學殿堂外面的人，所發的評論，如果不是囈語，就是搔不著癢處，大家儘可不必理會。也因為這樣，已經進到文學殿堂裏面的人，就得更加的警覺：只有不斷地閱讀和寫作（包括文學批評和文學創作），以及提升閱讀的品味和寫作的水準，才有可能

使生命活得燦爛而有價值。這也就是我一再明喻暗示我的朋友們別鬆懈於閱讀和寫作的主要原因。

　　現在他們把在我的課「中國現代文學作品欣賞與習作」上所寫的文章，選集成一冊，題為《小題大作》，一來具體回應我的呼籲，二來可供彼此相互觀摩並留作紀念。雖然它是在我「半遊說半逼迫」的情況下成形，但他們選題書名所表現的精心巧智（又帶點謙虛），卻又超出我所望，顯見這裏頭蘊涵著一顆顆不可限量的文學心靈。預祝他們在文學這條路上能得到他們所想得到的，同時也能留下大家所期待留下的。

《如雲集》序

　　從人類進入後現代社會以來，一切舊有的價值觀不是遭到瓦解，就是面臨幻滅；接著斷裂、無序、延異、不定、去中心等觀念，又儼然成為新的價值參照系絡。每天我們所接觸的竟是一波波強要人放掉所有「執著」又不能沒某些「信念」的訊息。前者告訴大家執著是愚妄無效的，後者告訴大家不執著才是唯一的信念。而我們就在這執著和不執著間茫然不知所適。

　　我的朋友們似乎還沒有感受到這股「壓力」，寫起文章來仍是自信滿滿，下筆數千言而毫不覺得「艱難」。本來這也不是什麼大不了的事，儘管別人不認同我的價值觀，自我認同又有什麼不可以？只是這樣必須付出無從跟人對話（甚至喪失發言權）的代價。相信我的朋友們不會就此止步，而將盡力去找尋可能的「出路」。

　　在十年前，文學還不是很難討論的一個對象。頂多分分類別流派，再運用一些新批評、精神分析學或結構主義的理論來解析，此外再也沒有什麼可以著力的地方。但現在卻不一樣了，不僅文學理論「日新月異」，諸如現象學、詮釋學、讀者反應論、解構主義、政治批評、女性主義批評、對話批評、系譜學批評、混沌理論等紛紛出籠，連文學本身也由現代主義（前衛派）轉到後現代主義（超前衛派）。原先視文學為獨立的個體或可談論的對象，已經被「文學創作或批評如何可能」或「文學已死而文學理論也不存在」等這類課題所取代，以至有關的言說和書寫都變

得困難重重，最後不得不落入「解構」、「重建」、「解構」、「重建」……的永恆循環之中。

　　這半年來，在「中國現代文學作品欣賞與習作」課上，不論我的朋友們是否跟我「分享」這一尷尬的處境（或危機），我都不能不為自己有對他們發過某些苛刻的「要求」感到不安，畢竟沒有了「規範」的當今社會，還有什麼值得努力的？但仔細想來又不然，正因為目前的混亂、不確定，才需要極力去理出一些頭緒，好安頓一顆受「撞擊」過深的心靈。但願不久的將來，我們都會發現所下的工夫並沒有白費，而所有的「責難」、「鞭策」都已化為甜美的回憶。那現在多吃點苦頭又算得了什麼？

《沸言》序

　　有個寓言故事說：從前在水裏住著一隻青蛙和一條魚，牠們常常一起玩耍，成為好友。有一天，青蛙無意中跳出水面，在陸地上遊了一整天，看到了許多新鮮的事物，如人啦，鳥啦，車啦⋯⋯等等。牠看得開心死了，就決意返回水裏，向牠的好友報告一切。牠看見了魚就說，陸地的世界精采極了，有人，身穿衣服，頭戴帽子，手握拐杖，腳穿鞋子；這時在魚的腦中就出現了一條魚，身穿衣服，頭戴帽子，翅挾手杖，鞋子則吊在下身的尾翅上。青蛙又說，有鳥，可展翼在空中飛翔；這時魚的腦中就出現了一條騰空展翼而飛的魚。青蛙又說，有車，帶著四個輪子滾動前進；這時在魚的腦中就出現了一條帶著四個圓輪子的魚⋯⋯以這個故事來比擬「專題研究」課的情況，應該有幾分的貼切和滑稽的效果。

　　我原以為我所講的一套理論，在我的朋友們聽來頂多像那條魚「別有意會」罷了，並不打算反問他們究竟理解了多少。最近一次課，為了印證一篇談論修辭的範文，請他們發表對「我們這一班」的看法。準備在幾個人次講話後，就作個了結；沒想到他們「欲罷不能」，紛紛抱怨這門課太艱深，也不感興趣。原是一段「感興」的時間，最後演變成「批師大會」，這時我才發覺自己講了快一學期，魚卻不在水裏頭！而更妙的是，他們還「隔空傳音」，問青蛙會不會「心碎」！青蛙當然不會心碎，只是不免有點掃興而已。畢竟學術也是一個好玩的場域，沒有人一起玩，

總會有遺憾。至於他們還抱怨我講的黃色笑話「不夠黃」，這就怨我不奉陪了。因為那些笑話多半辱及女性，而我一個盼望兩性和諧相處的人，的確不便拿它來自砸招牌。

　　說歸說，我的朋友們還是各自寫了一篇論文，有模有樣，也不乏獨特的見解和感懷，顯然他們不是毫無所獲，也不是整個學期打混。現在他們把那些論文編成一本集子，並取名看來有點重量的《沸言》，可見他們還有一些巧思和溫情正要表現出來。集子可以留作紀念，溫情也可以慢慢回味；只有歲月一去不再復返，不甘凡庸，必須及時奮起，向學問的極地挑戰，生命才會活得燦爛耀目。相信我的朋友們，不會就此止步，也不會怠惰人生；繼續攀援登高，去做一個真正可以笑傲天地的人。希望下次再相聚時，讓我也有機會扮演那條魚，洗耳恭聽青蛙的高談闊論。

《未悟‧通殺》序

　　喜歡文學而不懂佛教，或喜歡佛教而不懂文學，在我看來都會有遺憾，因為這世上存在著甚多佛教文學化和文學佛教化的現象，而單嗜好的人只能平白錯過寬闊視野或深化美感的機會了。

　　佛教文學化部分，就不必說了，它已經體現在佛教的經典中，可任由人去玩味品評，但再也難有伸展或衍變的空間。至於文學佛教化部分，可就有意思了，它在歷史上一路走來，足跡斑斑，而且演出粲然動人；於今又有新的變化，正在向不確定的時代招手。

　　就以小說為例，赫塞的《流浪者之歌》、芥川龍之介的《地獄變》、三島由紀夫的《金閣寺》及中國傳統上的《三國演義》、《西遊記》、《金瓶梅》、《紅樓夢》等等，共同進駐了文學佛教化極為醒目的位置，也暗示了文學佛教化要別為開疆闢土才有前景。而這些都可以在我們的慧識和願力下，成為一個美麗的負荷。

　　所以說這是個美麗的負荷，主要在於文學創作將會變成我們的志業，而佛教化則是讓該志業完滿耀眼的有力保障。當然，這也必須先對佛教的緣起觀及其解脫法門如何在波詭雲譎的現實情境中著力有所知見；不然該美麗的負荷終將被自我陶醉沖淡，而形成尋常的活計。在這裏，我只能期待以一個活潑潑的生命帶出佛法而融入文學創作中以顯示佛教化的成果；此外，無法想像一些刻意的寂靜冒稱得道而可以開起佛教化的新境。

　　由於生活的倥傯，「佛教與文學」的課題，對我來說似乎日見在減低原有的感動，而頻頻移轉興致到佛教如何應世和淑世一個特定點上。導致我的朋友們在修這門課時，也沉寂得不知從何喚起內在心靈的躍動，只好要他們嘗試以創作彌補缺少的經驗。現在終於有一本作品集誕生了，不知道他們將以什麼樣的心情來面對，我鐵定會為他們又跨了一步而致上祝福。《未悟‧通殺》，一個矛盾成理又狂放不野的書名，承載了他們二十二個人進出浮世的巧慧重量，而我卻逃遁了，只留下這篇近似囈語的序文，豈能不赧然！

　　也罷，這世間有人登臺唱戲，也得有人捧場看戲，臺上臺下，都現風光。至於散場後，究竟各奔前程或再定會期，那就隨性看緣了。

《還在想》序

長期以來，「臺灣文學」這個品牌，大多數人只會對它發出一番政治激情，而少了一份文學遐想，以至相互辯詰構陷，怒氣填胸，整個畫面了無意趣！這不是說激情不必要，而是說遐想更可貴。為了遐想成真，只好淡化激情。如果不是這樣，我們何不直接上街頭去搖旗吶喊，要來得過癮？

換個角度看，臺灣文學本沒有什麼先驗性，完全是人基於某種目的或需要而建構的，結果卻是自己建構而自己激動，這也真奇妙！我個人就不作如此想，所提及的臺灣文學，希望「兼容並蓄」，以保有最大的遐想空間。這麼一來，我就無從估計我能開放到什麼程度，也許最後連世界文學都會把它包攬進來。屆時即使還有一點激情，也會在層層翻尋中失落了它的采邑。

此外，凡是接觸文學的人，也都得有「志氣」成為一個創作者或生產者；否則成天看別人表演，自己沾不上一點光彩，終究要去無名堆裏報到，落得一片「白茫茫大地真乾淨」，儘剩像《紅樓夢》作者那樣在成就文名。因此，「什麼時候也可以聽到給自己的喝采聲？」就成了我們不斷要自我發問的問題。換句話說，世界不會為一個平凡人伸縮一吋，卻會為一個英雄倒轉幾回；只要我們的本事夠，擎起世界迴旋時，一定會發現裏頭夾有咯咯的笑聲。

在「臺灣文學」課裏，我不確定我是否已經充分的傳達或告知了這樣的信息，但有一點卻是可以保證的，就是我的朋友們多

少嚐到了創作的快悅。不論過程是「難產」還是「順產」，他們都保有或努力在開發自己的創作空間，也不吝惜跟同好「分享」創作的成果。而從談論他們的作品所激起的笑聲（或嘆賞聲）遠超過範文一點推測，他們要成為社會的寵兒是指日可待的。因為那笑聲代表了一種自信，也代表了超越既有成就的渴望。倘若都不是，那也無妨，畢竟自嘲更能促進自我的進步！

　　《還在想》這個名稱，是他們商議來統括作品集的。我不諱言過去所開文學課一樣的創作，普遍不及他們的精采，而他們卻「羞答答」的選個離題的名稱（至少也要像《就是這樣》才夠勁）。平時，他們都話不多，也不愛爭辯，少了一點「眾聲喧嘩」的樂趣。現在有了這本作品集，無意中透露了大家依舊是期待多音交響的，不然也不會「竭盡所能」的展現佳作來「以文會友」。但願這種美好的經驗，能在我們的心田中繼續增長，然後衍化出不停前進的動力。至於那個政治激情嘛，忘不掉的人，就再把它撿回來吧！

澹然可人的詩夢世界
——《今夜好想流淚》序

　　盈翰寫了一本書，我一點也不覺得意外。幾年來，只要有機會，我就會慫恿或促動在東師的這羣朋友寫作；以至在他們畢業前夕即使寫個五本、十本也是理所當然的事。我知道盈翰不只這一點成果亮相而已，但讀著讀著卻又發現這根本不是我所認識的盈翰；他似乎早已脫胎換骨，由一個問道者、甚至傳道者的角色，搖身一變成了情聖。因此，這本書又超過我所想像的，質可以直逼雜湊彙編的十本書。

　　那天看到他染髮並梳了一個摩西頭，以為他從此要踏上「寂寞」的弘道之路了。沒想到突然遞出這一疊書稿，逼我窺見了他內心的「洶湧澎湃」，好像還在「情難捨」的歧路上駐足徘徊。很少看過他寫情詩，也很少聽到他向人傾吐情愫，這回卻讓我為他「有說不完的情」而傻眼！難道想當摩西的人都要先經過一段「天人交戰」？還是當了摩西更需要所謂的「天人交戰」來強化自我的承擔？

　　雖然如此，盈翰的情感世界還是饒富趣味的。這種趣味不是得和失輪替的「諷諭」，而是介於欲得不得、似失未失之間掙扎的「美感昇華」。且看「心情灰得有點憂鬱／是想見你卻難以擺平」（〈顏〉）、「我愛你／靜靜等待、默默嘆息／儘管有十足勇氣、活力滿溢／仍受孤寂所苦，也受妒忌所痛」（〈愛你〉），明明是求愛未償的憾恨滿懷，他卻可以很快的轉釋出

「只願我／凝結成清早薄霧，沾濕你的初醒的臉頰／化作蒸發水氣，黏附在你的汗滴」（〈夏天〉）、「擁擠的人羣／你是顆藍寶石泛著水亮　鑲綴在灰椏椏的叢林／你是朵紫羅蘭含著露珠搖曳在綠油油的坡地／……凝望著你／陶醉在欣賞　上帝精心雕琢的藝術品」（〈割捨〉）這樣夢幻式的歡慰！在這裏佛洛伊德的學說可以得到「更進一解」：就是性欲不必然透過象徵途徑找到出口，只要你有能耐，「詞藻」就足夠用來包裝發送。

　　大體上，盈翰對於愛情是有那麼一點唯美式的耽戀的。如「情願放棄所有，只為換取一刻溫存／情願出賣靈魂／只求感受餘留體溫」（〈不該愛的人〉）、「篤定堅信你已讓我著迷／夜夜都想與你分擔　孤寂／堅持　執迷你的話語身影／時時都盼同你翱翔藍天　白雲」（〈感覺〉）等，都道出了這一訊息。只是耽戀不得，除了困折，偶爾還得來一點「糾纏著無盡的相思索，飲進了無味的孟婆湯／……追隨著未知的命運，卻甘之如飴」（〈思慕〉）這樣的「自虐」，這就要引人為他捫一把「同情之淚」了。

　　相對於一些敢愛敢恨的「孟浪」情聖來說，盈翰的這類情感表現方式顯然是起不了大波瀾的。但因為他的「溫吞」得宜，依舊保有一個聖潔情人的形象，再藉由翁鬱的意象和淒美的旋律，直把「情愛」闡釋得跌宕不已。當然，像「信鴿捎來了　你的疑慮／沉澱在　透明的糖果罐裏／散發著酸酸甜甜的氣息／用力拔開瓶蓋／卻再沒有嗅到／一絲絲異味」（〈羞怯的糖果罐〉）這應該是「繁華落盡見真淳」的絕佳心情的展現。這也使得他有餘力以詩來「明志」，創造一個澹然可人的「詩夢」世界。

　　集子裏還有一些抒情、哲思兼具的散文，這原是盈翰的專擅。現在稍讓給詩作，盼望他日重拾，一如寫詩那樣有計畫的構築完篇。屆時就可以再找到話題跟他「長聊」。

上帝也料想不到的點子
——《創意作文寫作魔法書》序

　　有一次，我在課堂上出了一道作文題目「那一天我得到了絕對的自由」。由交來的卷子中，有一張隻字未寫，我找到「作者」後，點點頭表示讚許，心裏在猜想他可能正在模擬真正得到了絕對的自由的樣子，不意對方卻回報給我一個慧黠的笑容，說：「你猜錯了，我是真的得到了絕對的自由，很享受你不逼我們的那種愉快感覺，所以腦子一片空白！」後來他「補」交了一大疊文稿，並附了兩句話：「現在不再自由，我才開始文思泉湧。」好弔詭的生命！我一直在想著「我寫故我在」、「寫作使人偉大」一類淺顯卻不免浮面的問題，而忽略了「為了脫困」才是我們所以要寫作的最真實也最根本的原因。

　　因此，每一支生花妙筆的背後，就是一個困頓的人生，而能夠重新綻開歡顏的人，也一定是嚐受過了寫作路上的艱辛、折騰的滋味。柯爾賀的《牧羊少年奇幻之旅》書中有段話「當你真心渴望某樣東西時，整個宇宙都會聯合起來幫助你完成」，這用來比喻「執著於寫作」一事也滿貼切的，只要你深深體會寫作可以改變人生而真心想要去實踐時，所有有形無形的力量都會匯聚來幫助你完成。

　　當然，這條「蛻變生命」的道路並不是通暢無阻，懂得訣竅的人才有希望越過彎路而直達目的地，這時如果有一些「經驗之

談」來供我們觀摩，想必會減少自我盲目摸索的時間，而如同獲得魔法一般的令人驚奇！

大家當還記得從幾年前《哈利波特》小說、電影的旋風橫掃全球以來，不知道多少人在嚮往著那夢幻美妙的魔法；它比仙人教人點石成金、吟遊詩人突然得到繆思的靈感、民間扶乩信仰中神明降旨等等都還要令人遐想耽溺，而寫作如果也有這麼一種開啟人「創思精寫」的魔法，那麼我們的苦惱豈不是會因為魔法的「百折不撓」終而「克敵制勝」的回饋而減輕許多、甚至從此不再認為那是什麼了不得的事！

柯品文先生這套《創意作文寫作魔法書》（分為「兒童基礎入門」和「兒童進階應用」），可以說就是這麼一種創意寫作的啟蒙書。它從最基本的語句練習到最終的布局成篇，循序漸進的引導讀者學得創意寫作的魔法；而所穿插的有關抒情性、敘事性和說理性等文體的閱讀指導和寫作方法的提供，也很貼切實用；同時兼顧的古典詩詞和寓言故事的欣賞介紹以及圖畫書和故事書的繪製創作，更豐富了一本原是「難以齊備」的應時書。

此外，書中所規畫的三個學習單元，也跟現時分階統整的學習心理觀，以及為及時展開創意寫作的旅程欲求相切合，很可以作為學童自修以及大人督導學童寫作的極佳的指南。

在現代的文體分類系統中，新詩、散文和小說等相對上可以自足的類型，它們所顯現出來的語言特徵，常常被人用一些意象來比喻，如「新詩是舞蹈」、「散文是漫步」和「小說是快走」等等。這除了把各種類型的作品風格「和盤托出」，還暗示了寫作過程對於語言運用的「大致趨勢」。這些更「進階」的課題，都可以在柯品文先生這本書的功能發揮之餘，再委由讀者自行拓廣加深。

現在受限於篇幅不能盡談的，日後應有機會「續出奇思」。其實，柯品文先生自己就是創意作文的開拓者，他多次獲得文學獎，擅長創作各類型文學作品，出版過小說集和藝術論著，還親自擔任兒童創意作文班教師和報刊編輯等，閱讀他的作品，立刻就會知道他所允許「再闢新境」的問題已經得到了解答。

《生命中不能承受之輕》作者昆德拉喜愛徵引猶太諺語「人們一思索，上帝就發笑了」。這看來會讓人洩氣，但我們都忘了昆德拉本人是用寫作的方式來迫使上帝不再發笑，可見寫作絕對是可以彰顯人「在世成就」而不會被漠視的重要事。

柯品文先生「寫優而教」，以這本新書來跟讀者結善緣，我們要重新發笑一次：這真是上帝料想不到會有的特好的點子！

她的詩會說故事
——《邂逅之後》序

　　詩人以孵意象為業，孵熟了，詩就破殼而出；而破殼而出的詩，又會聚集成羣，相互牽引輝映，酷似一座百花通氣的園圃。我看詩人的詩集，都不禁要做這樣的聯想；眼前絡繹奔會的意象，就像那花團錦簇，香在眼而亮在心。

　　但倘若詩不以意象自珍了，又會怎樣？那就說故事。用詩說故事，也是詩中一格，向來都叫做「敘事詩」，它跟泛泛的說故事不一樣的地方，在於它蘊涵有靈心妙意，和精鍊含蓄的語言，可以讓人玩味不盡。好比小說中的故事，能曲折、能離奇、能感人，但就是不能醞釀濃烈的情意而給人閒賞品嚐；只有詩裏的故事，才足以引發人猜想和入迷的樂趣。

　　意爭的新詩集《邂逅之後》，正是屬於這一類。她不耐逗留經營一些可用來隱喻或象徵的意象，卻急切於說一個又一個別人鮮少會聽見的故事。那些故事，關係著她怎樣成為一個另類學生、麻辣教師和基進媽媽，而用詩說來特別醺醺有味。如：

　　　　課堂筆記

　　　阿你自己要懂得
　　　通常來講的話
　　　如果已經鎖定對象那接下來會碰到

又回過頭來講內容結構

因為這些就牽涉到

是那一個部分嘛

就學習　對不是只有那個最新是不是最好

那你們自己在區分什麼叫指南

怎麼判斷權威性

比較多比較好比較

過去來講的話或者怎麼樣子

那我們就是那個啦哈

常　這個厚

　　這是她在模仿讀研究所時某位老師課堂的講話，維妙維肖，足見她心裏隱藏著說出「始終聽話的學生是最對不起老師的」那位尼采的影子。又如：

　　　　邀請卡

我們完全平靜地宣布

我們大家都不喜歡的老師老闆老大老爸老爺爺

因為三輩子太堅持逃走了

所以我們不會相約在陶花源慶祝父親節

更不可能在8月6日（星期三）晚上6:00準備詩來　送給他

因為他一直都在恐嚇我們

搶走我們買單的權利

請大家像他一樣也

逃走吧

實際上這份邀請卡是在我手裏的，那是她們於研究所畢業前夕，正逢父親節，一羣夥伴要為我賀節，意爭就寫了這張帶哈維爾風的邀請卡。當時我一邊欣賞她的慧點，一邊享受別緻的餐點；爾後就一直珍藏著她所帶給我的另類奇思的感動！

詩集第一部「我是學生」，不只是在說她讀研究所的際遇，也在說她參加各種研習「當學員」的見聞，當中多有不滿時下一些教育觀念。如：

憂鬱預防

推動資源回收環境保護已經中毒太深
教學時同樣也強調再利用的可能
如果閱讀內容能夠改變學生
又何須老師重複嘮叨
小團體輔導的課程中就有例子
為了患有魚鱗癬的孩子
跟大家說了一隻鱷魚走錯鴨巢的故事
要孩子認清自己重新選擇活出自己的人生
似乎比較實在

一般教師在面對患有殘疾的學生，都習慣以「一隻鱷魚走錯鴨巢的故事」來比喻對方的誤落人間，而奢望可以達到「寬慰」的效果。其實，這種「再一次提醒他們有殘疾」的作法，只會加深對方的自卑和挫折感；倒不如教他們「活出自己的人生」而不再「祈求別人的憐憫」來得實在！可見意爭有自己獨到的見解，

不願跟其他學員同樣「安分」受教。又如：

　　　　心肺復甦術

　　呼吸停止四分鐘後開始腦死
　　還是得電擊喚醒忘了跳動的心臟
　　叫叫ＡＢＣ的步驟
　　可以救回多少人命
　　如果今天有一個人突然在你面前倒下
　　沒了呼吸也少了心跳
　　會救他的請舉手

　　這又是在質疑「心肺復甦術」一類研習的徒勞無功，因為真的到了緊要關卡大家還是會選擇袖手旁觀，「救人」就留給別人了。顯然意爭的「另類學生」性格，始終一貫；但她的好學（包括不是本業的英語教師研習她也報名參加），卻少人能及。也正是這樣，她才真正的做了自己；雖然另類，卻另類得令人讚賞！

　　至於她是個麻辣教師部分，那也有很多故事可說。而事實上，她就用詩說了不少她施展十八般武藝教導學生的有趣的故事。如第二部「我是老師」中，「講了一百次我想跟你看書／終於等到回應／簡單一句好／好簡單一句／笑容立現」（〈盼〉），這是她教誨「金口難開」的學生的故事；「我能在你眼中看見火光閃爍／尤其是在我那長篇大道理之後／感謝你沒有露出倦意／只可惜／你總是讓我想再次確認／究竟你眼中的是恆星還是流星」（〈問〉），這是她開導「話左耳進右耳出」的

學生的故事;「笑話只有自己懂／還要聽到的人全交一篇報告／說是　要理由／說不是　一樣要解釋原因／看窗外是分心／兩眼直盯視為發呆／腦子呼吸心跳都限制／連思緒都不准亂跑／還談什麼創意」（〈老師那一套〉），這是她在反調侃某些「缺乏創意」的教師的故事。此外，她在學校還額外指導學生跳舞、合唱、英文、演戲、做饅頭早點和美化校園等，而在最後一天最後一堂課，還「送給大家出離埃及的故事／請細細品味」（〈我們這一班〉）。意爭的麻辣教師性格，已經從她的內心直通到外表，經常藏不住她那「要做很多奇巧且有意義的事」的衝動。

　　還有她也是兩個孩子的媽，大女兒、小女兒都很靈巧可愛，也喜歡爭寵，但她卻無意把她們調教成「乖乖牌」（因為她自己就不是這類人）。如第三部「我是媽媽」中，「靜靜等你吃掉最後一口／這樣我就能擁有剩下的所有／待會換我吃給你看／我絕對不分給你」（〈忍耐〉），這是她在小孩「偶爾不好好吃東西的時候」的對待方式;「身高不夠沒關係／媽媽抱抱／拿不到肥皂沒關係／媽媽幫你／水打不開沒關係／媽媽來開／洗好手後記得擦乾／今天我們兩個總共洗一百次了」（〈手〉），這是她為滿足小孩「自己成長做事」的策略;「你看／七隻小羊沒被吃掉／媽咪用剪刀保護他們／不想大野狼死掉／就叫他到水裏游一圈／再讓小羊把他救起／最後一團和樂唱完片尾曲／然後可以含笑說晚安／反正故事是人編的／愛怎麼演就怎麼演／我也不贊成用真實扼殺純真的童年」（〈保留〉），這是她引導小孩「認識人生」的方案，都基進得很。而故事特別可聽的是，她的反向的悠閒樂章:

與悠閒有約

悄悄起床窩在餐桌
有人跟著出來說想吃蔥油餅
爐上的火才剛點著
她的手上就多了包捏碎麵還要外加優酪乳
拿來了叉子要求再拿根湯匙
剛打了的噴涕來不及擦
嚷著想上大號
坐上馬桶也沒閒著
問蘋果什麼顏色香蕉什麼形狀
屁股擦完還沒洗手
又改變心意畫圖去了
等不到我的悠閒只好跑去睡覺
坐在它位置上的就是我的二女兒

　　已經忙成一團了，還自我戲謔說這是跟悠閒有約！因此，她難得有這麼一刻：「凱薩沙拉醬拌切絲高麗菜／加杯香濃無糖拿鐵／好一個清閒的早晨／孩子都還在睡／真好」（〈早餐〉）。一個基進媽媽，也得跟忙碌賽跑，偶爾可以喘息一下，還是在擔心「怎樣才能把孩子拉拔長大」。而整體來看，意爭的基進媽媽角色又是在不求回報中形成的。所謂「再完成一個任務／也得不到動物救難徽章／卻可以換來你的微笑／那就值得」（〈媽媽的工作〉），就是最好的證明。

　　這麼一來，意爭的詩就著染上了自傳的色彩。她以詩抒寫自己的人生，也以詩宣告她對這個世界的熱情，故事不必波瀾壯

閣，就已經點點滴滴的織進讀者的心坎，久了一定會醱酵而開出悅人耳目的新花朵。

梵谷說：「每一個人都應該過著簡單而美麗的生活，而藝術家應該為這世界留下一些美好的東西。」意爭兼具藝術家的身分，現在又努力當詩人，這本會說故事的詩集是她留給世界的好東西，值得歆羨！

都是情場失意人
——讀《手套與愛——渡也情色詩》

　　世界上有兩樣東西特別讓人牽腸掛肚：一樣是愛情，一樣是金錢。但對凡眾來說，有了金錢後也就可以滿足，幾乎不會再自我強求而發展出什麼特殊的品味或愛好；只有文人或藝術家才不甘寂寞要別作戀慕，於是多了愛情。愛情是靠才華吸引而營造成的；但人畢竟有稟性和氣質的差異，在彼此情不投合或只有一廂情願的情況下，也就有許多可歌可泣的「迷戀」或「失戀」的故事發生了。所謂「恨人間情是何物，直教生死相許」（元好問〈摸魚兒〉），顯然就是這等人苦痛且無處告解的心聲了。

　　渡也情色詩集《手套與愛》，想必也是幾經情海翻滾後的告白吧！聽他說相戀過的女子多多（新版序），又看他八十多首關情涉愛兼色的詩作，實在不得不相信他也是情場「敗陣」人！不然為何到現在還在說「當初和我鬢髮廝磨的女人，還活在詩中，好像還和我熱戀」（新版序）？難道那不是過去「付出」的太多而「回報」的太少的緣故嗎？不過，能保有那種想「失而復得」的遐思總是好的（至少不會患精神官能症）；好比婚後的人，入睡後做綺夢，對象大多不是枕邊人，一樣可以獲得「補償」（不然如何忍受跟同一個人廝守終身的「酷刑」呢），否則不知有多少人要悶出病來！這麼說，好像人都不滿足於「一對一」的樣子。沒錯！這種「缺憾」正是人的悲劇性所在，也是愛情所以會

「緜延不絕」的原因。渡也的情色詩，可能要從這個角度去解讀，才能見著它的精采。

雖然渡也在原版序中有「十五歲便捷足先墜入密而不漏的情網」的自剖，而在新版序中也有「每當藍天或碧海出現目標，我便起飛出擊」的自誇，但這都是「障眼法」（或說有「隱情」）。理由就在第一輯「情海指南」系列，多有「發明情海指南的／正是情場失意的／一隻小雞」（頁13）、「那張只裝滿了我的心意和詩意：／我要給妳生命中的水／……不懂詩的薔薇／給我一張回條：／我家已水滿為患」（頁24）、「每一次我盡力丟球過去／把我圓滿的愛／丟過去／她總是不伸手去接／總是躲避」（頁31）等「愛情匱缺」的話語，這豈不是在告訴人愛情是「可望」而「不可及」的嗎？也因為這樣，渡也就發展出了一種獨特的愛情觀，姑且稱它為「浪漫征服法」。也就是說，實際上的愛情都是不如意的（有「去」無「來」），只有透過文學作品的寫作才能把它「昇華」，變成自己可以操控且能細品深嚐那因幻想而美妙的情愛的滋味（即使對對方有怨嗟或嘆恨，也會因為自己的巧手「點化術」而暗中「欣慰」不已）。

一本已經出版過了二十一年的詩集，如今再重新出版，這當中隱藏了什麼訊息？詩人說「近幾年，詩壇充斥色情，使得第一輯的麻辣詩矮了一截，甘拜下風」（新版序），但又說「昔日我筆下所營造的情愛天地，迄今依然令自己著迷，不僅第一輯，甚至第二、三輯仍為我深愛」（同上），這豈不是在宣告他的愛情觀「歷久彌新」而可以給今人參考借鏡的嗎？而說實在的，詩人的「愛情不在情人心裏（只藏在黃金裏）」、「愛情無法套進公式」、「愛情不像冰雪有一定的起源和流變」等愛情「不定論」

（詳見〈黃金時代〉、〈物理與文學〉、〈雪原〉等詩），還真有現時的意義呢！今人終究要清醒過來：你可以渴望愛情，但千萬別相信愛情真能輕易的到手！

　　只是詩人能把對愛情的渴望轉化而說出「我就要教世上最痛的一場大火／到城裏去／迎娶妳的一生」（頁57）、「所以今晚分手時／請記得我們一定要靜靜期待／來生來世（再續情緣）」（頁67）這樣悲壯和純美的言語，比起一般人只能糾葛在失望、悔恨和自絕等灰暗深重的情緒裏要高明許多。所以詩作還不會過時，它是一道可以長汲飲滿的清流。

一套好玩的書
——讀柯品文《創意作文寫作魔法書》

　　夏夫茲博里曾經說過：「使人變蠢的最方便的方式，就是透過體系。」這讓我想起教人寫作這件事。教人寫作所假定的「自己比別人會寫作」和「別人跟自己學習就會寫作」等兩個近於悖論式的命題本身就很有意思；它完全忽略了「自己憑什麼比別人會寫作」和「別人又如何跟自己學習就會寫作」等更關鍵性的問題。因此，把一堆寫作理論抬出來搬弄而未嘗解決上述的難題，豈不是自己不夠理智同時也教人昏昧盲從？

　　「透過體系」所以會使人變蠢，主要是緣於經過理論體系化的東西都不再有「突破翻新」生命的機會，浸淫其中就形同是在自我跼促深縛，永遠聰明不起來「另尋開展」新的氣象。而從這一點來看，教人寫作也可能是一種提早扼殺「創作心靈」的殘酷行為；究竟是該欣喜還是該哀悼，答案已經很清楚了。那麼為什麼還有人「執迷不悟」且樂此不疲的要教人寫作（還告訴人一大堆的寫作道理）？這就得過渡到金格隆《媒體現形》一書所說「自由是另一種形式的奴役」的反面「奴役是另一種形式的自由」上來解釋。

　　自我跼促深縛，其實也不盡然像上述「聰明不起來」那麼嚴重；它在某種程度上也可以說是一種脫困的方法。因為沒有經由煎熬磨鍊，也就不知道怎樣「脫胎換骨」晉身為人上人；而寫作理論所給人的「框限」沉重的壓力，正好是學習者藉為奮力「掙

脫牢籠」的一大契機。這樣市面上多一套像柯品文《創意作文寫作魔法書》一類的寫作論著，也就有它的「挑激你成長」的意義和價值了。詩人荷德林說：「活著，就是在捍衛一種形式。」柯品文在捍衛他的「傳授寫作魔法以為人生增價」的形式，我們也可以姑且一探捍衛「被他那種形式啟發」的形式可能性。

　　大體上，《創意作文寫作魔法書》是一套指導國小學童寫作的書（分「兒童基礎入門」和「兒童進階運用」兩冊）；但有關他的體例有效安排、內容豐富多樣以及引例生動活潑等等，對於想學習寫作的人或有意指導他人寫作的人卻又另外有著「可供借鑑參考」的作用。我們可以想像，一個學習者拿到這套書後，很快就可以在作者的紙上「引導」下塗塗寫寫，原本空白的地方有了創作成果的「生命力」進駐，一起完成別一階段的「寫作實踐」的旅程；而一個指導者拿到這套書後，也很快可以從中抽繹理則「分印」作業單給學習者，讓他們一嚐「快意」寫作的樂趣，彼此都蒙受了「一套書」的好處。

　　《創意作文寫作魔法書》這樣巧妙的設計，很容易讓人聯想到羅琳《哈利波特》系列小說中的夢幻奇詭的魔法；它比中國傳統教人點石成金、吟遊詩人突然得到繆思的靈感、臺灣民間扶乩信仰中神明降旨等等都還要令人遐想耽溺。而說實在的，寫作倘若也有這麼一種開啟人「創思精寫」的魔法，那麼我們苦惱豈不是會因為魔法的百折不撓終而「克敵制勝」的回饋而減輕許多、甚至從此不再認為寫作是什麼了不得的事！

　　柯品文的論著，可以說就是這麼一種創意寫作的啟蒙書。它從最基本的語句練習到最終的布局成篇，循序漸進的引導讀者學得創意寫作的魔法；而所穿插的有關抒情性、敘事性和說理性等文體的閱讀指導和寫作方法的提供，也很貼切實用；同時兼顧

了古典詩詞和寓言故事的欣賞介紹以及圖畫書和故事書的繪製創作，更豐富了一本原是「難以齊備」的應時書。此外，書中所規畫的三個學習單元，也跟當今分階統整的學習心理觀以及為即刻展開創意寫作的旅程欲求相切合，很可以作為學童自修以及大人督課學童寫作的極佳的指南。而這跟作者所期待的「培養一位懂得思考、組織、統整建構自我和充滿想像力的兒童，才可能在未來競爭和挑戰中發揮無限的創造力」也從此掛上了鉤，我們不會懷疑他是空口說白話。至於作者為這套書的主題課程內容設計所做的這類說明：「不只著重切入學童生活經驗中取材，更強調以想像力激發，增強學生欣賞和主動發表的能力，進而親自寫作和思考、進而從寫作中感受自己的成長和快樂；更因此啟發學童對周圍和世界各種新奇人事物的好奇探索和連結想像，藉以豐富學童對寫作的多元思考和喜好創作的可能」，那就必須由讀者親自去玩索，才能真切體會當中比別書多見的「用心良苦」！

　　在現代的文體分類系統中，新詩、散文和小說等相對上可以自足的類型，它們所顯現出來的語言特徵，常會被人用一些意象來比喻，如「新詩是舞蹈」、「散文是漫步」和「小說是快走」等等。這除了把各種類型作品的整體風格「和盤托出」，還暗示了寫作過程對於語言運用的「大致趨向」。這些更「進階」的課題，都可以在柯品文這套書的功能發揮之餘，再委由讀者自行拓廣加深。現在受限於篇幅不能盡談的，日後應有機會「續出奇思」。而其實，柯品文自己就是創意作文的開拓者：他多次獲得文學獎（包括教育部文藝創作獎小說首獎、聯合文學巡迴文藝營小說首獎、臺灣文學獎、臺北文學獎、高雄打狗文學獎、鳳邑文學獎、耕莘網路文學獎和黑暗之光文學獎等等），擅長創作各類型作品；出版過小說集《漩渦》和藝術論著《作品與儀式》；還

實際擔任兒童創意作文班教師和報刊編輯等。閱讀他的作品，立刻就會知道他所允許「再闢新境」的問題已經得著了解答。

《生命中不能承受之輕》作者昆德拉喜愛徵引猶太諺語「人們一思索，上帝就發笑了」。這看來會讓人洩氣，但我們都忘了昆德拉本人是用寫作的方式來迫使上帝不再發笑，可見寫作絕對是可以彰顯人「在世成就」而不會被漠視的重要事。柯品文「寫優而教」，以這本新書來跟讀者結善緣，我們要重新發笑一次：這真是上帝料想不到的好點子！

不過，話說回來，這麼一套別緻有趣的書，也得有準備當個好手的人來利用才不會出差錯。如果出差錯了，那麼它很可能就像維納《控制論》一書所提到的「凸槌」故事那樣：「魔術師徒弟從師傅那裏學來了某些咒語，他命令一把掃帚來代替他挑水；但他並沒有真正理解那些咒語，結果無法使掃帚停下來，掃帚不斷挑水，水溢出水缸，差一點把這位徒弟淹死。」不願遇到這種「結局」的讀者，就得努力把它熟練在身而後發為寫作的靈逸晶光。

新仙學到底說了什麼
——陳攖寧著述論評

一、前言

　　仙道思想為中華文化獨擅斯世的瑰寶，已經前人輾轉多方踐履而流風餘沫累代不絕。比起基督教的企求永生和佛教的執意無生等，仙道思想的嚮往長生則多了幾分「切合人性」的元素，理應為普世人所追慕奉行。奈何近代以來，西方世俗化的科學興起，橫掃全球，導致成仙方術湮沒不顯揚，舉世都沈浸在生命的「耗能結構」的悲觀論調裏，而無意於修身養性和鍊養延命。這所損失的不只是「少了一種珍貴的思想」來益世，還加重了人類汲汲營營「現世人生」而促使地球走上能趨疲臨界點的末路。

　　這種情況原不是有識之士所忍見，但基於違俗抗俗的意志薄弱，始終不敢大為張揚仙道的美夢。倒是前個世紀上半葉有如陳攖寧輩及其徒眾等，甘冒大不韙重樹仙學以為矯俗，一以別為區畫儒、釋、道、仙四家；一以抗衡對治全信科學的迷思，頗有仙道復振的趨勢。影響所及，海峽兩岸都有繼述實踐的人。而由於該仙道的提倡試為予以理論化和兼攝西方科學內蘊的實證精神，已經有所區別於傳統的神仙方術，而可以定性稱它為新仙學。

　　新仙學經由宣導者和追隨者的闡發推廣，儼然是近代因應西方思潮的一支，帶有自我傳統文化創造性轉化的特徵，很可以匯

為思考繼起的「中國往何處去」的洪流，並且激發世人前來借鑒仿效以為規模「自我拯救」的良方。因此，本論評就是為了體現這一旨意，希望能發揮一點「轉古開新」點滴淑世的功能。

二、超越命限

這得從一個最關鍵的「超越命限」的問題開始談。縱觀世界現存的幾大文化系統，創造觀型文化（以基督教為代表）所斬向的靈體的「永生」或肉體的「復活」和緣起觀型文化（以佛教為代表）所規模的俗諦「輪迴」或聖諦「解脫」等，都帶有相當程度的宿命性；這種宿命性可以保障生命的「去處」，卻無法想像預期生命的「不去處」。只有氣化觀型文化（以儒道為代表）獨能知所突破命限的困境，而開啟所謂「長生不老」的新紀元。

「長生不老」這個企向，它所隱含的「人不會死」或「人可以不死」的前提，是以靈肉分離觀為核心而進一步從強靈固命上著眼所成就的。換句話說，人只要有能耐強化靈體的功能，就可以自我「護住」肉體而不會老化死亡。《太平經・分別形容邪自消清身行法》說：「道之生人，本皆精氣也，皆有神也，假相名為人。愚人不知還全其神氣，故失道也。能還反其神氣，即終其天年。」所謂精氣、神等，都是靈體的異稱；它透過「保全」的方式，在人的肉體內也能夠帶動活命而跟天同壽。正如《抱朴子・對俗》所說的「陶冶造化，莫靈於人。故達其淺者，則能役用萬物；得其深者，則能長生久視。知上藥之延年，故服其藥以求仙；知龜鶴之遐壽，故效其引以增年」，知道怎麼契會至道的人，他要獲得仙壽是沒有什麼困難的。

　　相較於一樣肯定靈肉分離而只強調靈體可以不死的其他兩大文化系統，氣化觀型文化中這種長生不老的觀念和踐履，自然就顯得戛戛獨造而為他者所罕能匹敵。這形同逆反西方科學所指出的「耗能結構」（由「能趨疲法則」所支配）為「非耗能結構」，從而在天地間保有像《周易參同契‧養性立命章》所說的「人所稟軀，體本一無。元精雲布，因氣托初。陰陽為度，魂魄所居。陽神曰魂，陰神曰魄。魂之與魄，互為室宅。性主處內，立置鄞鄂。情主營外，築垣城郭。城郭完全，人物乃安。爰斯之時，情合乾坤」這種存在優勢。

三、成就仙名與仙道

　　雖然同為氣化觀型文化傳統的一些流派（如儒家和早期道家）並不貪圖長生不老，但一旦有可以長生不老的可能就不會被放棄追求。這也就是後起的道教要收攝這類想望而重標新學的主要緣由；它把古來的不死信仰整合出一個可供眾人企慕的「仙人」形象以及紹繼追隨成仙的途徑。所謂「仙人者，或竦身入雲，無翅而飛；或駕龍乘雲，上造天階；或化為鳥獸，游浮青雲；或潛行江海，翱翔名山；或食元氣，或茹芝草；或出入人間而人不識；或隱其身而莫之見」（《神仙傳‧彭祖傳》）、「或夫仙人，以藥物養身，以術數延命，使內疾不生，外患不入，雖久視不死，而舊身不改。苟有其道，無以為難也」（《抱朴子‧論仙》）等等，都是在描繪規模這幅圖像；它們不啻透露了仙名和仙道已經有所成就而可以接續來「大展鴻圖」。

　　當中仙名，是從氣化觀型文化所認定的精氣化生萬物一路逼顯出來的：它以為精氣化生萬物都是不假外力而在「自然」中

進行；古哲又姑且以「道」來指稱這無可名狀的事實，並認為
人能體道達道（不自戕賊物），就可以「與道合流」（同享道
名）。而有關聖真仙的名號，就是特許給有這種成就的人。所
謂「以天為宗，以德為本，以道為門，兆於變化，謂之聖人」
（《莊子‧天下》）、「所謂真人者，性合道也」（《淮南子‧
精神訓》）、「仙，壽考之跡（與道共長久）」（《列子‧黃
帝》張湛注）等等，正是在指涉這種情況。因此，聖真仙就內蘊
了「道」的實質或精神，而可以跟神祇鬼一樣「不朽」（按：
神祇都是流布於天地間的精氣；而鬼是原精氣經過人體後再出去
的，彼此都無所謂死亡）。換句話說，神祇鬼是「道」的化身
或作用，而聖真仙是人得「道」後的別名或榮銜。後來道教就把
聖真仙理論化並列出等級。後者有所謂三清九宮分別為聖真仙
及其僚屬所居（詳見《雲笈七籤》卷3引《三洞宗元》、《太平
御覽》卷659引《太真科》及卷662引《登真隱訣》等）；當中聖
真都在天上備列官秩，只有部分仙才留在人間。這些仙，就是所
謂的「地仙」。《抱朴子‧論仙》說：「《仙經》云：上士舉
形升虛，謂之天仙；中士游於名山，謂之地仙；下士先死後蛻，
謂之屍解仙。」由於聖、真、天仙、屍解仙都在天上（屍解仙是
人死後升天），對一般人來說不免會感到虛無縹緲（遠不如地仙
那麼實在），於是地仙就成了大家最大的渴慕（詳見《抱朴子‧
對俗》引彭祖語）。而道教一致關心的就是如何使這在人間為仙
（長生不老）變成可能。

　　至於仙道，則是隨仙名一起摶成的「與道合流」的門徑。
所謂「能愛其形，保其神，貴其氣，固其根，終不壞死，而得神
仙，骨肉同飛，上登三清」（《洞玄靈寶自然九天生神章經》
卷1）、「求長生修至道，訣在於志，不在於富貴也。苟非其

人，則高位厚貨，乃所以為重累耳。何者？學仙之法，欲得恬愉澹泊，滌除嗜欲，內視反聽，屍居無心……」（《抱朴子·論仙》）等等，都是在說成仙的訣要；它的「方術」特性，永遠備有自成和引他等兩層意義。而仙名既然已經成就了，這種「緊跟備列」的仙道理當也不能被遺漏。

四、仙道所以可能的理論依據

前人為仙道所找到的理論依據，大約有三項：首先，成仙所以必要的主要原因是：活著的價值高於一切。所謂「生，道之別體也」（《老子想爾注》）、「長生之道，道之至也」（《抱朴子·黃白》）、「人死者乃盡滅，盡成灰土，將不復見。今人居天地之間，從天地開闢以來，人人各一生，不得再生也。自有名字為人，人者乃中和萬物之長也，而尊且貴，與天地相似。今一死，乃終古窮天畢地，不得復見為人也，不復起行也」（《太平經·冤流災求奇方訣》）等等，都充分表示活著是道的實然狀態且是最可寶貴的。在這個前提下，凡是有礙長生的東西，都該戒絕。所謂「但恨不能絕聲色，專心以學長生之道耳」（《抱朴子·論仙》）、「人生世間，日失一日，去生轉遠，去死轉近，而但貪富貴，不知養性命。命盡氣絕則死，位為王侯，金玉如山，何益於灰土乎？獨有神仙度世，可以無窮耳」（《神仙傳·玉子傳》）等等，也都舉出必須戒絕的物件（聲色、富貴）。

其次，成仙可致的邏輯基礎是：人為道所化生，道長在不滅，人也可以不死；同時人還有體道合道的智慧，轉使生命久存於天地間。所謂「道起於一，其貴無偶，各居一處，以象天地人，故曰三一也。天得一以清，地得一以寧，人得一以生，神得

一以靈」（《抱朴子·地真》），說的正是人稟道而生，具有不死的潛能。所謂「道者，虛無之至真也。術者，變化之玄伎也。道無形，因術以濟人；人有靈，因修而會道」（《雲笈七籤·秘法訣要》），說的也正是人能契會至道而得仙壽。只是人有不死潛能而不盡不死，人能契會至道而不盡都得仙壽，這種差異（或矛盾）又是什麼造成的？這點，前人則以為是人體內神（精氣）出遊不還或生來沒有「仙命」，以至雖有不死潛能而不盡不死（詳見《三洞珠囊》引《太平經》卷33；《抱朴子·辨問》）；或者是人不修德行或不信長生，以至雖有智能（不知契會至道）而不盡都得仙壽（詳見《抱朴子·對俗》；《抱朴子·金丹》）。

再次，成仙可致的具體例證是：累世盛傳有人得道成仙、經典所載及師真所授更有成仙的途徑、甚至轉述者的親身所見實人實事等。第一部分，在葛洪《神仙傳》中已經可以窺見一斑（另有劉向《列仙傳》、沈汾《續仙傳》、杜光庭《墉城集仙錄》、曾慥《集仙傳》等可以並觀）。第二部分，所有道教典籍凡是涉及服食、鍊養、符籙、科教等事，多少都能看出成仙的一些必要條件和可行的方案。第三部分，從某些含有自傳成分的道書（如葛洪《抱朴子》內篇、陶弘景《真誥》、周子良《冥通記》、韓若雲《韓仙傳》、杜光庭《道教靈驗記》等）內，也不難發現實際的案例。

根據上述，可以歸結成仙說的推論形式如下：如果人有長生的潛能和長生的途徑，那麼人就可以採取行動去追求長生。從純理面來看，人為道所化生，理當跟道一樣永不絕滅；而從實際面來看，已經有人透過某些途徑得道成仙，所以我們也可以積極仿效而獲致長生。而這一切又以長生為最珍貴（人應該追求長生）

作為終極的前提。因此，前面所說的「大展鴻圖」，也就是歷來仙道實踐的「這般」的不慮無著以及往後仙道昌皇的「如此」的深仿無虞。

五、方術及其效驗情況

縱使「累世盛傳有人得道成仙」、「經典所載及師真所授更有成仙的途徑」、「甚至轉述者的親身所見實人實事」等可以印證成仙方術的可靠，但只要有「失敗」的例子，該方術的效驗就仍然會是個問題。也就是說，成仙方術是一回事，成仙方術的有效性又是一回事；而當後者有被質疑的空間時，整個成仙說就會開始罅裂動搖。而這得好好給予（代為）「反應」，才不致危及可以長久編織的成仙美夢。

對於這一點，不妨從兩方面來說：第一，成仙說慣以「世人未見神仙，並不代表神仙不存在」反駁俗見，是可以成立的；而以長生為最高價值，也沒有什麼好爭議的。但它所說的成仙條件和成仙途徑，卻有一些疑點。如它認為人能否成仙，要看他個人的稟命和德行；前者寓含了先天有一種人不得長生（這跟它所說人為道化生而具有長生潛能相違背），後者寓含了後天有一種人不得長生。那誰才是有命（先天得以長生）、有德（後天可以長生）而得以成仙，就很難說了（這裏排除有命無德和有德無命兩種情況）。倘若並世找不出一個長生的人，是否可以說並世的人都無命、無德？而以後也找不到這樣的人，是不是也可以說「所有人」都無命、無德？顯然這是說不過去的。又如成仙說以為學仙要有明師指點或求得秘方（另參見《隋書・經籍志》）。先不管明師如何可能成為明師或秘方如何保證必定有效，就說萬一遇

不到明師或求不得秘方（或有秘方而不見效用），那成仙說還有什麼意義？就以葛洪為例，他自認深得明師傳授，了知玄旨，並著書暢言「神仙方藥、鬼怪變化、養生延年、禳邪卻禍之事」（《抱朴子‧自敘》），最後卻留下這樣的話：

> 然余所以不能已於斯事，知其不入世人之聽而猶論著之者，誠見其效驗；又所承授之師，非妄言者。而余貧苦無財力，又遭多難之運，有不已之無賴，兼以道路梗塞，藥物不可得竟，不遑合作之。余今告人言，我曉作金銀而躬自饑寒，何異自不能行而賣治跛之藥，求人信之，誠不可得。然理有不如意，亦不可以一概斷也。所以勤勤綴之於翰墨者，欲令將來好奇賞真之士，見余書而具論道之意耳。（《抱朴子‧黃白》）

他自己都不能（盡力）從此求得仙名，有誰會相信他的話而再去嘗試？這豈不都是白說了嗎？但又不然！成仙只要有可能，一切的「缺漏」或「障礙」都可以人為的力量去力求改善，而讓成仙成為「實質的可望」，至於天命有所不許的，也因為有天命有所許的在，所以該「實質的可望」還是能著為典範。

　　第二，成仙說在旁人的觀感上，多有責怪加被不齒的現象。所謂「金丹玉液長生之事，歷代糜費，不可勝紀，竟無效焉」（《隋書‧經籍志》）、「自古有道無仙，而後世之人知有道而不得其道，不知無仙而妄學仙，此我之所哀也。道者，自然之道也。生而必死，亦自然之理也。以自然之道養自然之生，不自戕賊夭閼而盡其天年，此自古聖智之所同也」（《文獻通考‧經籍考》引《無仙子刪正黃庭經》）、「道家宗旨，清靜沖虛而已。

其弊或流為權謀，或流為放誕，無所謂金丹仙藥、黃白玄素、吐納導引、禁咒符之術也」（方維甸〈校刊抱朴子內篇序〉）等等，都在數落成仙方術的糜費乏效、反道而行、荒誕不經等低劣或不堪行徑（另參見《漢書‧郊祀志》引穀永所上書）。這或是事實（畢竟歷來沉迷仙道的人諸如秦始皇、漢武帝、北魏道武帝、北魏明元帝、南齊武帝、唐太宗、唐憲宗、唐穆宗、唐敬宗、唐武宗、唐宣宗等帝王，都中了丹毒死亡，尋常百姓沒有財力「多費勁」來煉丹服食，豈不是更無「指望」呢），但屬於觀念相左的（如「反道而行」），也只是相左而已，無從反過來對仙道「訾其不是」；而屬於技術不足或信念不堅的（如「糜費乏效」或「荒誕不經」），則得再求精進或另起識見而不必那麼快的全盤加以否定。換句話說，正因為成仙不易，所以才需要不斷地去開闢成仙的門道；否則一旦終止了相關的努力，成仙的理想也就永無實現的一天。

我們看道教內部一直在開發的成仙方術（包括服食、鍊養、符籙、科教等等），無非都是在因應可以後出轉精或異術見奇的「期望」問題。而說實在的，當原先最被看好的「外丹」燒煉一途不易幸致後，就有所謂「內丹」鍊養的轉向改轍（練氣到體內結丹丸，強護住精氣而不脫離，就可以長生久視和變化飛升）、甚至再加上其他方術的輔助，這不就顯示了成仙事永遠都在可「規畫」的行列；而這理該是要紹繼有人的（才能有所呼應或回饋這一逆轉命限和境限的可稱道的反支配論述的「美意」）。不期然而然的，二十世初在中土正有一股新仙學的醞釀和發皇，致使一個專屬於中華文化特有的長生思想得以蔓延開來。

六、新仙學的轉向

綜觀二十世紀初新仙學的興起，可說是明末以來道教持續衰微後的一大反響。它把原道教所一致關心的「在人間為仙」特為標出，企圖自立一門新的學問，叫做「仙學」。宣導人陳攖寧在所屬的《揚善半月刊》、《仙道月報》等刊物撰文發微，且頻獲時人的迴響。由於相關見解多集中在一個自許的新學問上，所以論者就逕用「新仙學」予以定名（詳見李養正主編《當代道教》引牟鍾鑒〈道教研究的回顧與展望〉）；而從該仙學多有為對治來自西方的科學禍害的角度看，它的曠古「罕聞」性也足以「新仙學」稱呼了。

有關陳攖寧的身家背景及其建構新仙學的因緣，已經有多種著述在坊間流傳（如余仲珏《陳攖寧先生傳略》、胡海牙《仙學指南》、田誠陽《仙學詳述》等都是），這裏無意再行重提複製；但對於他所引發的這一波新仙學的風潮，卻不能不略作一點董理條陳。這首先是他覷見了仙道的不宜湮沒不顯揚：「宇宙間為什麼要生人生物，這個問題最難解答，留到後來再研究，我們現在所亟須知道的就是用什麼方法可以免除老病死之苦……既有生，自然有死；若要不死，先須不生。所以佛家專講無生，果真能做到無生地步，自然無死……但所謂無生不死，乃心性一方面事，肉體之衰老病死仍舊難免，痛苦依然存在。因為有以上的缺點，仙家修煉功夫遂注重肉體長生，欲與老病死相抵抗」（陳攖寧〈仙學必成〉）。而這種為抵抗老病死的仙道，由來已久：「吾國仙道，始於黃帝，乃是一種獨立的專門學術，對於儒教無甚關係；而比較老莊之道，亦有不同。後來仙學書籍，故不免有

附會老莊之處，但只採取老莊一部分修養方式，而非全部接受他們的教義」（陳攖寧〈辨《楞嚴經》十種仙〉）。因此，國人如果自我棄捨仙道，就無異是「拋卻自家無盡藏，沿門托缽效貧兒」（王陽明詩）而終將迷失大道。

其次是他有感於歷來學仙事在道教內部護持不力以及屢遭儒釋二教的排擠而亟欲獨立自營仙學（仙教）一脈：「中國仙學相傳至今，將近六千年。史稱黃帝且戰且學仙，黃帝之師有數位，而其最著者，羣推廣成子。黃帝至今，計四千六百三十餘年，而廣成子當黃帝時代已有一千二百歲矣。廣成子未必是生而知之者，自然也有傳授。廣成之師，更不知是何代人物，復不知有幾千歲之壽齡。後人將仙學附會於儒釋道三教之內，每每受儒釋兩教信徒之白眼：儒斥仙為異端學說；釋罵仙為外道魔民。道教徒雖極力歡迎仙學，引為同調，奈彼等人數太少，不敵儒釋兩教勢力之廣大，又被經濟所困，亦難以有為。故愚見非將仙學從儒釋道三教束縛中提拔出來，使其獨立自成一教，則不足以縣延黃帝以來相傳之墜緒。環顧海內。尚無他人肯負此責；只得自告奮勇，盡心竭力而為之耳」（陳攖寧〈答江蘇如皋知省廬〉）。儒、釋、道、仙，從此分畫易疆。雖然陳氏晚年迫於時流的壓力又主「仙道為一」（詳見牟鍾鑒〈民國道教覓踪〉），但這一在二十世紀上半葉縱橫馳騁宗教界的仙派主張，仍然聲勢赫赫在目而迭見異彩。

再次是他重新規模了一套丹法和練氣養生的方案，不主一格，卻又別有自家風貌。所謂「陳攖寧先生宣導的仙學理法，打破了宗教藩籬的界限。他不侷限於出世、入世，不侷限於道家、道教、儒教和佛教，不侷限於清淨、雙修，不侷限於內丹、外丹，不侷限於山林、鬧市，不侷限於自渡、渡人，不侷限於宗教、科

學」（田誠陽《仙學詳述》）、「他（陳攖寧）的新仙學又創造性地藉助於儒家大《易》生生不息之說、孫中山的『生元說』和近代自然科學，推出自己的『唯生』的仙學……仙學正宗方法，途徑有三，即：天元神丹服食；地元靈丹點化；人元金丹內煉。天元丹法即清靜功夫，關鍵在悟透玄關一竅，才能得道。地元丹法即外丹黃白術，陳氏曾認真做過外丹實驗，歷時十年而未果。人元丹法有北派（王重陽）、南派（張紫陽）、中派（李道純）、東派（陸潛虛）、西派（李涵虛）之分，又有孤修的清靜派和雙修的陰陽派；陳氏重人元丹法而近陰陽派，奉陳摶『守中抱一，心息相依』的宗旨，煉『神氣合一，動靜自然』之仙功。總之，貴生、樂生、養生以至於長生，將個人之生推廣去健全中華民族之生，這就是陳氏仙學的真精神」（牟鍾鑒〈民國道教覓踪〉）等等，都點出了新仙學另樹一幟以便「參贊世務」的實況。

　　此外，陳氏還以「務實不務虛；論事不論理；貴逆不貴順；重訣不重文」（陳攖寧〈女功正法・序〉）等四項原則給新仙學定調。而在「務實不務虛」方面，則試圖跟科學的實證精神相頡頏。所謂「其實，所謂神仙者，必有確鑿之根據，要似來函所云『許旌陽拔宅飛升，王子喬跨鶴而去』，方可稱為真正神仙。但今世未能一見者何也？蓋今之修法已非古之修法，自然今之神仙不及古之神仙矣」（陳攖寧〈答覆浦東李道善君問修仙〉）、「神仙之術，首貴長生，唯講現實，極與科學相接近，有科學思想科學知識之人，學仙最易入門。若普通之宗教家以及哲學家，皆不足以學神仙。因為宗教家不離迷信，哲學家專務空談，對於肉體之生老病死各問題無法可以解決，亦只好棄而不管，就算是他們高明的手段」（陳攖寧〈讀《化聲敘》的感想〉）等等，都說到新仙學的不能不「入時」性（以便取信於人）。

　　大體上，新仙學的不違科學精神頗受時人的關注而樂於參與討論；《揚善半月刊》所刊載的諾多的讀者迴響和書信問答中就有不少這類的篇章。而總看這一波的新仙學思潮，在成仙的想望及其得備具的條件上並未超出前行代人所勾勒的三元德命的範圍；但因為同樣「實質」的仙階杳渺一轉向調息深求（陳氏有〈靜功總說〉、〈靜功問答〉等文在教示此道），終而成就了一種清心益壽的靜功療法，為時人所普遍推崇，且風尚還延續到二十世紀後半葉海峽兩岸的社會（陳氏的徒眾在大陸紹述新仙學的觀念不輟，自然不必多說；來臺的辦真善美出版社和編《仙學》雜誌廣為傳揚長生學，也相當可觀）。

七、益生與文化情懷

　　新仙學的向靜功轉向，所開啟的實證益生的道路，論者在考察後所給的評價多聚焦在它的「開創」性上：「他（陳攖寧）所構設的仙學思想體系，對傳統修煉和道教糾纏不清的方式進行了適應時代發展的積極改革；他所提出的仙學和道教分離的明確主題，使得數千年『修道』和『信教』的關係得以澄清。同時也雄辯地說明：仙學只有擺脫宗教藩籬而求發展，才有可能走向科學發展的光明之路」（田誠陽《仙學詳述》）、「陳氏的仙學並非舊有神仙理論的重複；他把仙學提高了推進了，使之具有新時代的特點，包含了他個人獨特的創造，因此他成為一代學問大師，半個世紀享有盛譽。第一，提倡仙學是為了愛國強族……第二，將仙術提高為仙學，使之成為一種獨立的光明正大的哲學體系……第三，引入近代科學思想，將仙學和人體探秘及中醫結合起來……第四，出入儒佛道三教，博采以往道教內丹學成果，創

造性地建構唯生的仙學理論和方法……」（牟鍾鑒〈民國道教覓蹤〉）。這不能說有什麼問題，但也不盡能掌握新仙學的精髓。也就是說，新仙學的提倡還有一個「抗衡科學」的終極理想，並未被深透和重視。

其實，以陳攖寧對丹法的廣為鑽研（他有〈參同契講義〉、〈黃庭經講義〉、〈口訣鉤玄錄全集〉、〈金丹三十論〉、〈最上乘天仙修煉法〉、〈最上一乘性命雙修二十四首丹訣串述〉、〈女功正法〉、〈孫不二女功內丹次第詩注〉等多樣討論外內丹道的著作或徵錄），不會僅止於關注泛泛的益生而已，它還要能夠到達「成仙」的地步，才是他的最終懷抱所在；尤其是修煉到陽神可以出體變化飛升為上乘（也就是他所新稱的「天仙」本事）。這麼一來，他的「仙學報國」的理想才有落實的機會。換句話說，近代以來國人的積弱不振以及列強的環伺欺凌，都因一個「科學有無」所直接造成的；而新仙學的宣導，就是為了抗拒科學的毒害才推出的：

> 修成地仙可以免除老病死之苦，而不能抵禦槍炮子彈，因為他尚有肉體之累，倘有預知未來的神通，選擇比較安全的地方而居之，災害自不能及。修成神仙可以不畏槍炮子彈，設不幸遇著幾百磅炸彈之力，恐亦不能抵抗，因為他尚有氣體存在，猛然一炸，無量數氣體分子彼此互相撞擊，地裂山崩，雖陽神亦不免被巨大震力所破壞，若距離甚遠者當然無恙。修成天仙純粹的一片靈光，非但不畏炸彈，縱將來地球毀滅亦不受影響。所以我輩修煉當以天仙為目的，勿以小成而自滿自足；此乃徹底之論，望有志者共勉之。（陳攖寧〈仙學必成〉）

你若要救國，請你先研究仙學。等到門徑了然之後，再出來做救國的工作那個時候，你有神通，什麼飛機、炸彈、毒氣、死光，你都可以不怕。此刻專在宗教上辯論，把精神白費了，未免可惜。宗教這個東西，在以後的世界上。若不改頭換面，它本身就立不住。無論道教、佛教、耶穌教、天主教，以及其他的鬼神教、乩壇教，一概都要被科學打倒。豈但宗教如此，連空談的哲學也無存在之價值。我勸君還是走神仙家實修實證這一條路吧！將來或者尚有戰勝科學的希望。（陳攖寧〈答上海錢心君八問〉）

這不就很明顯的道出了以成仙來對治科學的旨趣！它的更甚以一物剋一物的讓科學禍端從根本上失去「作用力」的想法，雖然天真卻也實在不過（不然國人有什麼能耐可以抵抗外侮兼常保存在的「優勢」呢）。而這在當時一提出，立刻就有人附和、闡發和推廣：

返觀吾中華民族獨有之國粹，古聖哲特別智慧發明之仙學，苟以冷靜頭腦稍加思索，不能不嘆其偉大絕倫。非但為世界各種宗教所望塵莫及，即世界各種科學對此亦有遜色。蓋宗教偏重精神，專講死後；科學偏重物質，僅圖利用。人類當肉體毀滅之後，精神結果究竟如何，惜其死無對證，此宗教之缺點也；物質利用；至於極端，全球人類遂不免互相殘殺，世界不因利用物質而進化，反因利用物質而趨毀滅之途，此科學之遺憾也。曷若吾仙學憑藉物質以鍛煉精神，貴實證於生前，不空談夫死後。凡宗教家之美德，仙學家無不樂於奉行，宗教家之缺點，仙學家則

有長生不死白日飛升之靈跡，以資補救；又凡科學家實驗的決心，在仙學家亦同具此等心理，然科學家之遺憾，在仙學家可謂絕無。蓋已融合唯心唯物二種絕對矛盾之學說於一爐，而得其化合之結晶，豈彼輩落於半邊者能及哉！（王又仙〈科學與仙學之比較〉）

然而世界上的事沒有絕對的。你看：有陰必有陽，有男必有女。那麼科學雖然偉大，也不能例外。所以它一方面果然有很多的利益，然而另一方面就有極大的害處了。那麼它的害處是什麼？這當然要推到軍械的精利、毒物的厲害了。這類的利器，使用出來，殺人總要以千萬計，你想可怕不可怕？科學是唯物的，科學的宗旨是務實不務虛的。可是它大弊，就是太偏重於實了……科學既然有這樣一大缺點，我們又和它有密切關係，那麼就不能不想個辦法去補救它。但那個補救的方法，是很不容易找到的……找了好久，媒介物雖沒有被我找到，然而卻長出了一位比科學「棋高一招」的老兄來了。你道是誰？哈！哈！就是那「仙學」。為什麼？因為科學只知道一個實，而仙學卻實裏有虛，虛中能實，真真神妙莫測變化無窮。並且不像哲學等專講虛理，不求事實。若能用它去輔助科學，一定不會水火不相容，且不用媒介物便能成為既濟的事實，創出一種有利無弊、圓滿無缺的驚人學識來。再由學識而進至創造，由創造而及於成功，把現在的世界改造成極樂的國土，豈不快哉！（淨心子〈科學應和仙學合作說〉）

這種對治科學說跟前面所提到的新仙學講究科學實證精神似乎不大協調，卻又不然。新仙學只在重實效性一點通於科學罷了，它並不像科學那樣不斷地「利用物質」而導致資源枯竭、環境惡化、生態失衡、溫室效應、臭氧層破洞和核武恐怖等後遺症。二者在「求實證」上為一，而在「運用目的」上則判分天壤。

看來這又是一波「救國論」的新風潮。但它比起同時代國人的救亡圖存的作法，卻又有著「更切實際」而反不被「抬高檔次」的憾恨在！我們知道，西方強權從近代理性啟蒙連帶工業革命之後，就一直以船堅炮利轟開他方世界的大門而取得支配剝削的主宰權；國人原不是同一個思路而無法跟進，就始終處於挨打的劣勢局面。值此存亡危急的時刻，誰都不忍看到國格淪喪、生靈塗炭，於是有改革家發出「師夷之長技以制夷」的籲請；有實務家另謀「中學為體，西學為用」的蹊徑；有新儒家力主「道德主體轉出知性主體」的生路，皇皇言論，無不打動更多「趨新」或「嗜動」人士的心。

然而，這些反制／仿效／融鑄外來文化等策略，輾轉演變至今，在西方強權主導的全球化浪潮下，海峽兩岸都被收編成為世界經濟體系的一環，再也沒有可以說「不」的本錢和餘地。這時誰會想到當年新仙學的宣導者如何的要以成仙理想來徹底擺脫西方強權的壓迫和牢籠呢！因此，從這一點看，新仙學的提出才真的是拯救自我兼避免舉世一起步上能趨疲（不可再生能量趨於飽和）臨界點末路的好對策。雖然它的「成效」還有待大力的提高；但不順著這個方向去考慮，似乎也沒有更妥適的辦法可以自救濟世。這種具有高度價值的文化情懷，理應深受重視卻一直未被後人悉心採納，勉為踐行（只有新仙學家的接班人選擇「狹路」在一博喝采），馴至如今淪為一體西化且「不知止境」的難堪下場！

八、後續再行開展的問題

不知道新仙學家晚年不再續彈成仙舊調（陳氏的力主仙道僅限於早年）以及所有跟隨者和研究者也避而不談神仙美夢是否跟憚於西方科學的威勢有關，都可以肯定新仙學的成仙理想在當今是無由再彰顯了。但又不能如此「不明不白」的任它長久闇默下去，我們總得想點辦法看看有什麼「出路」可以勉力一試。

卡西勒（E.Cassire）曾在他的《人論》一書中解釋神話背後的意義說：「在原始思維中，死亡絕對沒有被看成是服從一般法則的一種自然現象。它的發生並不是必然的而是偶然的，是取決於個別的和偶然的原因，是巫術、魔法或其他人的不利影響所導致的……那種認為人就他的本性和本質來說終有一死的觀念，看來是跟神話思維和原始宗教思想完全相斥的……在某種意義上，整個神話可以被解釋為就是對死亡現象的堅定而頑強的否定。由於對生命的不中斷的統一性和連續性的信念，神話必須清除這種現象。原始宗教或許是我們在人類文化中可以看到的最堅定最有力的對生命的肯定。」這在往後的「變化」情況，除了氣化觀型文化傳統還保有這一不死的信仰，其餘的都「退化」成對肉體必死的堅信和焦慮。但遺憾的是，「叫囂」者眾多，氣化觀型文化傳統難得一見的不死信仰也日漸渙散，只剩下許多相關的文獻記載在聊供人「憑弔」。這麼一來，我們將會發現幾個事實：

第一，從不死信仰的正面意義來看，擁有這種信仰的人都知道長生久視不容易，所以各種作為（包括環境的營造和手段的採用）都要不斷地「成長」，並且要向生命的深層面去開拓（如懷德不深或行善不多可能有礙求道之類），而展現出一種雍容自

若、氣度不凡又能進取的生命形態。過去的人，我們縱然不能目睹，但也無妨想像確有這個可能。而這一切如今不復可見後，所有的「理想」也就草草的隨著沉進歷史記憶的底層。

第二，當我們無意再從前人所採行的方術（如服食、鍊養、符籙、科教等）中精煉一種較好的方術或別為開發新的方術，長生久視將更不可能。這樣我們所面臨的，就不是單純的一個成仙美夢的幻滅，而是某種潛能（可以用來成仙）的退化或永久的埋沒。

第三，當我們把注意力轉移到死亡的課題上時，美其名是要大家正視死亡且更珍惜生命。但死亡既然不可避免，那麼活著時豈不更增加一分急迫感（或危機感）？我們看當今人心所顯現熱中「急功近利」，難道不是「來日所剩不多」的恐懼心理在作祟？因此，關心死亡不但不能減低對未來的駭怕，而且還會更容易懷憂喪志。

第四，政府的各種施政策略，如果不能「一悟」而把為使人民的長生久視的因素考慮在內，那麼人民將不只是覺得成仙無望或更添死亡恐懼，還很可能會憤而走上極端（不合作或存心破壞），跟他人「同歸於盡」。證諸當今人民的許多抗爭活動（不全是為了爭取眼前的權益），以「長治久安」為最大訴求，不難預見將來一旦生存機會減少或失去保障，一場全面性的動亂勢必不可避免。

可見成仙的理想固然很難達到，而以能夠成仙的觀點來規畫人生更不容易；但倘若不死信仰在當今式微後確是如上述這麼不堪，那麼期待一個嶄新「思路」（足以改善目前的狀況）的開闢，也就成了我們從現在起最不可或忘的緊要事。而緬懷當年新仙學家的讜論，還有得我們好好的「三致其思」，才不致平白錯過可以「重新出發」締勝的機會。

九、結語

　　總的來看，新仙學在中土的倡議推行，跟整個時代國族因應外來文化的衝擊有密切的關係；它的力拚拒外自主的作為，也很明顯帶有傳統文化「創造性轉化」欲求的印記。換句話說，新仙學專挑成仙一理對治西方科學的逞威致禍，在先天上就有「不可退卻」的防衛機制在起作用；而相較於其他救亡對策的形塑，新仙學在後天上雖然「緩不濟急」卻又是最有可能竟功的一支。今後只要有需要思考「中國往何處去」的課題，新仙學的道地的民族色彩依然會站在高處向我們招手。

童書出版知多少
——洪文瓊著述論評

　　在兒童文學界，有兩個人特別活躍：一個是林文寶；一個是洪文瓊。林文寶善於掌握整體兒童文學的生態；洪文瓊則精於追蹤兒童文學出版的走向，兩人各領風騷一方，卻很少對話。我因跟他們都共事過，且現在有緣於主持所務策畫此次兼祝賀洪文瓊即將榮退的「閱讀與寫作教學的新趨勢學術研討會」，所以依便就先來談談洪文瓊的見解部分。

　　洪文瓊的經歷，除了教學和研究，最多是他長年持續不輟的對童書市場的關注。他所出版的《臺灣兒童文學史》、《兒童文學見思集》、《兒童圖書的推廣與應用》、《電子童書小論叢》和《臺灣圖畫書發展史——出版觀點的解析》等書，或多或少都在談童書出版的問題；尤其《臺灣圖畫書發展史——出版觀點的解析》一書，是他的副教授升等著作，對於臺灣圖畫書出版的考察用力特勤。然而，就在他所自詡的這類研究觀點在臺灣不做第二人想的時刻（他在後書第一章第二節〈相關文獻〉檢視中多有不滿一些零星研究的言論），我們是不是也該試著檢視一下他的「出版觀點」是否可靠？

　　大致上，臺灣童書出版量有多大以及有哪些出版方式和行銷策略等，都已經是「俱在的事實」而可以考得幾分；但有關這當中的「風尚變遷」以及「讀者迎拒」情況的解釋，卻不是那麼容易可以一併解決。好比洪文瓊慣於從經濟發展、消費人口、圖書

館普及率和行銷通路等市場因素以及解嚴開放、本土化政策和教育改革政策等政經社會因素來解釋臺灣童書（特別是圖畫書）的發展，卻無能為力於透視二十世紀九〇年代原在圖畫書有相當出版量的幾家出版社如華一、智茂、新學友、光復和圖文等被淘汰出局的原因。這難道不是讀者喜新厭舊的「心理因素」和後現代多元審美觀的「價值意識」在左右出版社的出版走向嗎（出版社「因應」不及，自然會敗下陣來）？因此，光少數那些市場因素和政經社會因素等，豈是足夠借來窺探這種高度不穩定的文化波動現象？

還有洪文瓊在考察童書本身所涉及的層面，包括出版社，出版行銷和編／寫／畫／研究等等，都有嚴加批判他們的缺漏和不足處，殊不知這全是仿效別人的結果（而跟國人爭不爭氣無關）！換句話說，只要不是自我環境所逼創出來的，都一定會帶有仿效不及而嫌「小人家一號」或「旁門走道」的弊病。而這一點，洪文瓊幾乎不曾著墨（只一逕「恨鐵不成鋼」的寄望國人「迎頭趕上」），所論當然難以「切中肯綮」！

此外，洪文瓊還喜歡依「階段」觀察臺灣童書的變遷，並揀選一些「重大事件」作為跨階段或推動進程的指標。這種「進化論」觀點和內外「鼓舞條件」說，幾乎都沒有作者、作品和讀者「參與其中」（不論是發言還是評價或是串聯運作，一概未見）；如此「片面」考察的結果，就是回饋「無門」。也就是說，以臺灣童書的階段「變化」和重大事件的「開新」來論斷，是要有作者／作品／讀者等廣為「實質感應」或「具體迴響」來支撐的；否則就會「徒託空言」而語後「無所旨歸」。再說有沒有那「幾個階段」和「重大事件」的出現，兒童文學界還是會「自尋出路」而可能另有「一番風景」；倒是它們既然已經發生

了，那麼我們還有什麼雅興期待「異軍再起」？

後者是說，當那些階段變化和重大事件都既成事實了，那麼我們還能夠重新盼望它們「再發生一次」嗎？或者以它們為借鏡而另外製造新奇？顯然是無緣這麼做的！因為早已時過境遷，同樣的事件不可能重複一次；而未發生的事件也無從寄望它要如何成形。這樣掌握那些階段變化或舉出什麼重大事件，也就「前景不明」而失去了掛搭，終究不知道它的「特殊作用」在哪裏。

這不能因為洪文瓊已經先宣稱「志在出版考察」而尚無心於作者／作品／讀者的了解，就可以輕易的「放行」。畢竟這是他的「史觀」！這種史觀還是得有充分的史識和史才來包裝；不然一切對他人「缺乏史觀」的指控，就會回過頭來威脅自己論述的正當性。換句話說，他人固然史觀不正確，但當自己的史觀有嚴重的缺角時，又如何能夠批評他人所論不及格？

其實，所謂的史觀，並不在它有什麼客觀性或絕對性，而在它是否能為「權力意志」服務。洪文瓊自己並不是沒有意識到這一點（比如他老愛提「前人種樹，後人乘涼」一類的話），但他所能藉為影響／支配他人的史觀卻是「少了骨肉」；這自然不易引發他人的「同情共感」，更別說想進他的樹蔭納涼了。也許在某些對出版環境陌生的人來說，洪文瓊的考鏡耙梳臺灣童書的出版走向會有吸引他們的魅力，但對我這樣一個出版四十幾本書且合作的出版社超過十家（還不包括被退稿的更多出版社）的「半老」資歷的人來說，他的出版經驗談就少掉許多我所知道的面向而無法激起我的共鳴。

不過，洪文瓊的出版史觀在相對上還是有他人「少能」而他「多能」的典範意義。雖然他的追趕西方人作風的一些論調「過分樂觀」（因為背後各有文化制約，很難學得來。而這只要看看

迪士尼卡通影片的「動態」繁複感和我們自製卡通影片的「平板」簡易化，連及我們國人仿作圖畫書上那些圖畫無法像西方人所畫那樣全然「立體」起來，就可以想見其他諸如圖繪技巧、文本構設和審美觀等層面難能跟人家共量的窘境），但他一貫的從出版環境來宏觀臺灣童書的興衰，還是給大家開了一扇不小的窗口。至於他所不及的地方，有心人去加以填補，並且別為尋找真能可以跟人家競勝的出路，那又是我們所衷心許願的。

卷七

詩詞

古體律詩絕句

飲酒詩

平生無良朋，與酒結鄰里。
吟詩且作樂，醉臥不須起。
村市有美味，日日求相比。
往事勿復道，隨酒付春水。

訪友不遇

驅車入石林，山澗響沉沉。
茅屋無人跡，花蹊有鳥音。
犬聲遙起吠，雉影驀相尋。
訪友踟躕久，柴扉樹影深。

夜遊溪頭

曲徑無燈火，忽聞松濤響。
行過神木回，月影正朗朗。

太魯閣紀行

危壁兀然穿暮雲，霧溪亂石影陰陰。
峯迴路轉疑無境，懸瀑聲中出燕羣。

詞曲

相見歡

含愁獨弄絃琴,夜深深,曲落無聲庭外有清音。
起掀幔,近前看,是蟬吟,夢斷今宵依舊擁孤衾。

生查子

平明遠客來,相見不知語。
欲問去何方,只道關山阻。
酒已酣,春幾許。
何處無逆旅,卻憶紫羅衫,不得效鵬舉。

江城子

向晚驅車淡水旁,樹蒼蒼,雨茫茫。
幾度冬寒舊址已荒涼。
空有樓臺東逝水,奔流到海逐危牆。

慶東原

梳雲髻，添柳眉，少年催老頻顑頷，
楊妃莫比，飛姬罕隨，西子難期，細思量，空流淚。

一半兒

青山送翠過橫柯，短櫂結羣入帶河，
千載古城今閉鎖，失巍峨，一半兒兵災一半火。

撥不斷

雨瀟瀟，浪滔滔，神仙一曲漁家傲，
怎讓周郎獨用勞，功垂赤壁煙波渺，老翁癡笑。

天淨沙

飛簷紅瓦古鐘，短籬銀草垂松，小徑清溪蚱蜢，
樹風輕送，浣衣人影重重。

沉醉東風

橋頭畔水田四畝，稻埕邊茅屋三區，
野雉聲，鷓鴣語，伴清風遍布邱墟，
人生何勞被笑愚，看老翁啜茶漫吐。

折桂令

門前桃樹抽條，蛺蝶飛來，鶯雀聲嬌。
碧草如茵，遊人醉臥，淑女歌謠。
莫負良辰賣老，且聽鳴鳥啁啾，
拂去憂勞，儘赴春邀，可比彭喬。

卷八

對聯

題景物

里仁書局

里有編才光域宇

仁無敵手馭書樓

葉子咖啡館

葉淺無礙藏倩影

子深有虧露閒才

讀紅樓夢之一

紅中紅滿門盡繡

樓外樓空檻生香

橫批：夢怕夢多

讀紅樓夢之二

才子佳人逐風去留詩已一段

琴棋書畫挾夢來索曲還半闋

讀紅樓夢之三

紅樓酒醒難蕭瑟

孤島夢酣易滿華

臺東大學華語文學系

華風南疆翻舊語

文跨代際鑄新學

橫批：系有真藏

二分地民宿

二山排水樓勝地

分向晉心客春風

宜蘭縣大里國小（二聯）

大有屬豐四十年歲教無類

里仁為美二千學童競被光

大洋不老來賞善

里巷祥安去伸敦

題母校四十週年慶，第二聯併校長林善敦名為嵌。

新北市中正國小

中流砥柱名初定

正路英雄數最多

天野日本料理

天音難可酬舊客

野興定能醉新朋

米巴奈山地美食坊

米鮮菜軋來饕客

巴好糖漬去吝心

橫批：奈何價廉

風車教堂

風中看靜難聖教

車外聽嘩易蕪堂

馬蘭舊站

馬蹄蹈晚成杳渺

蘭影存香正深中

貴族世家牛排館

貴氣頻傳能蓋世
族徽滿譽會升家
橫批：平價第一

冰獄冰店

冰隨海象涼綠島
獄剩人潮熱朝陽

迎虎年

虎虎生風傳語教
年年有藝看青衿

國弟製小天燈

天賜千福迎到客
燈飛萬山照塵心

國弟製明信片

天燈一盞任它炎涼世態
地泉三杯由我冷暖人情

臺東高商主辦「全國實習主任會議」

技超千眾求廣備

職稱百行給全新

橫批：全國實主會功多

北京行

北國天乾聽雨露

京城津渺看驚聲

語文之夜

語中豪傑粉墨登場去

文外英雄琴劍助陣來

宴客

寒舍粗茶迎遠客

龐居淡飯慰深情

偕同事宴請吳敏而等人於龐居餐廳，
而聽說前一夜他們已經去過寒舍泡茶。
因此，聯此二事於席上撰作以贈。

臺東縣富山國小

富有海天藏異象

山多林色出英雄

鯉魚山

鯉魚縱身成山勢

東海迴影教月明

臺東市寶桑舊地

一列寶桑壓眾樹

兩畦新秀圻清風

人體地圖服飾店

人潮昌寶地

體盛美藏圖

臺東大學語教暑碩班

暑天情繫東海岸

碩彥意耽語文風

橫批：班班揚名

嵌字書贈友朋

王萬象

萬般紛擾心絕體

象限走塵藝安身

董恕明

恕道原是寬信諾

明心最知挽流風

簡齊儒

齊綾本是嬌萬國

儒冠無庸賞鬚眉

簡光明

光文錯落聽散置

明譽翻騰恨全來

賀吳朝輝榮退

朝來無夢夜夜笙歌且看
輝應有情年年福祿多沾

賀洪固榮退

洪門早成杏壇耆宿
固業猶惠中場肄生

賀郭敏夫榮退

東師學子勤益榮光緣敏老
港府賢達樂融彩繪看夫翁

賀何三本榮退

三十三載傲骨換得一身美譽
本其世學教授不留半點私心

謝元富

元來使君最性情
富有樂界超才子

盛勝芳

勝兼鍵盤掄高手
芳滿羣苑郁杏壇

林永發

永把心居當彩繪
發為藝海更重光

許文獻

文身終得牽往事
獻藝必經數來風

熊毅

熊立湘中已奇景
毅征北國更旋風

劉渼

劉姓國裏掖新雅
渼名域中翻舊聲

王秀珍（二聯）

秀出編才頻教看

珍懷謙德更傳聽

文壇藏郁秀

學海出奇珍

前五南圖書出版公司總編輯王秀珍，是我所遇過特別稱職且謙沖的編輯人才，特撰聯以贈。

李永裕・薛幼春夫婦

永駐藝壇端賴幼能彩繪

裕全家室最須春現風光

夏櫻花

櫻前忙煞難酬客

花後清閒好種心

李淑萍

淑才起蘊紅塵外

萍影藏跡彩繪中

陳意爭

意鷹出岫乘萬里

爭慧開春茂千枝

許靜文

靜離蕭瑟兜世道

文繫心居戲人生

林明玉

明察睿見聽困勉

玉振金聲看逍遙

賀黃如輝‧許靜文新婚

如照無隙唯好靜

輝映有情盡藏文

蔡秀芳

秀比杏壇高勝手

芳郁人間重行家

匡惠敏

惠及來附還教化
敏則去追最時新

曾麗珍

麗心已駐童世界
珍愛猶開聖八方

林桂楨

桂芳早許天淬鍊
楨正還能地榮光

許峰銘

峰拔平地新氣象
銘刻隱心對蒼生

嚴秀萍

秀能簡擇雲出岫
萍待尋踪道傳風

鄭揚達

揚帆古往留曠譽

達道今來尚逍遙

林秀娟

秀登演場憑劇力

娟美生涯靠痴心

賀黃國榮・林桂楨新婚

國新滿譽欣馥桂

榮顯全賅喜才楨

題杜清哲・何秋菫伉儷讌居

清看東海沐奕秋

哲悉俚居贋全菫

洪嘉琪

嘉會或須人助興

琪花卻得自栽培

賀黃獻加・許慈軒新婚

獻才應時慈逢善

加祿方運軒共奇

陳慧玲

慧心生來參宇宙

玲質磨後作文章

黃鈺婷

鈺質能響先前定

婷然可風日後深

黃亮鈞

亮光不輕照新夜

鈞力寬許摘遠星

賀溫宗仁・許淑閔新婚

宗能勤業顏淑師孔孟

仁可積才心閔樹文風

蔡侑希

侑希得靠天憐見

希侑毋須自緬懷

劉俊戒

俊才有憑通四海

戒部無慮看心居

賀陳俊傑・陳佩真新婚

俊名佩實琴友瑟

傑品真全鳳偕鸞

周玉蘭

玉匣響價存往聖

蘭室飄香沁今人

賀詹奇男・鄭巧儀新婚

奇行雅望逢正巧

男立相隨述真儀

賀邱培修・謝欣怡新婚

培宏欣樂更世憲

修永怡然郁家聲

顏孜育

孜心宛似山踏雪

育物猶如海容川

楊評凱

評優教去贏順化

凱旋歸來佩榮光

賀林欣陽・王聖馨新婚

欣逢聖笈仁啟祕

陽曜馨室智生光

王裴翎

裴回飛百事

翎麗灑千光

江依錚

依來東岸留半傳

錚響彼方給全聲

賀王朝茂・陳雅音新居落成

朝陽啟沃聽進雅

茂室安南看成音

葉尚祐

尚今眺古來氣象

祐地連天去皺風

江宏傑

宏中有味說原事

傑後無憂寄天心

許瑞昌

瑞光來異地

昌盛返奇鄉

黃春霞

春華深處聽潤物

霞蔚淺中看宜人

謝綺環

綺衣可麗涼過往

環佩當珍熱今朝

黃梅欣

梅心高綻春想駐

欣趣且託海朝鮮

周柏甫

柏臺聽遠杳

甫後看今朝

曾若涵

若花仲春開滿眼

涵籽今夏播八方

黃子剛

子曰不語輕怪力

剛悅詳說重陳跡

貝貝

貝乘浪花一海戀

貝駐村店眾山喧

與貝貝小姐素未謀面，但見友人吳懷晨〈海的姊妹貝貝〉一文，始知是一奇女子，感深，特撰此聯以贈。

賀王珏榮退

戲裏人生且看王牌登場場場叫座

鬢中歲月須聽珏口合聲聲聲如新

賀葉健雲榮退

一身健骨來自戎馬奔波至今猶未失色

半片雲心慰安杏壇擾嚷往後仍能動情

賀宮連盛榮退

萬般情緒總是關連世事紛擾真心令人感佩
千種作為都能救盛學堂固陋高志與眾傳揚

題曾志忠・李秀真伉儷雅居

志酬典樂耽雋秀
忠對知音頌佳真

題張炳杉・游鳳理伉儷雅築

炳熙鳳邑增廣論
杉塑理居賦閒情

賀張博隆・陳詩昀新婚

博文詩域增氣慨
隆武昀中耀新妍

長論

偷窺臺灣
——「廣播早操的對話」

一、偷窺的主題

「廣播早操的對話」是張美陵策展的歷史照片和身體聯展的標題，也是主題，它開放了廣播早操中身體規訓的空間，誰都可以來跟它對話。雖然聯展中還有不少非關廣播早操的照片，但都以身體為中介，符碼接近，彼此可以共構一個身體隱喻或象徵的場景。因此，以廣播早操的照片領銜，仍有它的恰當性。

據策展人的說法，「身體」代表個人的物質存在，也比喻所有可能影響個人身體經驗和表達的社會因素，再現了個人身體行為和集體文化規範之間的關係；而經歷日治、戒嚴和解嚴，不同時代臺灣人民的身體再現大不相同，「廣播早操的對話」聯展，就是以體操和相關的身體動作作為探討對象，藉以討論「意識形態的身體及其不滿」，也就是關於身體生活的社會性質和社會身體在時間裏的差異，攸關身體的集體意識、社會規訓、歷史記憶和國家權力。（張美陵，2011）這麼一來，整體的身體影像聯展也就有了不尋常的用意。

這個用意，與其說是策展人在關心身體的意識形態寓意，不如說是它在提供觀眾一個窺看臺灣的視角。換句話說，透過這些照片，觀眾可以瞧見臺灣社會的某些現象以及生活在此地的人們

一些自覺或不自覺的心理狀態。由於這是經由照片展示，而照片又是攝影者所拍攝的，於是當中就有一個「偷窺」企圖隱藏著；它的主題是鏡頭下的「臺灣」。所以要這樣判定，關鍵就在攝影者「躲」在鏡頭後面，他可以看見別人而別人看不見他，以至整個拍攝過程如同在偷窺。而我們就以攝影者偷窺所得的，來進行對話，看看他偷窺到了什麼。

至於偷窺的主題「臺灣」，是我權擬的，它還可以分化而有「羣相」可說（詳後）。而這顯然要跟策展人的見解分歧了。如果採用新批評和讀者反應理論的說法（伊瑟爾〔W. Iser〕，1991；趙毅衡編選，2001），讓策展人「離場」以便談論是個好策略，那麼這種分歧也就可以不以為意；但實際上我是在利用她所策展的東西，而她已經擺明了她關懷的是「身體對於文化霸權的抗拒潛力、消費社會身體可能是個人主體的解放或制約」（張美陵，2011），這樣我就不得不再將她的意見也當作對話的對象，給她一個可以「若即若離」我的談論的空間。

二、誰在偷窺

說廣播早操系列攝影是一場偷窺的行動，並且自有偷窺的主題和用意，主要是依影像攝取的「內隱規律」研判的。一般都以為影像攝取是現場經驗的再現而可以給人經歷或想像經歷的憑藉，但實際上問題不可能這麼單純。因為影像本身的構成不是它所對應物的複製，而是一種「框限」存在。所謂「影像並不是一個物，而是以它的形狀、顏色、位置等向人們的顯現。這種顯現就是影像，它的存在不同於事物的存在，它以另一種形態存在，就是作為意識而存在」（韓叢耀，2005：64引沙特說），說

的就是這個意思。也因為它有意識介入，而意識又可以「分散」化，所以才會有人說影像「只有在文化、物質組織、美學和判讀欲望四者趨向的共同作用之下，才可能誕生」。（西卡爾〔M. Sicard〕，2005：219）因此，影像所要連結的主體對象，它的取材「初度視覺」就不是再現式的；而藉以觀看它的「二度視覺」更不可能當它是在機械接受，畢竟影像已經被「權力意志」這一終極驅力所左右。（周慶華，2011：111）

由於視覺是被用來權衡影像政治位置的中介，而它又不免於受權力意志的驅使，以至有所謂「視覺和詞語再現之間的張力跟文化政治和政治文化領域裏的鬥爭是分不開的」（米歇爾〔W. J. T. Mitchell〕，2006：序3）這類的論斷。這是因為視覺在選材成為影像的過程中，已經考慮到了它對他人的影響或支配欲望；而被影像化的新視覺，則又會受性別、階級、政黨和種族等印記的影響（米爾柔夫〔N. Mirzoeff〕，2004：4～5），所觀看的一樣充滿著權力的角力。因此，從生產的角度看，影像不是視覺的再現，而是意識的再現和權力的再現；而從接受的角度看，視覺也不是要還原影像，而是要還原意識和權力。（周慶華，2011：112）

在這個前提下，廣播早操系列照片也就不僅承載了單純的意識形態，它更是在體現一種權力意志；而這些都透過鏡頭的偷窺來達成。換句話說，這個偷窺者，他是有特定意識的（意識自成一種形態，就是意識形態），而且還有支配或影響別人的欲望（照片給人看自不待說；如是自己保留，也無不預設他日能被人觀賞，形同是要給人看而企圖支配或影響對方）。而由於前者（指有特定意識）是作為後者（指還有支配或影響別人的欲望）的「支持性力量」而存在的，所以它就引導我們從照片中看到了「一些東西」。

三、被偷窺的臺灣羣相

這些東西，是攝影者基於好奇或憐憫或體恤的心理作用，以及歷史見證和監控癖，甚至殺底片響應資本主義的榮景等「綜合意識」而選定呈現的；而他們的企圖則在於接受者對照片隱喻的認同。這種認同，歸結起來，則分別要對臺灣所存有的「身體共謀」、「政治權威的建構和解構」、「民主的沉默和嘶吼」和「太平歲月」等有所共鳴。

因為這一部分在策展前原有我所提議「配合『廣播早操的對話』，戲仿精神分析學家佛洛伊德、法蘭克福學派健將阿多諾和解構主義大家德希達的論調，假借他們的名義發表評論，以為跟各參展照片實質的對話」且經我加以實踐，但實際展出時並未見陳列。現在為了可以演示自我內在對話的張力，仍於搭配照片的討論時一併呈現（但不多解釋該「評論」的用意或該「評論」跟照片本身是否契合）。

首先是身體共謀。這是指十張早操照片（當中〈蕾絲陽房〉是在健身房中拍的，屬於「勉強歸入」）所透顯的。（張美陵，2011）

▲阿多諾：日本帝國只准許的街道有限空間，不必奉獻太多表情；聲音從擴音器流出來監視你，假裝比畫完就可以回家。

德希達：雙手伸展的意符快要追到太陽旗的意指，它卻又跑走了。

▲佛洛伊德：那根挺立的柱子，已足夠說明不滿足的性
　　　　　　欲是什麼樣子了，別再用穿短褲的影像來誘
　　　　　　惑人！

　阿多諾：水泥柱是現代建築的意識形態，體操影像是
　　　　　軍國主義的意識形態，二者結合是後現代諧
　　　　　擬的意識形態。

▲德希達：兒童臉上的微笑是無限耽延的意符，正在解構
　　　　　國家認同的文本。

▲佛洛伊德：你看，多整齊的動作！老先生、老太太，你
　　　　　　們昨夜失落的欲望，倒影全都錄了。

▲阿多諾：鏡頭在凝視，恐懼衰老的意識形態顯現在你們
　　　　　的臉上；再給你多活五十歲，看那些鐵杆是否
　　　　　還承受得了你們抗拒時間的重量！

▲德希達：靈氣在空中迴盪，停止呼吸三十秒，你們得到
　　　　　的是清晨的意符，健身的意指不知道飄忽到哪
　　　　　裏去。

▲阿多諾：將軍化成岩石，在指揮當軍人操練的囚犯，背
　　　　　面是海洋，前面有無形的拒馬，都被一臺照相
　　　　　機偷窺了。

▲阿多諾：七個人，七種姿勢，一樣心態：有人在訓戒
「青春不可以留白」！

　德希達：拼貼的快樂，得不到真實。

▲阿多諾：一個人單挑一片草地，音樂作背景，老闆躲在
暗處監視，你的禮節裏有外來語。伙伴就要簇
擁你，趕快脫衣服致敬，遲了就得重來一遍。

▲佛洛伊德：健身就是練性能力，微笑一個，你會得到
高潮！

　阿多諾：大家都練成同樣的身體，比較好操控。

它們讓我們看見了國家意識形態（健康的身體好操控以及健康的
身體可增生產力／競爭力／戰鬥力等）、美醜意識形態（運動是
相貌平凡的人的專利以及運動是抗拒衰老的憑藉等）和權力意志
（健身能自我影響兼影響他人以及健身能防他物侵犯兼馴服他物
等）等對早操的促成，以及身體作為早操的實驗場域所有的他者
規訓／自我規訓的象徵（十五分鐘早操的意符和二十四小時體健
想像的意指等）、支配／被支配的隱喻（支配者強行支配和被支
配者甘願或半甘願被支配等）和運動神話／體健的辯證（運動保
證身體健康和身體健康更需求運動等）等；而被偷窺的早操羣
相，則有拍攝你燦爛無知的笑容（指學生早操）、拍攝你貪婪的
表情（指老中青早操）和拍攝你屈服威權的無奈心事（指囚犯早
操和日治時期廣播早操）等；最後，則以健身萬歲、權力操控萬
歲和拍攝者萬歲等不自覺的諷喻，讓我們感知了存在臺灣一些角
落的身體共謀。

其次是政治權威的建構和解構。這是指六張〈日治時期鐵路員工備戰生活〉、三張〈公民與道德〉／〈總統指示生活規範圖解〉和一張〈歷史幽魂〉照片所顯示的。（張美陵，2011）

▲佛洛伊德：表情是最明顯的欲望，正在奔向太陽旗的洞穴，他們不敢喧嘩，因為那裏已經流了一灘血！

▲德希達：三張圖，三個規訓意符；而被規訓的意指，則藏在每一張不服的臉上，有待發掘。

▲阿多諾：歷史上的偉人一旦落難，荒地就是他們的歸宿，因為造神運動只限於「有沒有價值」！

當中〈日治時期鐵路員工備戰生活〉各照片裏那些鐵路員工被集體推上鏡頭，看似政治權威奏效了；但仔細看，那些員工幾乎全無笑容，顯然那裏面藏有無言的抗議，也代表著當時殖民政策有潛在的「不穩定」危機。而那三張〈公民與道德〉和〈總統指示生活規範圖解〉中的前兩張，則為國民政府執政時期強人政治經由教育對人心的加強操控。至於〈歷史幽魂〉則為本土政黨取得政權後對強人造神運動遺跡的除魅（銅像被集中在一處）。由於上述這些都是操控在前而有所不滿或除魅在後，所以讓人瞧見了政治權威的建構和解構在臺灣一地的演出情況。

再次是民主的沉默和嘶吼。這是指〈站滿重建街〉、〈仆共和〉和〈紅潮〉三張照片所透露的。（張美陵，2011）

▲德希達：重建街的意符貼滿了你們臉上的沉默，抗議的意指還是追不到它，因為它已經被帶離現場去跟低智商的政治勾搭了。

▲佛洛伊德：求明牌，不必這麼辛苦，數字全部寫在臀部上，回家拓印就行了。

▲佛洛伊德：太多人，會減低性欲！
　德希達：連意符都亂了，更別說早就駭怕逃遁的意指！

前二者因為臺灣民主，所以准許民眾集體去抗議淡水老街被改建（雖然參加抗議行動的民眾當時都一語不發）和以仆街方式表達對某些政治措施的不滿；後者也因為臺灣民主，所以容許紅衫軍聚集在總統府前反貪腐。一沉默一嘶吼，在在都顯示了臺灣有著珍貴的民主經驗。

最後是太平歲月。這是〈穿制服的人〉一張網路多格照片所流露的。（張美陵，2011）

▲阿多諾：體制操控，制服承載被馴服的標記，一個願打一個願挨，沒有什麼話可說。只有制服的樣式不同，象徵另一種美感意識形態，還可以玩味！

照片拍攝地點在博愛特區，該處軍警聚集，卻又顯不出嚴肅緊張的氣氛（從那些軍警三三兩兩行動且狀似閒步可知），不啻暗示了這是太平歲月才有的景象。

綜合上述，臺灣一地從照片中所發現的，有大家對健身／權力／留影的迷戀、政治權威幾經更迭且越來越依賴民主制度以及正當太平盛世而沒有內亂外患的威脅等。雖然這些照片都是經過刻意取材構圖的，但它在某種程度上所有的再現能力（詳見前節），依然可以加以「如實解會」而得出上述的羣相。換句話說，被偷窺後的臺灣，有著相當「朝氣」的表現，大概是他處所難得一見。

四、准許你再次偷窺

一般同樣是一張照片，視覺化後所見的不是被該影像的構圖所侷限，就是穿透該影像看見了他人所未見，而這二者都已經被權力所浸染（無所謂「誰是誰非」）；但後者的挖深拓廣，卻是前者泛泛的見解所不及，而可以作為觀看影像的新指標。（周慶華，2011：113）因此，前面所作的詮解，也就在這個環節上完成了一次高格的示範，可以自成一種影像理解的典範或模式。

如果回返臺灣會或要繼續被偷窺的特定點上，那麼這裏也無異提供了一種「有意義」的偷窺途徑。也就是說，臺灣已然是一個多元化的社會，但對於究竟是如何的多元，大家並未能全面接觸了解，以至透過影像的呈現就成了彼此知識進趨的捷徑。在這種情況下，攝影也就可以有更深的權力展現，以特別「有意」的姿態引導大家對自己所處環境投入更多的情感和關懷。而這不妨叫作「准許你再次偷窺」，把可能的空間「還」給全體有心人。只是它的響應資本主義的榮景一事（詳見第二節），也必須升格為另一個足該關心的課題，以免付出過多而收效太少。

參考文獻

西卡爾（2005），《視覺工廠：圖像誕生的關鍵故事》（陳姿穎譯），臺北：邊城。

伊瑟爾（1991），《閱讀活動——審美反應理論》（金元浦等譯），北京：中國社會科學。

米歇爾（2006），《圖像理論》（陳永國等譯），北京：北京大學。

米爾柔夫（2004），《視覺文化導論》（陳芸芸譯），臺北：韋伯。

周慶華（2011），《生態災難與靈療》，臺北：五南。

張美陵（2011），〈廣播早操的對話〉，網址：http://dps.nttu.edu.tw/gile/contents/news/news_show.asp?id=273&menuID=265，點閱日期：2011.10.20。

趙毅衡編選（2001），《新批評文集》，天津：百花文藝。

韓叢耀（2005），《圖像傳播學》，臺北：威仕曼。

揭諦與開新
——中國傳統文學哲學的當代轉化發微

一、從哲學到文學哲學

哲學這個概念，從古希臘時代發端，而以「愛智」（philosophia）通行。但對於愛智「究竟內涵如何」卻未有明顯的規範；後人只能依向來所見的以理性（而非感性）對待思索事物而逐漸框限它的範疇。（羅素〔B. Russell〕，1984；文德爾班〔W. Windelband〕，1998；奧力弗〔M. Oliver〕，2005）而這種理性的運作，則不外先設定概念，再建立命題，最後進行推理演繹（周慶華，2004a：329；傅佩榮，2011：1），而形成一套套的理論體系。

有了理論體系，就可以用來說明事物或創發事物（也就是預期所會發生的事物或斷定有關事物的必要存在）；以至所謂的哲學也就成了一切理論的統稱。雖然如此，在後續的發展中因為學科的分畫，導致哲學日益往「後設思維」方向轉進。好比原來科學和哲學是不分的，但從十九世紀以後，自然科學的研究興盛，二者就分離開來了：

> 自然科學藉著把我們的注意力有系統地導向某一個現象領域，以培養我們的認知生活；而哲學則是藉著把我們的注意力集中於現存的認知生活本身以及它的內涵之上，而加

　　強了我們的認知生活……自然科學不需要詢問知識是什
　　麼、概念是什麼、判斷是什麼等等。科學只從事實開始；
　　事實上人是一個認知存有，人形成概念，並且提出判斷。
　　從它的天性上看，哲學不能這樣做；但應提出人造概念
　　和判斷的力量的問題出來。（國立編譯館主編，1989：
　　6～7）

　　這種分離所紛紛成立的各種人文學科（如文學／藝術、哲學、史
學、宗教學和語言學等）、社會學科（如社會學、政治學、經濟
學、法律學、人類學、民俗學、考古學、地理學、心理學、教育
學和傳播學等）和自然學科（如化學、物理學、生物學和數學
等）等，「理論」就由它們所據有，而哲學一轉變成各理論的宏
觀共相，總綰相關的「後設思維」。其實依它的命名原應是統
攝性的學問（周慶華，2007a：209～217），現在被瓜分走「成
分」後，就只能指涉形上學（後設思維存有）、認識論（後設思
維存有物的獲知過程）和邏輯學（後設思維存有物獲知過程的推
論法則）等沒有學科可以強佔的對象。

　　學科的發展趨勢，大體是這樣。但又不盡然如此截然分劃！
有些學科發現仍然無法擺脫哲學的籠罩或覺得必須重新搭上哲學
來抬高身價，致使多有以哲學為名在論述的現象。如「科學哲
學」、「語言哲學」、「宗教哲學」、「倫理哲學」和「藝術哲
學」等（亞德烈〔V. C. Aldrich〕，1987；希克〔J. Hick〕，1991；
羅森貝格〔A. Rosenberg〕，2004；馬蒂尼奇〔A. P. Martinich〕
編，2006；曾仰如，1985），就是這類情況所取的名目。因此，
哲學又有點要返回原來所處統攝性的位置，不再被強為「孤立」
去指稱所有學科理論的宏觀共相。

　　所以會有這樣的轉變，應該跟哲學的「制高點」式的學問不容被抹煞有關。換句話說，既然哲學是愛智的總稱，那麼所有學科理論都是愛智成果如何能脫離而自我稱名？也難怪凡是把哲學放逐而又覺得不妥的學科，最後都一一的將哲學召喚回來。而這一召喚，就越見哲學的理論建構和後設思維兼具的清晰面貌。前者（指理論建構）是它的初階形式；後者（指後設思維）是它的進階形式，合而顯現哲學可以無限層次論述的特性（也就是後設思維可以不斷後設進行，而為其他不能如此思維的新興學科所不及）。

　　這麼一來，有關本脈絡「文學哲學」的提出，也就不為無謂。它一方面是向哲學的回歸；另一方面則是要借重哲學來重振文學的聲威。當中向哲學的回歸，是回到文學作為「學」的本然；而要借重哲學來重振文學的聲威，則是文學窄縮到變成感性的表現所予人不再理性的印象後，有必要藉由哲學的深為闡發而從此更新大家的認知視野。這原有類似的學科名為「文學學」或「文學理論」，只是那些大多未經哲學的檢驗而論述常見枝蔓，不如逕稱作「文學哲學」來得精要貼切。

二、文學哲學的理論建構與後設思考的向度

　　從哲學到文學哲學，這是一個學科再界定的過程，目的是為了重樹文學作為一個「認知對象」的權威性。基本上，文學已經遭遇無數人的界定了（周慶華，2009；2011），它的「質性」也幾經轉移（如由「文章博學」轉向「文飾學問」再轉向「純感性表現」等），但卻很少有人願意或知道怎麼對那些界定或質性有所後設的反省，以至恁多相關的論述也就無人知道究竟是怎麼可

能的。因此，重新把文學置入哲學範疇而賦予它可認知的對象，不啻就是為避免文學權威性的失落（如果不讓它被大家所認知，那麼它的學科權威性就無從樹立起來）。而它所相應於哲學思維的，自然就是重新界定過程到底要怎麼使它保有論述的廣度和深度。而這總提為文學哲學的理論建構和後設思維的向度，分提則有系統內的可能變遷以及異系統的比較轉進嘗試，以為文學哲學的「現時使命」的極大化張目。

現在就先處理總提部分（分提部分則於後面各節處理）。首先是關於文學哲學的理論建構向度：在本脈絡，很明顯的「文學哲學的理論建構」是指「文學的哲學所見的理論建構」，也就是文學哲學和文學的理論建構是同一的；否則就會變成「文學哲學」本身還有「理論建構」，而進到另一個後設層次去了。在這種情況下，文學哲學和文學的理論建構就可以擇一稱名。雖然如此，這裏仍得堅持用「文學哲學的理論建構」全稱，因為後面還有一個「文學哲學的後設思考」的漸層義，為了不相混淆，還是分開討論比較妥適。

那麼文學哲學的理論建構到底可以有什麼樣的向度？我們知道，文學也是因為人的限定而存在的，以至只要有一種文學的限定，就會有一種文學的面貌可以被感知。因此，這裏才會以「到底可以有什麼樣的向度」的問題開端，意思是我們可以讓文學成為什麼樣子。這是在為文學規模體制，也是在為文學形塑進趨的途徑。前者（指為文學規模體制），是要給文學一個基本限定；後者（指為文學形塑進趨的途徑），是要給文學一個發展空間，讓它在區別於其他學科後可以再行衍變，以見它本身的繁複多姿或可長可久。而這最可引來為限定文學所資的，就是文學是以意象或事件而間接表意的（有別於其他學科不以意象或事

件而間接表意）。（周慶華，2011：137）好比同樣在表達一個
「無力抗拒強權凌駕的悲哀」這樣的感懷，我們可以構設「懦
弱的人在面對別人的欺壓時，不是沒有能耐反彈而甘願受辱，
就是別為尋求補償以便得到心理的平衡」這類在相當程度直接
表露「看法」的哲學語言，也可以構設像魯迅《阿Q正傳》裏的
主角阿Q「在形式上打敗了，被人揪住黃辮子，在壁上碰了四
五個響頭，閒人這才心滿意足的得勝的走了。阿Q站了一刻，
心裏想：『我總算被兒子打了，現在的世界真不像樣……』於
是也心滿意足的得勝的走了」（楊澤編，1996：80）那樣蘊涵
「在精神上求取勝利」的敘事性的文學語言或構設像夏宇〈甜
蜜的復仇〉「把你的影子加點鹽／醃起來／風乾／／老的時候
／下酒」（張默等編，1995：1112）那樣蘊涵「在精神上完成
報仇」的抒情性的文學語言（二者都是人間的悲劇）。依此類
推，我們可以在每一個情境中有效的區別文學和其他學科的不
同（雖然它們都是人所設定的）。（周慶華，2004b：95～97）
而它的可能的進趨途徑，就在該意象或事件的形塑方式和表意
取向的不同展演。好比由西方創造觀型文化所一路衍變過來的
模象（前現代派）→造象（現代派）→語言遊戲（後現代派）
→超鏈結（網路時代）等形態的差異（詳見第四節），就是緣
於這一文學內部觀念和實踐的遷移，充分可見它的體制的非單
一性。因此，文學哲學的理論建構所可以有的向度，就在布論
文學的學科性及其自身的演變規律上取則。它既是為指陳現象
方便的，又是為發展文學考量的，合而顯現一種文學哲學的理
論建構規模。

　　其次是關於文學哲學的後設思維向度：這同樣是指「文學
的哲學所見的後設思維」以及可以追問它「究竟可以有什麼樣的

向度」。由於「後設」是針對「對象」而發的，所以文學哲學的理論建構就成了文學哲學的後設思維所要作用的對象；而這一作用，則無異是在考驗文學哲學所能表現的深度（相對的文學哲學的理論建構就只能在廣度上被檢視）。因此，文學哲學的後設思維所可以有的向度，也就得在文學哲學的理論建構上「掘入挖深」，以見一種特能愛智的形態。

這本來可以比照其他後設思維專注在概念、命題和演繹的後設窮究上（渥厄〔P. Waugh〕，1995；黃慧英，1988；關紹箕，2003），甚至歧出去分辨底下這類對語言或論述本身的質疑：「後結構主義思想會支持這種一連串論述探討論述的觀念；但質疑在任何絕對性的意義上去界定和固定其他論述的條件的後設語言假設。例如李歐塔的歧異觀念的意涵，就是不存在能夠仲裁其他語言的『客觀』後設語言」（布魯克〔P. Brooker〕，2003：245～246）、「或有人說，後設理論如後設倫理學，也常構成一種特定的哲學倫理，難以採取思想上的中立。譬如英國後設倫理學家赫爾就以自己的一套後設倫理學看法轉化成為一種偽似的獨家規範倫理學說；外表上似乎保持『後設』性質的價值中立，實質上乃是一種規範性質的倫理思想。我雖然了解後設理論墮為規範理論的情形存在，但就後設理論家的價值中立要求這一點說，後設理論基本上仍應看成一般的哲學方法論」（傅偉勳，1990：6～7）；但基於論述策略的需求，還是以較迫切的議題為關懷重點。也就是這裏特別要就一般所難能察覺的「此套文學」（被文學哲學的理論建構所模塑的）在異系統的生發因緣來進行後設甄辨以及為可能的新體轉化提供諍言（詳後），以見整體文學哲學的善盡思維樣態。

三、中國傳統文學哲學的揭諦

前面說過,因為「文學窄縮到變成感性的表現所予人不再理性的印象後」(按:這從今人把文學等同詩、小說、散文和戲劇的總稱可證),所以「有必要藉由哲學的深為闡發而從此更新大家的認知視野」(詳見第一節),現在就要專取後設義從中國傳統文學哲學所建構理論的情況後設思維起(有關元文學哲學的理論建構部分,就由本後設思維的對象「中國傳統文學哲學」去擔負,而不再另立一套說詞跟它對觀;這並不是忽視了所該有的任務,而是有更重要的課題等著處理)。由於所見的中國傳統文學哲學只是在論述文學,並未對自己所論述的進行反省,所以這裏才以「揭諦」的用詞來顯示我所要將它或代為掀揭真諦的旨趣。縱是如此,所謂的真諦也僅僅是系統性或相對性的,因為還有別系統的文學觀並不作此想。

大體上,中國傳統文學哲學對於文學是以意象或事件來間接表意一事大多持肯定意見,可以不論;但有關該意象或事件的形塑方式和表意取向有所殊別於異系統到底是什麼緣故,就不能輕易放過。而這向來被討論時都只是作現象學式的對比(葉維廉,1983;李達三等主編,1990;季羨林等主編,1993;余虹,1999;徐志嘯,2000;王萬象,2009),所揭發的僅止於「表現」層次的道理,而搆不到深層的世界觀這一文化心靈的制約力,終究還是看不出中國文學跟異系統文學為什麼會有意象或事件的形塑方式和表意取向的差異。因此,中國傳統文學哲學的揭諦,在此刻所以顯得必要,也就是它還欠缺後設思維而可以由我來填補。

至於填補的方向,則是以中國傳統文學哲學最常論述的「文

學發源」為切入點，然後抽繹它的理則而進一步推測它背後的文化因緣（這文化因緣是以深層次的世界觀為終極標誌；只有它才足夠用來解釋中國傳統文學所以如此形塑和表意的緣由）。我們知道，中國傳統文學哲學已經多所模塑文學的所從來：「氣之動物，物之感人，故搖蕩性情，形諸舞詠……若乃春風春鳥，秋月秋蟬，夏雲暑雨，冬月祁寒，斯四候之感諸詩者也」（鍾嶸，1988：3147）、「屈平疾王聽之不聰也，讒陷之蔽明也，邪曲之害公也，方正之不容也，故憂愁幽思而作〈離騷〉」（司馬遷，1979：2482）、「大凡物不得其平則鳴。草木之無聲，風撓之鳴；水之無聲，風蕩之鳴，其躍也或激之，其趨也或梗之，其沸也或炙之；金石之無聲，或擊之鳴。人之於言亦然，有不得已而後言，其歌也有思，其哭也有懷」（韓愈，1983：136）、「夫文生於情，情生於哀樂，哀樂生於治亂。故君子感哀樂而為文章，以知治亂之本」（董浩等編，1974：6790）等等，這所提到的人因外物的刺激而舞詠陳詩、因身世的坎壈而憂懷賦詞、因心有不平而疾詞鳴冤、因治亂不定而情切摛文等等，都展現了共系統的同一個理路，可以稱為情志思維。（周慶華，2011：75）也就是說，它是純為抒發情志（情性或性靈）而顯現為整體「感物應事」的內感外應形態，而跟擅長馳騁想像力的西方文學迥異奇趣（詳見第四節）。

　　當然，以情志思維作為中國傳統文學的發源是不夠究竟的，大家還會再問「為何如此」；而這得再上溯到世界觀（終極信仰已內在當中）這一最深緣由。而依我所見，中國傳統的世界觀是氣化觀（自然氣化宇宙萬物觀），以為宇宙萬物為陰陽二氣所化生（自然氣化的過程及其理則，稱為道或理），所謂「道生一，一生二，二生三，三生萬物。萬物負陰而抱陽，沖氣以為和」（王弼，1978：26～27）、「夫混然未判，則天地一氣，萬物一形。分

而為天地，散而為萬物。此蓋離合之殊異，形氣之虛實」（張湛，1978：9）、「無極而太極。太極動而生陽；動極而靜，靜而生陰。靜極復動。一動一靜，互為其根。分陰分陽，兩儀立焉。陽變陰合而生水火木金土，五氣順布，四時行焉。五行一陰陽也，陰陽一太極也，太極本無極也。五行之生也，各一其性。無極之真，二五之精，妙合而凝。乾道成男，坤道成女。二氣交感，化生萬物。萬物生生，而變化無窮焉」（周敦頤，1978：4～14）等等，都在說明這個意思（各文中另有陰陽二氣所從來的推測）。傳統中國所見這種世界觀既然以宇宙萬物為陰陽二氣所化生，那麼宇宙萬物的起源演變就在「自然」中進行；這不無暗示了人也該體會此一「自然」價值，不必作出違反自然之理。道家向來就是這樣主張的，而儒家所強調的道德形上學（所謂「夫君子所過者化，所存者神，上下與天地同流」〔孫奭，1982：231〕、「盡其心者，知其性也；知其性，則知天矣」〔同上，228〕、「天命之謂性，率性之謂道，修道之謂教」〔孔穎達等，1982：879〕等，可為代表），也無不合轍。傳統中國人信守這樣的世界觀，所表現出來的多半是為使自然和人性、個人和社會以及人和人之間達成和諧融通、相互依存境界的行為方式和道德工夫。（周慶華，2001：78）因此，情志思維無慮就是緣於氣化觀底下以為回應「諧和自然和綰結人情」的文化特色使然（因為氣化成人，大家如「氣」聚般的虯結在一起，必須分親疏遠近才能過有秩序的生活，以至專門致力於經營良好的人際關係或無意世路以為逆向保有人我實存的自在，也就「勢所必趨」；而同樣都是氣化，萬物一體，當然就不會像有受造意識的西方人那樣為達媲美造物主的目的而窮於斲天役物）。（周慶華，2007b：16～17）很明顯中西方世界觀在文學思維的體現上差距遠甚，彼此的演變也極度不同。雖然

如此，情志思維原是自足的，但一百多年來因抵擋不住西方文化的衝擊，已經大為退卻而不再發揮應世的功能，使得世人漸漸淡忘曾經還有一種異質文學的存在。（周慶華，2011：75〜76）所謂中國傳統文學哲學的揭諦，就是經由這一「抽繹它的理則」和「進一步推測它背後的文化因緣」而完成的。它雖然為中國傳統文學哲學所未及而不盡後設思維的能事，但不這麼處理也未必有更好的理解方式。因此，所揭諦的有超出中國傳統文學哲學所想像的範圍，在為深入認知的前提下也應該獲得必要的賞鑑。

四、中國傳統文學哲學對比西方文學哲學的開新欲求

談論中國傳統文學哲學，自然不離「顯價」或「冀望」的論述策略的制約（周慶華，2004a）；更何況中國傳統文學哲學已經無法再作用於當代的環境了（詳見第三節），不從中給它一點「激活」的力量，也就不知道它還有什麼功能可說。因此，在對中國傳統文學哲學加以揭諦後，就得再看看有什麼出路或前景可以規模。而這同樣是在表面上「將它或代為掀揭」而實際上則為主動嘗試規畫「系統內的可能變遷以及異系統的比較轉進」（詳見第二節），以便整體論述可以展現價值蘄向。這樣開頭副標題〈中國傳統文學哲學的當代轉化發微〉中的「當代轉化」，也就是我作為論述者以為應該如此的（而非事實陳述），目的是在挽救中國傳統文學哲學的日漸闇沒不彰！

其實，中國傳統文學哲學並非不知道為文學找尋出路或所該轉進的方向，如「夫設文之體有常，變文之數無方，何以明其然耶！凡詩賦書記，名理相因，此有常之體也；文詞氣力，通變則久，此無方之數也。名理有常，體必資於故實；通變無方，數

必酌於新聲。故能騁無窮之路，飲不竭之源。然綆短者銜渴，足疲者輟途，非文理之數盡，乃通變之術疏耳」（劉勰，1988：3118）、「作者須知復變之道：反古曰復，不滯曰變。若唯復不變，則陷於相似之格；其壯如駑驥同廄，非造父不能變，能知復變之手，亦詩人造父也。以此相似一類置於古集之中，能使弱手視之，眩目何異」（郭紹虞，1982：211引）、「夫文學不能立古人之前，猶之人類不能出社會之外。然而改革社會，豪傑之所能為；則變化古人，亦文學家之有事乎！變化如何？曰：仍其義，變其例；仍其例，變其義」（郭紹虞等主編，1982：514）、「蓋文體通行既久，染指遂多，自成習套。豪傑之士亦難於其中自出新意，故遁而作他體以自解脫。一切文體，所以始盛終衰者，皆由於此」（王國維，1981：25）等等，都是一副「非基進不可」的口吻；但這只是對系統內的文學體制更新的期待，放在當前環境來看，因為有外來文學哲學的「嶄新面目」介入而開始顯得不夠入時。換句話說，外來文學哲學已經引進西方從前現代文學到現代文學、後現代文學和網路時代文學的樣態，相對的中國傳統文學哲學所提供的文學體制更新策略很明顯大為趕不及對方的創新速度而得自動退場。也因為這樣，所以激起了當代中國文學哲學的轉向（俞元桂主編，1984；陳平原，1990；孟樊，1995；馬森，2002；須文蔚，2003），準備「另謀出路」。但很可惜的，這種轉向都是以放棄自我文學傳統而去追隨西方文學為代價的，使得中國傳統文學哲學在對比西方文學哲學的開新欲求上，少了自我內在的「扭力」而無法跟人家形成「抗衡」的態勢。而我所以這樣說，很明顯是有另一種開新欲求隱隱然在對比著；既有的文學哲學不知道「如此轉進」的，並不代表別人也全然沒有能力來從事這類前景的開發。

　　為了中國傳統文學哲學的轉向得有可觀的開新欲求，不妨從異系統文學哲學的概況看起：以世界現存的三大文化系統來說，西方強調「神／上帝創造宇宙萬物」的創造觀型文化、中國傳統強調「自然氣化宇宙萬物」的氣化觀型文化和印度佛教開啟強調「因緣和合宇宙萬物」的緣起觀型文化（周慶華，1997；2000；2005；2007a；2010；2011）原是並列的，在文學的表現上就分別有漫長的敘事寫實、抒情寫實和解離寫實等取向；它們都各自在模寫所要模寫的形象（敘事寫實是在模寫人／神衝突的形象；抒情寫實是在模寫內感外應的形象；解離寫實是在模寫種種逆緣起的形象），而整體文學也因為有這樣的「爭奇鬥豔」而饒富審美情趣。只是創造觀型文化內部緣於媲美上帝造物本事的企圖心越見強烈，導致敘事寫實的傳統終於被現代前衛的新寫實所唾棄；爾後又竄出後現代超前衛的語言遊戲和網路時代超超前衛的超鏈結等在持續的展現「再開新」的勇氣。而這些可以整合來加一圖示：

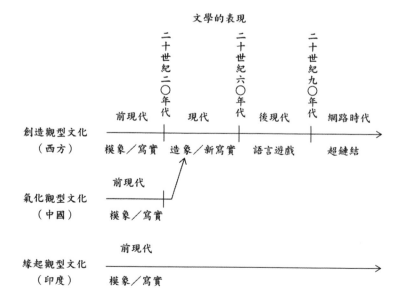

當中氣化觀型文化內的文學表現從二十世紀初以來就幾近停頓而轉向逐漸一系獨大的西方取經,從此沒有了「自家面目」;而緣起觀型文化內的文學表現本來就「不積極」(但以解脫為務,不事華采雕蔚),也無心他顧,所以雖然略顯素樸卻也還能維持一貫的格調。(周慶華,2004b:143〜144)由此可見,意象或事件的形塑方式和表意取向,在中西各自的發展中已經出現系統的差異。如在西方,因為有人/神兩端的對立(人在塵世而神在天國),而人經由不斷地遙想化解人/神衝突的方案,馴至迭有馳騁想像力而大量展現隱喻、換喻、借喻和諷喻等藝術形式以及廣被多重變換敘事觀點、敘事方式和敘事結構等來象徵審美的現象;而在中國傳統,則因為氣化關係在同一個世界,最後要藉由內感外應來綰結人情/諧和自然,以至弱化了比喻能力而凝鍊於象徵(非大開大闔式的)。如果再以緣起觀型文化這一系的逆緣起解脫表現為彼此的對照系,那麼它們的差異就可以圖示如下:

當中緣起觀型文化所預設的涅槃(佛)境界,只是解脫後的狀態(也就是生死俱泯),迥異於創造觀型文化所預設的天國的實有。只不過該境界的趨入不易,仍有可以臆測的空間,所以它的筌蹄式的詩偈還是有某種程度的想像力的發揮。唯獨氣化觀型文化受限於氣化「一體」的世界觀,儘往高度凝鍊修飾用語上致

力，至今依舊跨域不易成功。（周慶華等，2009：262～263）中西方的這種差異，可以藉兩首古典詩來略作說明：

　　黃鶴樓　　崔顥

　　昔人已乘黃鶴去
　　此地空餘黃鶴樓
　　黃鶴一去不復返
　　白雲千載空悠悠
　　晴川歷歷漢陽樹
　　芳草萋萋鸚鵡洲
　　日暮鄉關何處是
　　煙波江上使人愁
　　（清聖祖敕編，1974：1329）

　　　　十四行詩（二）　　莎士比亞（W. Shakespeare）

　　四十個冬天將圍攻你的額角，
　　將在你美的田地裏挖淺溝深渠，
　　你青春的錦袍，如今教多少人傾倒，
　　將變成一堆破爛，值一片空虛。
　　那時候有人會問：「你的美質——
　　你少壯時代的寶貝，如今在何方？」
　　回答是：在你那雙深陷的眼睛裏，
　　只有貪婪的恥辱，浪費的讚賞。
　　要是你回答說：「我這美麗的小孩

將會完成我，我老了可以交賬──」
從而讓後代把美繼承下來，
那你就活用了美，該大受頌揚！
　你老了，你的美應當恢復青春，
　你的血一度冷了，該再度沸騰。
（方平等譯，2000：216）

　　前一首被譽為唐代七言律詩的壓卷之作（嚴羽，1983：452）
且連詩仙李白都嘆服不已（楊慎，1983：1003），但也僅止於
「斂形」式的描景寫情寓事寄意罷了（重點在情意；景事則為寫
寄象徵所選用的意象）。後一首則顯得聯想翩翩（光前四句就遍
採隱喻、換喻、借喻和諷喻等比喻技巧），儼然一副奔放自如且
「主導權在我」的樣子。（周慶華等，2009：9～10）類似的質
距，還可以舉兩首當代詩為例：

　　　　迴旋曲　　余光中

　　琴聲疎疎，注不盈清冷的下午
　　雨中，我向你游泳
　　我是垂死的泳者，曳著長髮
　　　　向你游泳

　　音樂斷時，悲鬱不斷如藕絲
　　立你在雨中，立你在波上
　　倒影翩翩，成一朵白蓮
　　　　在水中央

在水中央，在水中央，我是負傷
的泳者，只為採一朵蓮
一朵蓮影，泅一整個夏天
　　仍在池上

……

我已溺斃，我已溺斃，我已忘記
自己是水鬼，忘記你
是一朵水神，這只是秋
　　蓮已凋盡
（余光中，2007：160～162）

　　女人的身體　聶魯達（P.Neruda）

女人的身體，白色的山丘，白色的大腿。
你像一個世界，棄降般的躺著。
我粗獷的農夫的肉身掘入你，
並製造出從地底深處躍出的孩子。

……

為了拯救我自己，我鍛鑄你成武器，
如我弓上之箭，彈弓上的石頭。

但復仇的時刻降臨，而我愛你。
皮膚的身體，苔蘚的身體，渴望與豐厚乳汁的身體。

喔，胸部的高腳杯！喔，失神的雙眼！

喔，恥骨邊的玫瑰！喔，你的聲音，緩慢而哀傷！

我的女人的身體，我將執迷於你的優雅。

我的渴求，我無止盡的欲望，我不定的去向！

黑色的河床上流動著永恆的渴求，

隨後是疲倦，與無限的痛。

（聶魯達，1999：16～17）

前一首白話新詩為此地詩人仿西方自由詩寫成的，僅以白蓮／泳者和水神／水鬼兩組意象的對列來象徵一場情愛不成的遺憾；這除了形式和西方自由詩類似，整體上還是傳統那一觸景生情／睹物思人的遺緒（並沒有創新什麼）。後一首為西方道地的自由詩，意象彩麗紛繁，將詩人所鍾愛的女子妝飾到難以復加；當中所借為隱喻該女子身體的「白色的山丘」、「苔蘚的身體」、「胸部的高腳杯」、「恥骨邊的玫瑰」等構詞，則不啻有意要創新一個引人迷戀的女子的形象。可見詩固然都在抒情，但所表出方式卻有跨域上的位差。至於事件在西方人的聯想虛構中，也已經從前現代到現代再到後現代和網路時代等幾番「飛渡」過去，那就不煩舉例了。（周慶華，2011：143～158）

西方的文學表現，可以將它定位為一種詩性思維（緣起觀型文化中的文學表現近似，但因為它僅為筌蹄作用，所以不必刻意引來對比）。而該思維，也叫原始思維或野性思維，它以隱喻、換喻、借喻和諷喻等馳騁想像力的手段來創新事物，從而找到寄寓化解人／神衝突的方式（也就是試圖藉由文學寫作來昇華人性終而解決人不能成為神的因窘的「化解」跟神性衝突的一

種作法）。如「無色的綠思想喧鬧地睡覺」、「她拳頭般的臉緊握在圓形的痛苦上死去」和「時間的熾熱一直持續到睡眠為止」等等，這些讓語言學家和哲學家難以捉摸語義的「非正常」的句子（查普曼〔R. Chapman〕，1989：1～2；安傑利斯〔P. A. Angeles〕，2001：59），卻成功的隱喻創新了一個有關茂長的思緒、死亡的絢美和無止盡的煩躁等感性的世界。像這種情況，所締造的勢必是一波又一波的創新風潮。它從前現代的敘事寫實性文本奠定了「模象」的基礎，再經過現代的新敘事寫實性文本轉而開啟了「造象」的道路，然後又躍進到後現代的解構性文本和網路時代的多向性文本展衍出「語言遊戲」和「超鏈結」的新天地，這中間都看不出會有「停滯發展」的可能性；而西方人在這裏得到的已經不只是審美創造上的快悅，它還有涉及脫困的倫理抉擇方面的滿足，直接或間接體現作為一個受造者所能極盡「回應」造物主美意的本事（雖然西方人還無法有效廓清因應裏面所存在的一些混沌現象）。（周慶華，2007b：15～16）

可見一直處在或停留在抒情寫實階段的中國傳統文學要改向追躡西方文學的進趨，幾乎是一件不可能的事（如果執意要這麼做，那麼它就會像國人所從事的成果始終都小人家一號）。因此，中國傳統文學哲學轉向現時後要對比西方文學哲學而發出有所仿效以代開新的欲求，就「搞錯了方向」；它在經試驗或實踐後已經證明「此路不通」（因為那都是在人家創新一種文體後，我們才勉為急起直追，根本談不上什麼創意且能超前別人的成就），以至相關的開新欲求仍得別為發想。換句話說，中國傳統文學哲學的當代轉化所見這種「細微」的問題，還未受到應有的正視而獲得妥善的因應，所以將它「發露」，正好可以代為規模下個階段的前路。

五、向新體「後文學」哲學的轉化

中國傳統文學哲學在當代的轉化，理應自己走出一條路（不能再像百年來這樣「棄己從人」而喪失「自家面目」）；而實際上它也有本錢綰結一套專屬的文學哲學，就看它能不能發現「差異」的存在。對於這一點本脈絡已經多所分辨而預留可以致思的空間，現在就具體的提出兩個值得一試的方向：

第一，對中國傳統文學所內蘊的高度「文飾」性蘄向，得重新再把它「發揚光大」。本來在中國傳統上有自別於言說的文字體系（迥異於西方音系文字的純為紀錄言說），卻因為近代以來國人憚於西方文化的強勢凌駕而自我退卻到要迫使它「淪喪殆盡」的地步。這雙重失落（失去了顏面，也失去了文化）的結果，就是如今所見的幾乎一面倒的隨洋人起舞而無所愧悔！以至從根本性的這類言文錯置來檢視相關轉向的得失而為必要的回歸預為鋪路，也就成了重立文化尊嚴的不二法門。而這再建說的關鍵，就在中國傳統最不同俗流的「文字性」。這種文字性「體大思包」，既不像還可以考得的諸如古埃及的象形文、美索不達米亞的楔形文、克里特的銘文等分布世界各地的古文字遺跡那樣的純為「象形／指事」而已（何況那些古文字還被西方人視為是語言發展過程中屬於較原始且粗糙的階段）（居恩〔G. Jean〕，1994；哈爾門〔H. Haarmann〕，2005），也有別於當今所見的所有音系文字自我稱勝的「言文合一」（可以充分或完整表意）罷了，而是在源頭上就是語言所從出以及廣為徵候著宗教信仰、哲學思想、藝術風格和社會制度等一切結構文化的成分：

文字的主要功能是紀錄。紀錄思想、感情及經驗，像日記或契約，目的均不在交流，而在「為異日之券」。因此，文字跟口語的不同，在於口語和口語情境關係密切，往往具有指稱環境的作用；文字則陳述經驗內容以供記憶，所以它的內指性較強，「意蘊」遠較口語深刻、豐富。而且索緒爾說過：在漢字這種表意的文字體系中，書寫的詞有強烈替代口說的詞的傾向；有「文字的威望」；文字凌駕於口語形式之上，也遠較表音的文字體系為甚。他說得不錯，但還不夠。在這個體系中，口語只是文字交流的代用品，文字才是經驗再現的工具和資訊交流的工具，口語的結構反過來模仿著文字。（龔鵬程，2001：414）

文可以指辭采文章，也可以指整個文化的體現。《文心雕龍‧原道》說：「文之為德也大矣，與天地並生。人為天地之心，心生而言立，言立而文明」，文就是存有的歷程和意義，是道，「道沿聖以垂文，聖因文而明道」。既為展現道的媒材、為道的示現，又是彰顯道的力量。於是乃有宗經、徵聖、原道、明道、達道、貫道和載道之說，寖假而形成一文字的崇拜。（同上，417）

這種文字崇拜是把「道生一」解釋成氣化自然生出文字，而此文字又為宇宙一切天地人的根本：是創生的根本，也是原理的根本。能掌握這個根本，就掌握了創生萬物的奧秘，可以上下與天地同流、與道同其終始。不能掌握這個根本，則與宇宙便喪失了秩序、顫動不安，從此失去生

　　機；人若離開了創生的原理，人也要銷毀死亡。（同上，
　　172）

換句話說，中土的文字來歷是在「氣化」的過程中為諸神靈（精
氣的別名）所蘊蓄煥發，導致所有的「進一步」的化成物都有著
文敷字的可能性（因為那些化成物都是「二度」的精氣所聚，神
靈已經內在其中）；而就在「仰體」自然神力和「踐行」自我神
力的雙重經驗中，一悟而頓生「虔敬之心」和「收斂之情」（前
者保留有比自我神力更強的自然神力的存在而不敢妄自尊大；後
者則為可能的受自然神力感通或啟導功效而稍去自詡心理）。相
傳黃帝史官倉頡造字時「天雨粟，鬼夜哭」，後人據為注解說：
「倉頡始視鳥跡之文，造書契，則詐偽萌生。詐偽萌生，則去本
趨末，棄耕作之業，而務錐刀之利，天知其將餓，故為雨粟。鬼
恐為書文所劾，故夜哭也」。（高誘，1978：116〜117）這僅以
天神（自然神力特強者）會「憐憫」和鬼魂（神靈經人體後出去
者）會「駭怕」來看待倉頡造字一事恐怕還不夠或太過消極。
「天雨粟」，也可以理解為天神對倉頡能造字的「獎賞」；而
「鬼夜哭」，也可以理解為鬼魂對「原」同類卻比自己強甚的倉
頡能造字的「感動」。（周慶華，2006：79）這是文字的神聖性
得著適時的「累創」或「再製」的表現，神／人／鬼都可以同感
歡忻！反觀音系文字的純紀錄語音（而語音的自創率不高或不易
被察覺），就不可能有這種輾轉崇拜的情事。而由著這一文字崇
拜的效應不輟，中國傳統社會特別設立「敬字亭」（或敬字堂或
聖蹟亭或敬聖樓）來倡導敬惜字紙的風氣（莊伯和，1982；沈清
松主編，2004），後人也就不難得著充分的理解（雖然相關的論
者都還「契入不深」）。很明顯的，這條再造未來的生路就在轉

「言」為「文」的回返代進的作為中。西方人的「言文合一」觀打從被國人普遍認同以來,大家所崇尚的集中體現在言說的繁瑣性和即時性(為在具體情境立刻且全面達意的緣故)的「標準」要求,已經強使古來講究「蘊藉深長」的書寫傳統遠離文化場域而無形中成了人家可以「收編」的對象。原有的書寫傳統所顯現在語用(而非語音或語法或語義)的甚大差異處,是它的可以「極盡修飾」性;這種極盡修飾性造成了中國特有的美文品類(如詩詞曲賦駢文等等)。但當該「文飾」的書寫習慣被迫退位而逐向「質樸」的言說形式靠攏後,這一切的「優為表現」也就急速地煙消雲散或頹勢難挽了。因此,倡議重新向書寫傳統回歸以確保自我文化的特色及其尊嚴,正是今後我們要另啟一種新體「後文學」哲學特見優著的途徑。(周慶華,2008:118～121)

第二,對新體「後文學」哲學要發揚光大傳統所見的高度「文飾」訴求,在當今一切資訊化的環境,也得先有突破性的思維以備「不時之需」。我們知道,在現實的經驗中,言說的逕直表意性總不及書寫能留住人的注意力而提供多方玩味的空間。而這種情況的「再較短長」,中國傳統的「文字／文飾」的書寫習慣所顯現的雍容自若和華蔚俊秀的風采又特能別具一格。這是西方人所難以想像的,也是國人在自我棄守後所無緣深察的。現在要把它召喚回來「以代創思」,所得保證的除了該文字／文飾的書寫傳統的「不二選擇」性(如上所述),還有「實際踐履」的可能性也要有所強調確立。而倘若說重返文字／文飾的書寫傳統是建構新體「後文學」哲學的最佳選擇,那麼上述的「以代創思」所添入的新成分就是「融鑄傳統而出新意」或「再造新潮以顯創意」這一法則下勉力結撰的東西;它的在同一傳統中的「製造差異」要求以及跨越不同傳統的「凸顯異質」標誌等都要事先

排上議程，以確保一門新哲學的新穎性。至於它的「實際踐履」的可能性，則是由進一步的具體規畫來促成。換句話說，回返書寫傳統未必是純舊體的「復甦」，它一樣可以本著同一個傳統精神卻致力於別出新裁。（周慶華，2008：122～124）而這在此地並沒有特定的作法可供觀摩，但不妨藉《紅樓夢》來設想可能的細節。也就是說，在《紅樓夢》裏我們看到了再現言說的情節和所嵌入的詩詞曲賦等書寫傳統所見的文體在一個小說文本內交會。這種交會，一方面顯示著（在古代來說）一種新體式的形成；一方面則又預告著「再造新潮以顯創意」的新體「後文學」哲學道路。試想如果《紅樓夢》沒有嵌入那麼多的詩詞曲賦（共二、三百處）以及刻意營造對那一書寫傳統的「涵泳興懷」氣氛，那麼它所剩下的不過是一堆斷爛朝報的諧趣版。現在《紅樓夢》把言說的直接表意和書寫（特指中國傳統的書寫）的宛轉寄寓揉融成一體所給我們「新生說部」的啟示，豈不形同得著了一把開啟「趨入新學」門徑的鑰匙。（周慶華，2008：124）而這如果有需要「初發為凡」，那麼就不妨從當今資訊化社會對最精緻的文學的「干預」或「滲透」說起：我們知道，資訊化社會所重視的「資訊」（信息），已經被框限為具有下列幾項特徵：（一）資訊是知識。知識是資訊學的基本概念。知識具有反映客觀實在的規律性質；同理，資訊也具有這方面的性質。資訊不論以什麼形式出現，或屬於哪一領域，都具有一定的內容，含有一定的知識。沒有內容的資訊，實際是不存在的。知識作為資訊的屬性之一，反映了資訊的普遍規律。（二）語言、符號是資訊存在的形式。知識要透過語言、符號來表達，知識存在於語言、符號中；資訊也具有這種性質。資訊在交換、傳遞的過程中離不開載體（文獻、物體或能量）。根據這些性質，可將資訊視

為藉助語言、符號固定在載體上的知識。（三）資訊是動態性的。知識並不等於資訊；知識要成為資訊，必須經過傳遞過程。從這個意義上說，資訊是傳遞中的知識。資訊只有透過傳遞，才能將「死資料」變成「活資料」。資訊有了反映差異性的性質，才有可能消除同一性，才能具有針對性，才會成為有用的知識。此外，資訊僅僅是知識運動的一個過程，而不是知識運動的全過程。（四）資訊是具有利用價值的知識。資訊作為一種社會事物所以能夠存在，是以資訊所含的知識的有用性為前提的。在特定的時間和狀態下，向特定的人提供有用的知識和消息，是資訊的基本屬性之一。換句話說，資訊是具有針對性的；資訊和知識的利用價值是緊緊聯繫在一起的。（五）資訊的反饋性質。資訊的意義說到底是一種反饋運動，就是利用成功和失敗的經驗為未來服務；從某種意義上說，資訊是為未來服務的。（王治河主編，2004：673）從資訊被框限具有「一定的內容」、「要藉助載體」、「是動態傳遞的」、「可利用的」和「為未來服務的」等特徵來看，它的不得不講究「精確性」和「易懂性」（避免歧義以方便於傳播和接受），跟文學一向所專擅的「模糊性」和「難解性」（刻意製造歧義以方便於玩味審美）明顯大不相同。在這種情況下，文學被「強迫」和資訊結合（將文學資訊化而成為可以立即傳播和接受的對象）就會有些不協調：首先，從接受的角度看，原來人在面對文學透過意象或事件來比喻／象徵思想情感時，經常要去填補許多空白、參與創作；而參與創作本身自然就會有心智上的成長。但人在面對毋須重組也不必強解的資訊時，只要被動接受就行了；最後個個都變成不會思考的動物。其次，從本體論的角度看，資訊的生產是為了給人「消費」的（包括電影、電視和廣播等所提供的資訊在內）；而文學的生產除了給人

「消費」，還可以帶動「生產」（接受者參與創作以及再轉實際別為創作），彼此的功能有廣狹的差異。而根據上述，文學資訊化就難有「遠景」可以期待。換句話說，文學資訊化是在為文學「降格」（一邊淺易化；一邊弱化創造力），基本上不能作為文學的前途所繫。如果要有遠景可以期待，那麼就得將「文學資訊化」轉成「資訊文學化」。所謂「資訊文學化」，是指先守住「文學」的優質審美性，然後結合興起於西方的人文學科／社會學科／自然學科等各領域的資訊來豐富文學的形式和意義。而這所可以「以《紅樓夢》為典範再啟新猷」的，就是從將文學本身的各階段演變（包括前現代／現代／後現代等等）融合而出新意以及援引其他學科的資源更擴大文學的體製等等兩方面「綜合」來進行突破；這時它就真正的進入了「後紅樓夢時代」而可以有效的再創新典範（至於它是否還要利用電腦傳播，那就可以「依便行事」，我個人是不怎麼樂觀電腦科技可以長久依賴的）。而這更需要論者敏於觀察思量而盡力的將具體的實踐途徑「鋪展」開來，以便創新文本的特殊工程「指日可待」。（周慶華，2011：259～264）

所謂向新體「後文學」哲學的轉化，大略就如上所述；它既是為繼起文學啟導坦途的，又是自我別樹一格的。換句話說，當我以後設思維發出向新體「後文學」哲學的轉化籲請時，已經備列了所要的「開新文學的內容」以及自顯文學哲學本身的「新形態」化雙重性，而完成一個再後設性的從揭諦到開新中國傳統文學哲學的論述旅程。

參考文獻

方平等譯（2000），《新莎士比亞全集第十二卷‧詩歌》，臺北：貓頭鷹。

王弼（1978），《老子道德經注》，新編諸子集成本，臺北：世界。

王治河主編（2004），《後現代主義辭典》，北京：中央編譯。

王國維（1981），《人間詞話》，臺南：大夏。

王萬象（2009），《中西詩學的對話：北美華裔學者中國古典詩研究》，臺北：里仁。

孔穎達等（1982），《禮記正義》，十三經注疏本，臺北：藝文。

文德爾班（1998），《西洋哲學史》（羅達仁譯），臺北：商務。

司馬遷（1979），《史記》，臺北：鼎文。

布魯克（2003），《文化理論詞彙》（王志弘等譯），臺北：巨流。

安傑利斯（2001），《哲學辭典》（段德智等譯），臺北：貓頭鷹。

希克（1991），《宗教哲學》（錢永祥譯），臺北：三民。

余虹（1999），《中國文論與西方詩學》，北京：三聯。

余光中（2007），《蓮的聯想》，臺北：九歌。

沈清松主編（2004），《心靈轉向》，臺北：立緒。

李達三等主編（1990），《中外比較文學研究》，臺北：學生。

居恩（1994），《文字與書寫——思想的符號》（曹錦清等譯），臺北：時報。

孟樊（1995），《當代臺灣新詩理論》，臺北：揚智。

周敦頤（1978），《周子全書》，臺北：商務。

周慶華（1997），《語言文化學》，臺北：生智。

周慶華（2000），《中國符號學》，臺北：揚智。

周慶華（2001），《作文指導》，臺北：五南。

周慶華（2004a），《語文研究法》，臺北：洪葉。

周慶華（2004b），《文學理論》，臺北：五南。

周慶華（2005），《身體權力學》，臺北：弘智。

周慶華（2006），《靈異學》，臺北：洪葉。

周慶華（2007a），《走訪哲學後花園》，臺北：三民。

周慶華（2007b），《紅樓搖夢》，臺北：里仁。

周慶華（2008），《轉傳統為開新——另眼看待漢文化》，臺北：秀威。

周慶華（2009），《文學詮釋學》，臺北：里仁。

周慶華（2010），《反全球化的新語境》，臺北：秀威。

周慶華（2011），《語文符號學》，上海：東方。

季羨林等主編（1993），《中國比較文學》，上海：上海外語教育。

亞德烈（1987），《藝術哲學》（周浩中譯），臺北：水牛。

馬森（2002），《臺灣戲劇：從現代到後現代》，宜蘭：佛光人文社會學院。

馬蒂尼奇編（2006），《語言哲學》（牟博等譯），北京：商務。

俞元桂主編（1984），《中國現代散文理論》，桂林：廣西人民。

查普曼（1989），《語言學與文學》（王晶培審譯），臺北：結構羣。

哈爾門（2005），《文字的歷史》（方奕譯），臺北：晨星。

孫奭（1982），《孟子注疏》，十三經注疏本，臺北：藝文。

高誘（1978），《淮南子注》，新編諸子集成本，臺北：世界。

徐志嘯（2000），《中外文學比較》，臺北：文津。

張湛（1978），《列子注》，新編諸子集成本，臺北：世界。

張默等編（1995），《新詩三百首》，臺北：九歌。

陳平原（1990），《中國小說敘述模式的轉變》，臺北：久大。

莊伯和（1982），《民間美術巡禮——藝術見聞錄之二》，臺北：
　　雄獅。

郭紹虞（1982），《中國文學批評史》，臺北：文史哲。

郭紹虞等主編（1982），《中國近代文學論著精選》，臺北：
　　華正。

清聖祖敕編（1974），《全唐詩》，臺南：平平。

國立編譯館主編（1989），《科學與科技》（趙雅博等譯），臺
　　北：國立編譯館。

渥厄（1995），《後設小說——自我意識小說的理論與實踐》
　　（錢競等譯），臺北：駱駝。

須文蔚（2003），《臺灣數位文學論》，臺北：二魚。

曾仰如（1985），《倫理哲學》，臺北：商務。

傅佩榮（2011），《一本就通：西方哲學史》，臺北：聯經。

傅偉勳（1990），《從創造的詮釋到大乘佛學——「哲學與宗
　　教」四集》，臺北：東大。

黃慧英（1988），《後設倫理學之基本問題》，臺北：東大。

董浩等編（1974），《欽定全唐文》，臺北：文友。

楊慎（1983），《升菴詩話》，續歷代詩話本，臺北：藝文。

楊澤編（1996），《魯迅小說集》，臺北：洪範。

奧力弗（2005），《哲學的歷史》（王宏印譯），臺北：究竟。

葉維廉（1983），《比較詩學》，臺北：東大。

劉勰（1988），《文心雕龍》，增訂漢魏叢書本，臺北：大化。

韓愈（1983），《韓昌黎文集》，臺北：漢京。

鍾嶸（1988），《詩品》，增訂漢魏叢書本，臺北：大化。

關紹箕（2003），《後設語言概論》，臺北：輔仁大學。

聶魯達（1999），《二十首情詩與絕望的歌》（李宗榮譯），臺北：大田。

羅素（1984），《西洋哲學史》（邱言曦譯），臺北：中華。

羅森貝格（2004），《當代科學哲學》（歐陽敏譯），臺北：韋伯。

嚴羽（1983），《滄浪詩話》，歷代詩話本，臺北：藝文。

龔鵬程（2001），《文化符號學》，臺北：學生。

語文教育研究在後全球化時代的終結與新生
——以臺東大學語文教育研究所為典範的相應的思考

一、全球化與後全球化

　　近十餘年來，全球化的呼聲和實踐，像一頭猛獸衝破網羅在世界狂奔。喜歡刺激新奇的人，跟著它到處遺留痕跡；而驚恐逃避的人，則駭異莫名家園所遭到的蹂躪。前者，主導趨勢，還一直在鼓動別人「跟上來」；後者，則傷感遽變，偶爾還會聲嘶力竭的「喊停」卻都徒勞無功！換句話說，有人參與了全球化的嘉年華會；有人卻希望全球化快點過去或終止而進入後全球化時代，這是兩股會相互拉扯的力量。

　　現在即使全球化已經遭受不少阻力而現出某種疲態，但還是有許多人樂觀它的持續深化。這些樂觀者，都是出自於西方社會（佛里曼〔T.L.Friedman〕，2008；史旭瑞特〔T.Schirato〕等，2009；傅頌〔A.Fourçans〕，2011）；也有出自非西方社會（王立文主編，2008），但那全是應和者。因為全球化本來就是西方人所帶動促成的，他們勢必要繼續推行全球化，才能維持既有的榮景和文化優勢；而非西方人則純粹是基於「沾點好處」而迎合參與全球化的運作，二者的主從地位不可移易。因此，我們所看

到的是從近代以來的一條西化的道路：工業化／現代化→資訊化／後現代化→普遍化／全球化，這裏面非西方人從未主導過任何一個階段的變革。

如果說全球化是指全球性的人口、金融、資訊科技和商品等的流動現象（湯林森〔J.Tomlinson〕，2007：1～3），那麼這背後的推手就非西方霸權莫屬。而西方霸權長久以來在世界各地推動民主政治、自由貿易、知識經濟和社會福利等文化全面性亟欲同化的工作，也已經形成一股「不可抗拒」的全球化氛圍，使得世界正在進行一體化的新構成。但由於這一新構成有強迫和威脅成分，所以全球化連帶的也遭到會引致負面效應的指控。這種指控，有的來自西方社會局部的「反思力量」，有的來自非西方社會的「恐懼反彈」（赫爾德〔D.Held〕等，2005：5～6；佛德曼〔T.L.Friedman〕，2006：9），於是就出現了全球化和反全球化的行動拉鋸。

雖然如此，全球化的真正的「動因」卻還是很少被察覺，致使反全球化就只能在表面的作為上給予抵制，根本無力在深層的信念上加以掀揭批判。有人認為全球化不是到了晚近才開始，它從十九世紀以來逐漸發生的跨國貿易和資金勞工的流動、甚至幾度的金融危機時期就出現了。（佛德曼，2006：7）這是無可懷疑的事；但當真要說有全球化的事實，還可以遠推到十六世紀宗教改革後一併興起的殖民主義和資本主義。基督教新教徒憑著他們「因信稱義」的信念，脫離舊教會的束縛，由於社會地位低落（而非上層社會的既得利益者），必須以快速致富的方式來改善處境，所以促成了資本主義的興起；爾後為了更能取得存在的優勢，連帶地到世界各地掠奪資源和建立根據地而造成殖民主義的隆盛（當今的美國和加拿大，就是被新教徒征服後興建的國

家），而全球化也就從此時陸續的展開，迄今都不見平息當中藉別人的資源來實現自己「致富美夢」的優著氣燄。而基督徒所以會走到這個地步（舊教徒後來也紛紛受到刺激而跟著張揚起來），關鍵就在他們所信守的「原罪」觀。換句話說，原罪教條的訂定，勢必會影響到新教徒贖罪的恐懼（駭怕回不了天國）而恆久的不安於世。而緣於贖罪的必要性，一種深沉的塵世急迫感也悄悄的孳生，終於演變成要在現世累積財富兼及創造發明（包括哲學、科學、文學、藝術和制度／器物等等的建樹翻新）來榮耀上帝並藉以獲得救贖；尤其在資本主義和殖民主義矯為成形後，更見這種「過度的煩憂」（相對的，同樣源自希伯來宗教的猶太教和伊斯蘭教，在它們流行的地區，因為沒有強烈的原罪觀或甚至沒有絲毫原罪觀念，所以就不時興基督教徒所崇尚的民主制度、科學至上和資本主義／殖民主義等行徑，以至相關的成就就沒那麼「耀眼」）。因此，它所體現的「創造觀」這一世界觀，就正好支持了它要以「創造」來回應上帝造人而人負罪被貶謫到塵世後的尋求救贖的「必經之路」。但可嘆的是，非西方社會中人原不是這種信仰，卻在人家一番「傾銷」後「迎合」了上去，導致世界日漸一體化在窮為耗用地球有限的資源。（周慶華，2010：13～15）就因為這耗用地球有限資源而導致資源枯竭、環境汙染、生態失衡、溫室效應、臭氧層破洞和核武恐怖等後遺症，所以必須以反全球化來緩和能趨疲的危機和挽救世界的沉淪！

既然要反全球化，那麼全球化就不能再看著它延續，而必須讓時序推進到後全球化時代。這是從現在漸漸廣見的反全球化思潮「加碼」（也就是知道轉批判西方人遺禍地球的根本原因而促其調整信念）後所期待實現的，雖然還不到時候，但在實質上已經理念發出了（周慶華，2010），遲早會有相關的迴響。

二、後全球化的「後」思維

　　其實，全球化歷經幾個世紀的衝撞，也快到強弩之末了。而當今綠能經濟的形成（麥考爾〔J.Makower〕，2009；山德勒〔A.Schendler〕，2010；瓊斯〔V.Jones〕，2010）以及中國和印度等第三世界的崛起（肯吉〔J.Kynge〕，2007；塞斯〔A.Chaze〕，2007；馬哈揚〔V.Mahajan〕，2010），不啻在預告全球化必須走向下一步了。只不過綠能經濟所強調的再利用和開發新能源等觀念和作為，還是老套（只是轉成綠色資本主義罷了），並非真有助於終結能趨疲的危機；而第三世界的崛起（尤其是中國躍升世界第二經濟體最搶眼），儼然一切以「重構文明」或「再造文明」的新意識在主導經濟和科技的運作，但情況卻無法這麼樂觀，因為西方強權的經濟和科技全球化已經快要耗用完地球有限的資源，第三世界崛起除了「拾人唾餘」，還得分攤環境汙染和生態失衡等後果，基本上沒有什麼遠景可以期待。因此，所謂後全球化的「後」，它的意義還得越過這一新經濟和西方強權威力轉弱的「假象」而從徹底「反全球化」來定位。

　　基於這個前提，後全球化的「後」思維就得有東西來填補反全球化後所會出現的思想空缺。而這在我們必要凸顯主體的立場，一定是先寄望自己採取行動來回應。因此，在這個重要時刻，華語敘述就得積極形塑，以備「不時之需」。大家知道，敘述為人類展示發達語言的運作能力以及刻意藉為區別學科的捷徑。（周慶華，2002）它在如今正當全球化風捲殘雲而促使海峽兩岸同感必要藉機發聲的關口，所推出的華語敘述就成了一個可以檢視的好案例。只是華語敘述本身在缺乏「雄厚實力」作為後

盾的狀況下仍舊高揚不起來；尤其臺灣一地近年來的華語敘述熱潮卻難以激起國際社會的迴響，就可見它的「主體性」未能完構的一斑。要改善這種不利的處境，既有的華語敘述模式勢必得向新式的華語敘述模式過渡，以未來可以有的相關「濟世」或「益世」的良方重新發聲，一切才庶幾可望！

　　大體上，這一濟世或益世的良方，乃在於反全球化取向。換句話說，最有可能成為這一波反全球化的強大制衡力量的華語敘述及其抗衡式的華語帝國，則期待儘快形塑反轉來發揮濟危扶傾或挽救世局的功能。前者（指華語敘述），緣於面對歐美強權所推動的全球化浪潮，原自有一定威勢的傳統中國，竟也不能免俗的全心去擁抱，尾隨別人度日；以至百多年來一直不見自家面目，民族尊嚴從此掃地！因此，寄望一個新穎的華語敘述來針砭時局且試圖挽回失去的自信心，也就有「時代的意義」。而這個新變途徑，則在復振深化可以藉為濟危扶傾舉世滔滔暴亂安全閥的傳統仁學。傳統仁學以「推己及人」為張本，節欲面世，所具有的「縮結人情／諧和自然」特性，可以緩和西方強權為「挑戰自然／仿效上帝」所帶來的蹙迫壓力和迷狂興作。（周慶華，2005；2006；2007；2008；2010；2011）後者（指華語帝國），乃因英語帝國的形成，靠的是殖民征服和資本主義動能，使得英語在跨洲際的流動中取得一種「傾銷」和「迎合」的絕對優勢。如今另一個華語新興勢力正在醞釀，但要離可以成為華語帝國的目標還很遙遠。理由是華語背後的文化形態並不像英語背後的文化形態以造物主的支配身分自居，沒有殖民他者的強烈欲望和連帶興作資本主義，自然也無力反凌越西方社會而奪取帝國地位。但華語因內蘊「氣化觀」的韌度和諧和性，卻可以用來制衡英語帝國過度行使所導致的世界破敗的危機；而在相對上的挽救世局

有功而自成一個抗衡式的帝國。這一抗衡式的帝國，在具體上可以使華語敘述從三方面來開展：第一，構設後環境生態學。現行的環境生態學，大多是為了因應臭氧層破洞、溫室效應、酸雨危害、熱帶雨林減少、土地沙漠化、野生動物瀕臨絕種、海洋污染和有害廢棄物等問題，但實質成效卻極有限。這癥結乃在西方資本主義所帶動的全球化，迫使舉世參與耗用資源所造成的；大家不反資本主義，就拯救不了地球。因此，新的解決途徑，就在從恐懼全球化出發，徹底反資本主義，並使相關議題推進到後環境生態學的層次。

第二，強化災難靈異學。有關災難的界定，常被「自然」化或「物理」化，而忽略它跟靈界的連結而不為無意性。它的種類多，乃是為平衡生態所採取的手段不同，人間儼然是靈界的試煉場域。在這個場域裏，死亡成了災難最深的見證；而當中又有慢速死亡的潛在性災難在拖長試煉，更具警惕意味！但一般的解釋都僅止於人謀不臧或神鬼作怪，殊不知它是靈界為回歸秩序化所作的調整，災難種類多及死亡多樣化，所代表的是靈界的對策「多管齊下」，為的是因應靈界分項負責者的不同能耐。因此，循著災難必現靈異的理路，可以構設出一套災難靈異學；至於它還有一些非本質的難題，則不妨俟諸異日再行深入處理。

第三，開啟新靈療觀。舊靈療以撫慰受傷殘的靈體和協商索討者去執或力勸當事人對外靈的寬恕，效果普通、甚至鮮見真正的療癒案例。它除了不懂靈靈互涉或靈靈互槓的輪迴潛因，而且還低估了靈體互有質差的重要性，以至經常事倍功半。如今倘若大家覺得靈療還有存在的空間，那麼它勢必是啟靈式的，以強化靈體對「相敬兩安」、「無求自高」、「修養護體」和「練才全身」等策略的深切體認，才有辦法逐漸扭轉他者靈療為自我靈

療，而取得雖然弱勢卻是強者的存在優勢；進而以此新靈療觀開啟緩和輪迴壓力和特能因應能趨疲危機的稀罕新遠景。

這麼一來，所謂的後全球化，也就不同於當今許多反全球化聲浪所想推進的時代。後者有原始主義（返回未有全球化時代）、社會改良主義（主張在發達國家和發展中國家之間建立一種平等互利的關係）、民族主義（反對西方文化的入侵和普遍化擴張）、原教旨主義（想透過自己所認同價值觀的普遍化擴張來對抗西方價值觀的普遍化擴張）和馬克思主義（要打破資本主義一統天下的局面）等反全球化運動（汪信硯，2010），但它們僅是消極抵抗或不附和而未能極力批判的取向，卻都成了全球化的組構成分而欲「後」無由；更何況裏面所摻雜的要從「普遍價值原則」（如保護生態環境、控制核武擴散、尊重人權和信仰自由等）來解決全球化偏狹化困境的遐想（同上），也如同天邊雲霓，杳不可及，因為全球化的單一價值觀如果可以被扭轉也就不致有今天不堪的下場了。換句話說，所以會有全球化，就是西方創造觀型文化單一價值觀所強力促成的，今天要它容受其他文化的價值觀，那就等於不必認同它而全球化也可以不發生了；但事實卻不是這樣，只要全球化存在一天，西方創造觀型文化的單一價值觀就不可能退讓而自行縮手。因此，所謂的普遍價值原則，最後也都要由西方人所欽定才算數，不可能經過別人的認定而後要求他們來信守。但這在培植一個深具抗衡力量的華語敘述上就不同了；它除了可以自持，還可以推廣以拯救世界的危殆（也就是一方面不隨人起舞；一方面看準世界弊病而提供新療方），遠比那些只能從「自己的立場」出發的反全球化運動來得務實有效。

三、全球化時代語文教育研究的命運

　　可以統攝理性和感性認知的語文教育研究，在後全球化時代應該能夠據此發展的，但它在全球化時代卻早就消沉了；以至所要藉它來接上這裏倡議的致力於華語敘述的發展，就得再費心別為規畫了。也就是說，原特別重要的語文教育研究這種話語，它還沒來得及後設思考到可以主導反全球化運動的階段，就先被掃進歷史的陳跡裏，致使現在有反全球化的需求才要重振它來擔任形塑華語敘述此一非常的任務。而這不妨從語文教育研究在全球化時代的命運談起。

　　倘若說語是指口說語而文是指書面語，那麼語文二者就是涵蓋一切所能指陳和內蘊的對象。（周慶華，2004：1～2）緣此，語文教育就是一切教育的統稱而可以統包一切教育；它既是「語文的教育」又是「以語文來教育」。在這種情況下，語文教育研究也就廣及各個語文教育的領域。（周慶華主編，2010：東大語文教育叢書出版理念1）但現今卻因為受到學科畫分的限制，語文教育研究反而被拘泥在語言／文學（或文章）教育研究的範疇，大為縮小所該有的領地。而即使是這樣，它所研究的「語文教育」這一對象在全球化時代，也早已深陷「難以開展」的窘境！

　　由於全球化是「一個不斷地國際探險、侵略和殖民的長期發展下的結果，經由經濟、武力、宗教及政治利益方面的行動，並透過交通和傳播技術的高度發展，才有辦法形成」（愛德華〔R.Edwards〕等，2003：17引伊凡斯說），所以在它強勢且逼迫別人就範的氛圍中，所有的教育就不得不跟著改絃更張；以至有人所指出世界各地的教育或學校教育改革所具有的「緊密連結學

校教育、就業、生產力和貿易，以提升國家經濟」、「提升學生在就業相關的技能和能力的成效」、「在課程內容和評量中，取得更直接的控制」、「減少政府對教育的花費」和「使社區更直接地參與學校決策，以面對市場選擇的壓力，增加教育的投入」等五項基本要素（同上，5引卡特等說），也就無慮是這一波教育市場化的最深標識。就因為一切以市場為導向，教育不再像早期可以多元博雅的發展（中華民國比較教育學會主編，1996；中國教育學會主編，2000；鄭燕祥，2006；黃乃熒主編，2007），所以相關研究也順勢自我屈就（無能回過頭來引領風尚）；而語文教育研究這一不具競爭力的領域，自然很快的被邊緣化，從此不再聽到它還有「什麼希望」可說。

此外，原來教育所要傳遞的知識實體和精熟，也因為全球化而出現機構和專業的認同危機：「在全球化特殊現象中，當知識、教學論和教師不再視為必須具備權威時，且透過符號和意指實踐的豐富性可以壓倒他們的話，他們依然具有主體性嗎？在全球化現象中，這些問題假定擁有重要的顯著意義，因為它的確就在這些現象中，且具備學校教育解組、認識論的不確定性以及電子文本等特質，權威將會被推翻。」（愛德華等，2003：165引摩根等說）這種危機，也使得學習誘惑在教育內的定位無端的弔詭起來：

> 這確實是一項成就，教師使學習更加無趣、沮喪、灰暗、無性欲！我們必須理解如何滿足社會的需求。假如人類對學習非常瘋狂的話，就如同他們在做愛一般，想像一下，這會發生什麼事情。人羣會衝撞並推開學校的大門！這可能是一場極端的社會災難。因此，你必須讓學習更加惹人討厭，如此才能限制運用知識的人羣數目。（愛德華等，

2003：166引傅柯說）

換句話說，全球化也讓集體學習瓦解以及促成不同行為的可能性。這樣所謂的教育研究又要研究什麼？它不就在教育理想性失落的過程中也喪失了著力點？而已經被邊緣化的語文教育研究，豈不是要更加的「舉棋不定」？因此，不論是市場導向還是認同危機，語文教育研究都不得不進入慘淡的黑暗期。

更有甚者，全球化所一併帶動的後現代解構思潮，把語文的創作和接受當作是不斷補充匱缺和游移填實空白的歷程（伊瑟爾〔W.Iser〕，1991；薩莫瓦約〔T.Samoyault〕，2003；德希達〔J.Derrida〕，2004），而完全不理會自我理論本身的盲點（如「不斷補充匱缺」和「游移填實空白」等也得回返自身，而造成相關論點都不再可信）（周慶華，2009），它竟也風行了又風行；導致一切語文研究和語文教育研究彷彿都快要變得不可能！而這讓原本就受制於市場化和缺少認同的語文教育研究更為雪上加霜，再也無人相信可以重擊大蠹揚威！

語文教育研究在全球化時代的命運是這樣。它勤於尋覓自己的領屬，卻發現前有敵陣後有潰兵；而呼求不會有響應，且孤立無援還遭逢長年的寒冬！這是它從「一切」教育研究萎縮到「語言／文學（或文章）」教育研究而「廣大」的精神闇默不彰以來，再一次廢敗消沉，不知何時才能重見天日而輝煌起來。

四、語文教育研究在後全球化時代的持續蕭條

前面所揭發的全球化和反全球化兩種情境，照理前者是要被看壞而後者是要被深為期待的，但整體情況卻是後者還在難產

中而前者依然如脫韁野馬，致使凋零殆盡的語文教育研究更無從「起死回生」。因此，語文教育研究在後全球化時代的持續蕭條，也就是預測兼事實的描述。這本來是註定如此的事，毋須再次提醒大家強為認知；但這裏為了看它是如何「持續」蕭條的以及要從哪裏去尋求轉機，所以才另立一節來「接著談」。

　　以臺灣來說，原語文教育研究大多集中在幾所師範院校，偶爾還可以看到對語文教育「熱中」的現象（如舉辦學術研討會、撰寫學位論文和出版叢書等），但近年來師範院校紛紛改制後，相關的語文教育系所也跟著轉型，如今僅剩臺東大學語文教育研究所和臺中教育大學語文教育系所，整體研究人力突然大幅縮小；而外界一點也不為語文教育研究低迷而感到惋惜！國外過去還有人在為人文和科學「兩種文化」的分化而呼號，希望透過教育來縫合：

> 教育不是解決問題的全部答案，但如果沒有教育，西方世界甚至不知如何下手解決問題。所有的矛頭都指向同一個方向：縮小我們兩種文化間的差距……為了知性的生活、為了我國的特殊危機、為了西方世界隨時會爆發的貧富差距危機、為了那些只要世人運用一點智能就能脫離貧困的窮國等等，我們、美國和所有西方世界，都有義務用最新的眼光，重新檢視我們的教育。（史諾〔C.P.Snow〕，2000：145）

但現在我們卻看不到語文教育研究被其他學科研究凌駕而有人站出來講一些「振奮人心」的話；好像是「全球化社會要湮沒它的」只好認了。如此一來，語文教育研究就不得不退到角落去

「苟延殘喘」，有心人多嚷嚷反而會被視為不自量力兼自討沒趣！然而，大家又知道語文教育還一直存在著，而存在著的語文教育又不能沒有相關的研究來提升它的品質和引導未來的走向。因此，儘管已經到了後全球化時代而語文教育研究還在持續蕭條，我們仍然得期待它重新活絡起來，這才相應於大家正要過渡的後全球化時代的理想需求。

事實上，並不是毫無表現可以給這個看似空窗期的「後語文教育研究」時代增添光彩的。因為我所服務的臺東大學語文教育研究所從2002年設立以來，就以全國唯一從事專業的語文教育研究相標榜，並試圖以結合現代語文教學的理論及實務、發展多媒體語文教學、培養專業語文教育人才、提供在職教師語文教育進修和開拓未來語文教育產業等為發展重點，到今年度已經有一百多篇的學位論文以及學位論文出版五十多種。另外，還有語文教育叢書的陸續出版以及我個人出版的書等。這些成果固然還嫌單薄，也未必都朝著反全球化的方向，但在語文教育研究一片沉寂的後全球化時代，我們是有那麼一點信心想喚醒正在「居後」而卻還不知「清醒」的心靈。只不過很可惜，這樣一個研究成效超常的研究所，卻迫於現實環境被學校的整併政策終結了，永遠不再招生；明明才剛站起來演奏一首好曲子，卻馬上要成為絕響！因此，原應再出餘力反全球化的，現在就真的參與了蕭條的行列。這實在是一齣時代的反諷劇，連我們身在當中的人都訝異莫名！

語文教育研究的最後一個據點撤去後，似乎相關的志業也要停止了。這是我們此時此刻不得不憂心的地方！但也因為前路被截斷了，所以正好可以促使大家再行思考後續反全球化的「能量積蓄」問題。換句話說，正由於一個有能力開啟新氣象的語文教育研究所被迫結束經營，才激起我們想到接下來「哪裏找轉機」

的問題。因此，前面所說的持續蕭條的語文教育研究如何尋求轉機一語，也就是因為有正要「大展鴻圖」的臺東大學語文教育研究所的終結而遺留給大家一起來研議。它可以不成功，但不能沒有此一志意。

五、終結後的新生的可能性

今後的語文教育研究，終究是要致力於形塑華語敘述且作為反全球化的制衡力量，從自我完足到落實為第一線教育的參鏡來發揮影響力，它才有現實感和理想性。而這也不能因為一個研究所的結束，就放棄別的可能的新生期待。縱是如此，這裏面還有一點轉折，我們得先通過它，以便能順利的「到達彼境」。

這是緣於有所要形塑的華語敘述何以是最合適反全球化（而不是靠其他敘述）一個問題存在，不先解決它也就無法保障自我立論的可靠性。我們知道，人的一切行為都可以上溯到世界觀來理解（終極信仰本是最優位的，但當世界觀據它而形成後，它就內在當中，所以只要追究到世界觀就可以了）。而如果不是出於迎合信仰，所信守的世界觀根本無涉「創造觀」的非西方社會中人是不可能參與全球化的運作的。理由是非西方社會中人原信守的世界觀，主要有中國傳統的「氣化觀」和印度佛教所開啟的「緣起觀」：一個相信宇宙萬物是由精氣化生的，特別講究諧和自然和綰結人情；而一個相信宇宙萬物是由因緣和合而成的（不為所縛就成佛），特別講究自證涅槃和解脫痛苦。（周慶華，2005；2007；2008）信守這兩種世界觀的人，都不會有類似信守創造觀的人那樣「急切」的演出終至「失態」！然而，百年來抵擋不了西方霸權凌屬的攻勢，原信守上述兩種世界觀的人都走出

陣地降敵去了，徒然遺下一個本可以「試為拖延卻不願等待」的
喟嘆！

　　這顯示信守氣化觀和緣起觀的人也有「墮落」的潛能（才會
盲目屈就）；原先他們無知所期望的追趕或超越西方的成就，事
實證明已經是夢幻泡影（不但如民主政治的追求而造成社會內部
更大的不安，還有其他如科技的發展／學術的構設／文學藝術的
創作等也都「小人家一號」），永遠只能成為別人的影子，而釀
成舉世一起陷入不可再生能量即將趨於飽和的危機！因此，要有
新的世界觀來對抗這些舊的世界觀，才有可能讓岌岌可危的世界
「起死回生」。

　　雖然如此，要大家全然棄守舊的世界觀而改崇尚新的世界
觀，可能會難如登天；而這就得先從兩種世界觀的多元辯證做
起，然後再逐漸走向所要追尋的目標（以至真的走到那個地步又
要如何的問題，則可以屆時再議，現在無法預期）。由於這種多
元辯證是要在地進行，以達普遍化革新的效果，所以它可以「上
升」為一種反全球化的新媒因（memes）。

　　媒因，作為「思想傳染因子」（道金斯〔R.Dawkins〕，
1995；林區〔A.Lynch〕，1998），在類比上所能提供給在地反全
球化的動力是那構想的「切合時代需求性」，要阻擋它傳播的人
必須加倍的付出心力。換句話說，反全球化的新媒因從在地出發
（不論由誰來倡議），連結成網絡，最後一定可以看到改善當前
處境的成效。而這內在的動能，就在於透過多元辯證兩種世界觀
而推出的新方案。

　　這個新方案，由新能趨疲世界觀分別來對治既有的世界觀，
一方面極力批判規諫信守創造觀的人必要淡化對天國的嚮往，不
能再無視於大多數的蒼生還要在地球上「寄生」（他們根本不知

道有什麼天國可嚮往或無法認同對方所嚮往的天國），自己多耗用一份資源就會減少別人一次生存的機會，同時也直接間接的危及自己後世子孫的存在優勢；一方面則多方提醒奉勸信守氣化觀和緣起觀的人得從盲目跟隨的迷茫中醒悟過來，究竟是一起走上「同歸於盡」的末路還是自我節制而清貧過活，總得作個抉擇。然後當對治有效了，就可以回過頭來強化新能趨疲世界觀的正當性。此外，既有的創造觀、氣化觀和緣起觀等，各自信守的人又可以進行「內部」的辯證，透過「諧和自然／絡結人情」和「自證涅槃／解脫痛苦」的作為來折衝緩和「挑戰自然／媲美上帝」的激化，次階段性的有果效後又可以晉身回返新能趨疲世界觀而讓它「總其成」。而這不在意從一小地方開始踐履連結，冀能廣起效應；以至反全球化媒因的在地新構想就「於焉形成」，從此再也不須疑慮反全球化會無處著力。（周慶華，2010：15～19）所謂可以作為反全球化憑藉的華語敘述，就是要在這一「在地新構想」的發覺凸顯上。它因為還有氣化觀的內質以及兼納緣起觀的輔佐，如果能再促使創造觀反向思變，那麼它就能達成反全球化的目的，而實踐第二節所說那三個向度。

　　華語敘述不是一蹴可幾（得先克服它有別其他敘述的自我顯能難以「立即見效」的困境），所以它也不可能有相關研究所的存在就會「績效卓著」，更何況它就要吹熄燈號了呢！因此，務實一點的，我們是要靠它的「連鎖效應」來展開全面性的批判，使得反全球化成為日益普遍的運動；同時以不隨順興作科技、資本主義和殖民征服等「自然」的化解能趨疲危機（而不是像第二節所引論者遐想的先塑造一些價值原則，然後再去解決全球化的困境）。而這種連鎖效應，是以冀望已經播下的研究者種子及其研究成果直接間接的激勵更多人加入反全球化行列為最近途徑

的。而在這種情況下，一個有指標性的研究所的終結，無乃也因此「希冀可成」而如同獲得了新生。換句話說，研究所的結束倘若能夠引發大家珍惜所擁有的經驗而有機會就去實行推廣，那麼研究所不就重獲新生了嗎？所謂「終結後的新生的可能性」，也就因為這樣而得到了肯定。

參考文獻

山德勒（2010），《綠能經濟學——企業與環境雙贏法則》（洪世民譯），臺北：繁星多媒體。

王立文主編（2008），《全球在地文化研究》，臺北：秀威。

中國教育學會主編（2000），《跨世紀教育的回顧與前瞻》，臺北：揚智。

中國比較教育學會主編（1996），《教育：傳統、現代化與後現代化》，臺北：師大書苑。

史諾（2000），《兩種文化》（林志成等譯），臺北：貓頭鷹。

史旭瑞特等（2009），《全球化觀念與未來》（游美齡等譯），臺北：韋伯。

伊瑟爾（1991），《閱讀活動——審美反應理論》（金元浦等譯），北京：中國社會科學。

佛里曼（2008），《世界又熱、又平、又擠》（丘羽先等譯），臺北：天下。

佛德曼（2006），《了解全球化》（蔡繼光等譯），臺北：聯經。

汪信硯（2010），〈全球化與反全球化——關於如何走出當代全球化困境問題的思考〉，於《北京大學學報（哲學社會科學版）》第47卷第4期（33～34、35），北京。

肯吉（2007），《中國撼動世界：飢餓之國崛起》（陳怡傑等譯），臺北：高寶國際。

周慶華（2002），《故事學》，臺北：五南。

周慶華（2004），《語文研究法》，臺北：洪葉。

周慶華（2005），《身體權力學》，臺北：弘智。

周慶華（2006），《靈異學》，臺北：洪葉。

周慶華（2007），《走訪哲學後花園》，臺北：三民。

周慶華（2008），《轉傳統為開新——另眼看待漢文化》，臺北：秀威。

周慶華（2009），《文學詮釋學》，臺北：里仁。

周慶華（2010），《反全球化的新語境》，臺北：秀威。

周慶華主編（2010），《流行語文與語文教學整合的新視野》，臺北：秀威。

周慶華（2011），《語文符號學》，上海：東方。

馬哈揚（2010），《非洲崛起：超乎你想像的9億人口商機》（陳碧芬譯），臺北：高寶國際。

麥考爾（2009），《綠經濟：提升獲利的綠色企業策略》（曾沁音譯），臺北：麥格羅・希爾。

傅頌（2011），《青少年也懂的全球化》（武忠森譯），臺北：博雅。

黃乃熒主編（2007），《後現代思潮與教育發展》，臺北：心理。

湯林森（2007），《文化與全球化的反思》（鄭棨元等譯），臺北：韋伯。

塞斯（2007），《印度：下一個經濟強權》（蕭美惠等譯），臺北：財訊。

愛德華等（2003），《全球化與教學論》（陳儒晰譯），臺北：韋伯。

赫爾德等（2005），《全球化與反全球化》（林佑聖等譯），臺北：弘智。

德希達（2004），《書寫與差異》（張寧譯），臺北：麥田。

鄭燕祥（2006），《教育範式轉變：效能保證》，臺北：高等教育。

瓊斯（2010），《綠領經濟：下一波景氣大復甦的新動力》（鄭詠澤等譯），臺北：野人。

薩莫瓦約（2003），《互文性研究》（邵煒譯），天津：天津人民。

附錄

王萬象教授贈送詩詞

〈八聲甘州〉贈慶華兄

落山風、四面捲沙來，城鄉盡蒙灰。

看卑南溪畔，林間步道，過客徘徊。

朔野清秋千里，孤雁沒檣桅。

唯有周公博，東大星魁。

記取鯉魚山下，對華燈初上，隱隱輕雷。

嘆人非物是，日月暗移推。

待文期、高談闊論，更幾番、街市買新醅。

中華路，幾曾淹留，且進餘杯。

谷暘先生榮退在即有感

青矜有慶成桃李，語文教育得立言。

黑袍無華覆經綸，等身著作垂範坤。

滿園英哲鼓舌簧，不及先生勢崑崙。

今朝歸去且狂嘯，猶意未休盡雛鵷。

有酒當飲閒凝眸，無憂忘貧睡高軒。

依山傍海砂城居，把盞煎茶春日暄。

千篇幾欲寫明晦，萬卷難表此靈根。

人代冥滅賡往古，清音獨遠玉潤溫。

雨霧晴霓過前川，回首歷然是非圜。
師友風義寸心知，浩歌凌雲志長存。
亹亹谷晹通博雅，金針度人定一尊。
通宵達旦指迷津，夜寐夙興芟蕪繁。
白頭教授下講壇，吾亦孤標隱黌門。
星移月落詩書夢，可堪告慰平生魂。

用寫作改變世界
——周慶華教授

彭正翔

一、前言

　　我常常反覆在思索一個問題：「一個人一輩子到底最多可以出版幾本書？」這個問題乍看之下簡單容易，其實考慮到三大面向：作者寫作能耐、出版社出書意願、讀者閱讀購買意願，尤其是面對大環境蕭條的今天。從文學界我們可以看到許多創作力旺盛、充沛的作家，一年出版三四本書都絕對沒有任何問題，一輩子出版過的書籍更是不計其數，而且每一本都擲地有聲；相對的也有量少而質精的作家，這樣的作家可能一輩子只有出版一兩本優秀的書籍，單單這一兩部代表作就足以引起讀者的共鳴，甚至其大作可以成為全人類的文化遺產。我深信要寫作出驚天地、泣鬼神的作品是要考驗體力、精神、腦力，需要絞盡腦汁，花費相當時間的，非一蹴可幾。面對那些多產的作家，真想問問他們要如何兼顧質與量。在創作的過程中，寫作的靈感到底是哪裏來的？作家寫作的動機、企圖又是如何？然而在這些多產的創作者中，我就認識一位可敬的出版達人——他就是周慶華教授。

二、周老師簡介

周慶華老師，1957生，臺灣宜蘭人，目前服務於國立臺東大學（前身為國立臺東師院）語文教育研究所，具有中國文化大學中國文學博士及淡江大學文學碩士的學歷。曾任小學教師多年、淡江大學中文系講師、國際佛學研究中心助理研究員、基督書院講師、空中大學講師及副教授，經歷可說是相當豐富。周教授研究興趣相當廣泛，舉凡文學理論、臺灣文學、文化語言學、宗教學、敘事學、語文教育等領域都有相當的研究。周教授也曾擔任筆者大一的班導師，筆者在大學也曾修習過周教授所開設的兒童文學、思維與寫作、故事學（與何三本教授協同教學）、讀書教學、文學寫作（與王萬象教授、董恕明教授協同教學）等課程。

三、跨足論述與創作

把周老師定位為「作家」可能有點不太適應，因為他所出版大多以理論論述為主要內容，跟我們所謂的文學創作的作家印象似乎有些許落差。這些理論書籍研究範疇相當廣泛，從文學理論、臺灣文學、兒童文學到語言文化學，甚至還包括哲學、宗教學（佛學、生死學）……等，不勝枚舉，可以知曉周老師研究領域之寬廣，閱讀之廣泛。在這個「後現代」的時代裏，看到許多文化的「雜交」現象，也感受到學術界跨科際的整合研究。周老師早年以研究古典詩詞，爾後又以文學理論為博士論文。後來周老師還涉獵許多關於「宗教學」的知識，並發表許許多多的學術論文及專書。筆者曾經問過周老師為何繼文學的研究之後又研究

起宗教？他那時似乎告訴我單單做文學的研究無法看到全貌、完整性，還要輔以宗教學、文化學、語言學等相關知識背景。

　　一覽周老師的作品，也不難發現除了硬梆梆的理論書籍外，還有清新可人的詩集出版（如《剪出一段旅程》、《又見東北季風》、《又有詩》、《未來世界》、《我沒有話要說——給成人看的童詩》等），還有一本小說兼散文合集《追夜》。這讓我想到在學術界與文壇我們常常看到這樣「雙棲」型的作家學者，如去年（2008年）年底剛去世的文壇大老——葉石濤先生，他一生創作不少文學作品，如以二二八事件為背景的小說《三月的媽祖》等，但別忘了他的論述書籍《臺灣文學史綱》可說是第一本臺灣文學史的理論專書，對後代研究臺灣文學史裨益良多。相對的我們常常只把周老師定位成學者而忽略他也是詩人的雙重身分。周老師所出版的詩集不難看出其以哲理入詩的意趣，這也加深詩作背後所傳達的深義，提高文學的厚度。如〈第三類猩猩〉：

　　　地球村

　　　紅毛白毛黑毛
　　　的猩猩
　　　聚集

　　　相互觀望
　　　不說話

　　從作品中不難發現周老師的幽默與嘲諷力道，令人會心一笑。也許是周老師的作品欠缺文學獎的加持（或許周老師對文學

獎還嗤之以鼻呢），當今文壇並沒有將注意力大量集中在周老師的詩作，以筆者所蒐集到相關針對周老師詩作論述的資料中，僅見賴賢宗教授所撰〈以哲理入詩的旅程：從周慶華、賴賢宗詩集談起〉（發表於「『語言‧傳統』：文學詮釋學的學科條件理論微型研討會，2008年3月）和〈以哲理入詩的旅程──評周慶華詩集《剪出一段旅程》〉（發表於乾坤詩刊47卷，2008年07月）兩篇文章討論而已。但如果周老師仍然持續不斷的寫作，深信有一天其作品還是會看到被廣泛討論的，這也是筆者在撰寫本文的用意之一，希望能拋磚引玉，擴增周老師詩集作品的能見度。

四、寫作、出版意義的背後探討

寫作對周老師有什麼特殊的意義？持續、長期時間寫作的動機、動力又是什麼？對學生而言，寫作最實質的幫助莫過於稿費的獲取與文筆的鍛煉。但周老師不認為只有到達如此的膚淺的境界，他曾經語氣堅定地告訴我們：「寫作是一種改變世界的方法。」因為這中間涉及到「權力意志」，在周老師的著作中有談到：「所謂權力意志，是指影響別人、支配別人的欲望。前者（影響別人的欲望），是對於自己作品能啟發別人或獲得別人承繼的渴望；後者（指支配別人的欲望），是特別期待自己的作品能達到規範別人或制約別人的效果。」（見周慶華著，《作文指導》，臺北：五南，2001年）由此可知寫作是相當複雜的一件事，作家甚至可以透過寫作展現權力意志來達到「淑世」的理想，並發揮個人的影響力。這令人想到當年曹丕在〈典論論文〉所說的：「蓋文章者，經國之大業，不朽之盛事。」所以前人才將立功、立言、立德稱為「三不朽」呀！周老師對於寫作的熱忱絕

非唱高調，自己對寫作身體力行，勤於筆耕，關於周老師的大作筆者整理於附表（略）；從中不難發現周老師的創作力相當「驚人」，可以在短短的一年之內出六、七本著作，如在2007年總共出版了七本書籍，2004年也出版了六本（這還不包括單篇發表在學術研討會的單篇論文），如此旺盛的寫作力恐怕是出版界或學術界罕見的現象。周老師也自我期許只要他每開一門新課程後就要親自出版一本新書當教材。即使是對同一門學問，周老師仍是持之以恆不斷研究與深化，並且不停反省。如周老師出版的三本「後學」，這三本後學分別是《後臺灣文學》（秀威資訊科技公司出版，2004年）、《後佛學》（里仁書局出版，2004年）以及《後宗教學》（五南圖書出版公司出版，2001年），他這樣述說著：「其實，我想說的『後學』是『後結構主義』、『後殖民主義』、『後設哲學』等等融合後的進一步發展，它主要是不滿『前學』而後發的。」（見《後臺灣文學》）

對於一般人出版就不是一件容易的事，雖然出版社也不完完全全以營利為導向，但為何出版社還是願意替周老師出那麼多的理論書籍？我想一方面是周老師對於出版社人員長期建立的人脈基礎，另一方面也顯示理論書籍仍是有其市場的需求——儘管這是一個小眾的市場。往往在出版時我們不禁要考量一個問題，就是讀者在哪裏？周老師生硬的理論書籍到底有沒有獲得學術界的迴響？哪怕只要起一圈小漣漪都希望可以達到「蝴蝶效應」。如果沒有讀者，恐怕連出版社都退避三舍，不敢替作者出書。在學術上周老師累積不少成果，並獲得學界的肯定，如以〈臺灣八〇年代小說中的街頭活動〉一文收錄於2003年的中華現代文學大系（二）評論卷（第二冊）。這也直接印證了周老師的一系列理論論述書籍也得到學術界的共鳴，所以這類的書籍想必佔有一定的影響力。

　　此外有良心的出版社不完全以牟利為導向，多多少少還有一些文化的使命在。所以周老師在《閱讀社會學》的序言這樣寫著：「在大家普遍不怎麼看好書而出版社也紛紛傳所出書滯銷的當今，出版這專談閱讀的學術書就有點滑稽。但我無力教人賺錢或免於困乏挨餓的商業書或勵志書，只好對文化多一點措意，也許它可以填補我們精神生命的匱缺。」（見周慶華著，《閱讀社會學》，臺北：揚智，2003年）值得一提的是不同的出版社其出版書籍的內容走向也不同，如某些出版社偏重出版佛學義理的相關書籍，我想周老師一定也對各個出版社的出版走向、趨勢瞭若指掌，經筆者統計曾替周老師出書的出版社就有秀威資訊、三民書局、里仁書局、唐山出版社、洪葉文化、弘智文化、五南圖書、萬卷樓圖書、揚智文化、文史哲出版社、生智文化、詩之華出版社、東大圖書公司共達十三家之多。

五、結論

　　雖然當今的景氣不佳，人人欠缺購買消費的欲望；雖然讀者漸漸不愛成千上萬字的書籍（因為要「速食」），雖然生冷艱澀的理論書籍不討人愛，以至於周老師有時也不禁自嘲一下：「想想出版了二十幾本學術書，每一本都像磚塊立在強勁的風口，徒讓過往的人繞道而行，卻不知道是否改變了世界的面貌。」（見《後臺灣文學》）但我知道一位對於文學界、學術界有企圖有興趣的人，鐵定不會輕言放下筆，因為對這些人來說已經不在乎是否可以完完全全改變一切，恐怕在心中早已種植如此的信念——筆耕啊！寫作啊！

　　出版啊！這真是一輩子的終身志業呀！

時空旅次的呢喃
——試論周慶華的小詩景與詩境

王萬象

一、緒論

周慶華的詩歌創作時間近三十年，結集的八本詩冊作品總數為746首。此前三本詩集依出版序如下：《蕪情》（1998）、《七行詩》（2001）、《未來世界》（2002）。近三年內的詩集計有詩作：《我沒有話要說——給成人看的童詩》（2007a）64首、《又有詩》（2007b）152首、《又見東北季風》（2007c）100首、《剪出一段旅程》49首（2008）、《新福爾摩沙組詩》（2009）86首。截至目前為止，周氏的詩作類型可分成抒情詩、哲理詩、童話詩、社會詩等，尤以哲理入詩與社會批判為主，或點化景物以傳釋哲理，或仿擬童詩的情趣，或描繪社會生活的面貌。周氏的抒情詩作雖然不多，但是那些「質地美好」的抒情詩，處處「流露真誠，純摯而豐富的情感，往往寫的質樸有力，意象自然清新，」應該是他今後可以努力耕耘的方向，而非一味去營造後現代式的嘲諷批判。（賴賢宗，2008：6）關於周氏的近作《新福爾摩沙組詩》，論者亦曾指出周氏詩歌創作之主題內容有四：「（一）抽離辯證的妙悟哲思；（二）後山海角的戀景

記憶；（三）恃寵爭鬧的權力風雲；（四）暖和狂想的叢聚心靈。」（簡齊儒，2009）這些主題內容又多半符合了後現代主義詩文本的特色：

> （一）不再追求個人主義風格的創新，反而將仿造（pastich）作為一種寫作策略；（二）以不連續的文字符號建構出有別於傳統、不具意指（signification）的語言系統；（三）創作的精神不再於抒發感情感，而在於表現媒介本身；不在於呈現真實事物，而在完成一種廣告式的幻象；（四）表現方法不依賴時間邏輯，而靠並時性空間關係的凸出，景物與景物間、事件與事件間，因互不相屬而流下更多聯想的空間；（五）要求讀者參與創作遊戲，讀者可以在作者有意缺漏的地方填入不同的意符而產生不同的意指。（陳義芝，2006：163～164）

後現代主義的詩歌表現並非一無是處，但畢竟偏離詩歌的美學旨趣，我認為偶一為之即可，如欲經之營之則有違繆思本意。然則，究竟詩人應該怎樣運用比喻和意象來展現生活空間？簡政珍曾就當前臺灣的「島國認同、政治情境、經濟狀況、文化歷史歸屬、與生活空間定位」等面向，來檢視現代詩人在隱喻與現實關係中的創作成果。（簡政珍，2006：7）綜觀周氏之詩，有些作品陷入詩歌語言遊戲的窠臼，在後現代文化的情境中仿擬嘲諷人事物，解構變形遠勝於哲思理趣，未能持續追求他個人真正的抒情聲音，實在頗為可惜。大致說來，周慶華的詩作也符合了上述臺灣當代詩的意象空間的幾個面向，只不過在表現技巧上有得

有失，其間之成就差距未可一概而論。周氏的「地誌詩」作以其所居停的時空為範圍，選擇特定的風景物象來描繪鋪陳，就中不乏他對這些地景的個人欣賞詮解，既有具體的地方歷史特徵，更能夠呈現出人文地理的風貌，「每一條輪廓都隱含著社會及其文學的力量。」（賴芳伶，2002：271～272）

　　周慶華在詩的表現手法上，從早期到近期相當一致，無論是選取題材內容，或運用語言型式，大都用短小的篇幅和具體的意象修辭，淡淡幾筆細描粗繪世情物態，在數行或十幾行內頗見靈心巧慧，其低沉而又內斂的情思，泰半時候也能反映出詩的理趣來。然而，有些詩作的語言還不夠凝鍊，意象修辭可再熔鑄，詩的結構張力鬆弛，似乎仍有改寫餘地。詩是我們觀照現實後對存在的一種探問，簡政珍指出詩人必須在現實時空中展現想像力，因為「詩是透過語言比喻系統的產物，而不是目的論的吶喊。詩人的書寫必須面對現實，但卻拒絕成為現實的工具。面對現實而能展現想像力是詩人創造力極嚴苛的檢驗。」（簡政珍，2006：7）如果以簡氏所楬櫫的臺灣現代詩美學標的來看，那麼周氏今後在詩歌創作上仍有不少努力的空間。首先，他要避免將詩散文化，陷入吶喊與嘲諷的窠臼之中；其次，他不要讓詩作淪為文字遊戲，只求呈示後現代的荒謬情境；再者，他必須增強加深抒情詩的面向，構設出詩歌語言的比喻象徵系統；最後，他應該設法超越繁雜的現實空間，進入朗潤圓美的意象世界。我認為現代詩人應該拋棄傳統的創作方法，可以直接展示繁複的詩歌意象，語言修辭力求準確精練、摹寫自然物象則須鮮明生動，臻至情景交融的圓熟意境。

二、小詩景中的物象、經驗、語言與記憶

　　意象乃為詩歌之靈魂。對新詩寫作者來說，意象的經營相當重要，從思想內容到外在形式，都必須透過以下幾種方法來經營意象：「主觀感觀與通感、題材與語言的多元化、含蓄、跳躍與並列，以及轉折修辭。」（鹿憶鹿，2008：26）沒有意象修辭的經營，新詩寫作就等於沒有特色，簡政珍認為在風景物象的流轉之中，意象是詩人「發現」與「建構」的藝術結果，這是因為「詩是意象思維，而意象經常以隱喻或是轉喻（換喻）的型態展現。」（簡政珍，2004：28）意象就是詩人的主觀情意和外界的客觀物象在語言文字中的融匯與具現，意象應當如圖畫般清晰可見，必須避免抽象理論的說明，論者指出「與其敘述一件人物事態，不如讓它自己表現給讀者看，動態的演示能構成活生生的場景，生氣盎然，則意象的浮現格外清晰。」（黃永武，1976：8）舉例來說，鄭愁予的〈天窗〉：「每夜，星子們都來我的屋瓦上汲水」，以及瘂弦的〈深淵〉：「在三月我聽到櫻桃的吆喝」，「在夜晚床在各處深深陷落」等詩句，都能夠發揮動態的誇張藝術效果。除此之外，想像和象徵手法都是新詩寫作不可或缺的，詩人皆能巧妙地運用誇飾技巧，來加強詩中意象的凸出顯眼。例如洛夫的〈烟之外〉：「潮來潮去／左邊的鞋印才下午／右邊的鞋印已黃昏了」。

　　路易士（C.Day Lewis, 1904～1972）於《詩歌意象》（*The Poetic Image*）一書中宣稱說：一個意象「是一張由文字所組成的照片」，甚且「一首詩本身就是一個由多重的形象所構成的意象。」（C Day Lewis, 1984：18）一首好詩必然具備真切可感的

意象，讓讀者於吟詠詩句時也能比物附情，保有生動深刻的印象。詩若非意象而為何？對此，路易士亦指出：「在所有的詩歌當中，意象是不變的事物，而且每一首詩自身就是一個意象。」（C Day Lewis, 1984：17）詩人乃藉由文字意象修辭來對客體世界比興物色，使其眉間心上諸多主觀印象能與情景交融，傳達出詩人在主客合一時真正的體會與感受。「意象語」（imagery）是「由高度畫感的詞語所激發的意象或心象」（mental pictures or images created by visually descriptive words），它可以說是抒情文學的第一構成要素，捨棄了它，一切的情感便無法客觀化、具象化，故文學作品表情達意之所以成功，端賴鮮明的意象語言，刻畫出栩栩如生的情境，引發讀者無盡的審美聯想。（黃仲珊、張陵馨編，1998：129）大致說來，意象是心物交融、主客合一的結果，詩人之「心」與「意」居關鍵作用，在語象中所呈現的物象和景象，皆或隱或顯地著我之色彩。因此，詩人必定會在創作過程中，搜索枯腸絞盡腦汁，尋求具體的或是能營造審美意象效果的語詞，而設法避免抽象模糊的字彙。但是，我們也未可僅憑詩中意象運用之多寡或其意象之性質，就遽然定其高下，而是要對一首詩有了通盤的理解之後，才來判斷其意象經營是否得當，審美表現是否成功。

舉例來說，美國意象派詩人龐德（Ezra Pound, 1885～1972）最具意象的詩作〈在地鐵車站〉（In a Station of the Metro）：「人羣中這些臉的幢影／濕黑的枝上的花瓣。」（葉維廉，1983：65～66）（The appariation of these faces in the crowd：／Petals on a wet, black bough.）據說龐德初作此詩時，有感於每次往來巴黎地鐵間，在黯黑幽密的隧道之中，看見人潮移動飄浮而過的臉孔衣服，而這些景象已成幻影深植於記憶之內。一開始龐德花了整天

去思索，如何透過文字把意象表現出來，結果沒能寫出，但是後來他仍將這感觸寫成一首三十行的詩。然而，這首詩龐德還是不太滿意，未幾又將它修改為十五行，一年之後，終於濃縮成上引的兩行詩句。臉的幢影和花瓣是詩中的兩個基本意象，龐德於此試圖描繪瞬間的浮光印象，他在地鐵車站所體會到的美感經驗，撇棄抽象的理性思維陳述，以蒙太奇剪輯的方式來具現眼前的人事物，不加任何邏輯因果的說明，讓詩人惝恍疏漠之情，悄然隱入幢幢濕黑的花瓣人影之中。龐德把這種詩歌表達技巧命名為「意象疊加」，並且說他是從中國古典詩學習而來的，其特徵乃在於將兩種不同時空中的意象巧妙疊合在一起，使之產生嶄新的藝術圖景，藉此視覺意象語引發讀者的審美聯想。詩人運用這種高度濃縮的詩歌意象，意象並置所產生的疊象之美，頗能夠掌握具體的細節，有效地提高意象的視覺性，在「目擊道存」的當下剎那，將外在的、客觀的現象自身轉化成內在的、主觀的現象。

羅蘭·巴特（Ronald Barthe, ）卻認為攝影呈現出的映象是「一種依比例、觀點、色彩所作的簡化」，相片裏再現的景物已經過剪裁切割，是一種藝術化了的自然。對巴特來說，「攝影所再現的，無限中僅曾此一回。它機械化而無意識地重現那再也不能重生的存在，」（羅蘭·巴特著、許綺玲譯，1997：14）因此他指陳存在於映象與客體之間的差距，是來自時空的永遠「不再」，而非一度停留在那裏的現實：

> 相片所牽涉的意識類型無先例可循，因為它不僅構成物在「那裏」的意識（這點任何拷貝都可達成），還有「曾經在那裏」的知覺。我們有一新的時空類別，也就是空間的

333

臨即感和時間的先驗性，「這裏現在」和「那裏當時」。
在這個層次的指定訊息或無語碼的訊息中我們可充分了解
相片的「真非現實」：其非現實指的是這種現在，因為看
相片絕非幻覺，但其人物卻又不在「眼前」。（簡政珍，
1991：92）

　　由上述可以得知，攝影既是又不是語言，這就是羅蘭・巴
特所說的「攝影的自相矛盾」（the photographic paradox），「兩
條信息共同存在，一條沒有代碼（攝影的對應詞），另一條有
代碼（『藝術』、處理、寫作或照片的修辭）」的核心所在。
（Roland Barthes, 1990：198）於此，攝影師和詩人以影像文字盡
情地摹擬自然和現實，我們是透過他們的靈犀之眼來，在那暫停
的瞬間看見一個世界，同時也感受到存有的真實。錄影、拍照、
繪畫或文字書寫都涉及到作者對時間、地方、經驗與記憶的剪裁
融合，他們會對「景、風、心、色」等境象有所取捨，因而將時
間空間化、空間時間化以及現實時空化。創作者藉由景物的符號
來交流訊息，他們將經驗與記憶中的風景顯露出來，可說是「空
間感」和「自我感」的展現，其中都寄寓著深刻的歷史意義。就
詩景中的物象、經驗與記憶而言，論者以為：「詩人重構現實，
在詩中表現的空間以『地方』為中介。詩人對地方的感知與時間
連在一起。在特定的時間與地方，詩人記憶的是有序的經驗。詩
人對過去的感知即對地方的感知，亦即是記憶，特別是關於私有
的記憶。因此，關於一個地方，即同時是關於記憶的而且是能夠
敘述的。」（陳惠英，2002：113）語言、經驗與詩的表現息息
相關，詩人將自我投射於境象之中，並藉由意象修辭把抽象情思
化作為具體文字，詩「景」就成為一種有意味的符號，讓讀者以

自己的經驗和想像來讀解。儘管物象在時空裏會有所改變，但記憶中的風景則能呈現出詩人的夢想，是詩人情感的自我投射，而詩境之虛實與時空之感興亦得以會通。

三、詩意想像（imagination poetique）的場所

　　詩歌的時空設計是詩學的重要議題之一，尤其在中國詩裏最關緊要，論者指出這是「因為詩的素材，不外時、空、情、理，中國詩裏的理，是一種『別趣』；中國詩裏的情，往往高度複雜而縱橫鈎貫於時空之中，藉著自然時空的推移而忽隱忽現。人與自然時空是那樣奇妙地融合無間，情感與哲理，不喜歡脫離時空景象，去作純粹的摹情說理，每每透過時空實相的交互映射予以形象化。」（黃永武，1976：43）另一方面，加斯東·巴舍拉（Gaston Bachelard, 1884～1962）的《空間詩學》是一種空間原型的閱讀現象學，就中探討詩意空間與深廣意識的密切關係，作者論述了從家屋、地窖到閣樓、茅屋，從窩巢、介殼到角落、微型等種種空間的面貌和意義。對巴舍拉來說，詩的意象就是「心理上驀然浮現的立體感」，它隱藏於我們對宇宙世界的深廣意識，更具現在我們對家屋天地的「私密的浩瀚感」中。巴舍拉認為「詩意象乃是處於一清新存在狀態的徵兆」，雖然在本質上它是多樣變異的，但是這種瞬間湧出的想像語言，能夠讓思維的烏雲灑下一陣麗詞的雨點，也可以表現在時光折射中的美感。（巴舍拉，2003：13）設若這一系列小詩景的符號是作者的經驗與記憶在時空中的匯流，那麼它正可以為我們提供一個詩意想像（*imagination poetique*）的場所，以下幾段文字值得我們參考：

在由回憶所構築的過往劇院中，舞臺布景強調了主要角色們的性格。有時候，我們以為我們了解自己，而我們所知道的，不過是一連串生活在安適空間裏的固著經驗而已，這個人不想消失，而且即使是沉浸於過去，當這個人著手尋找過往的時光時，他也希望時光能夠「暫時停止」飛逝。空間把壓縮的時間寄存於無以數計的小窩裏。這正是空間存在的理由。（巴舍拉，2003：70）

寂靜空間擴展為浩瀚感（immensite），「沒有什麼東西能像寂靜一般，讓我們感受到一種無邊無際的空間感。聲音讓空間有了色彩，讓空間獲得了一種發聲體。但是聲音的闕如卻讓空間更顯純粹，而在寂靜當中，我們陷入了某種巨大、深沉而沒有界線的感受中。這種感受完全掌握了我，而我在許多時刻都沉浸在這種夜間的寧靜所散發的莊嚴中。」（同上，112～113）

空間把壓縮的時間，寄存於一處小小窩巢裏，這正是空間存在的理由……把時間中的一份回憶加以場所定位（localiser），只是對傳記作者有意義，也只是呼應外在的歷史，將之向外用於與他人溝通。但是，較傳記來得深刻的詮釋學，就必須剔除掉與歷史相連、但並未對我們的命運起作用的時間順序，以決定命運的重心。（巴舍拉，2003：70～71）

如果有所謂詩意哲學（philosophie de la poesie），這門哲學的誕生與再生，必然得透過一寓意勝出的詩句，並緊緊依附在一個戛然獨造的意象，說得更確切些，即心醉神馳

（extase）於此意象的清新感（nouveaute）之中。（巴舍拉，2003：35）

若要構作一首完整而結構良好的詩歌，精神就必須有所籌謀，預想清楚，但是對一個單純的意象來說，根本是無所預謀的，只消靈魂顫動一下，即見分曉，靈魂透過詩的意象，說出自己在場。（同上，41）

意象在激起表面的多方共鳴前，先有深切的感動。對於讀者的純粹經驗而言，此言亦真。我們透過讀詩所得到的意象，現在真的化入我們自身，在我們內部生根發芽。我們由別人那兒接收到它，可是現在，我們開始產生一種印象，我們可能創造過它，我們應該創造過它。它成為我們語言當中的新存在，讓我們成為它所表達的意涵，以此來表現我們。換句話說，它在變現成表達方式的同時，也變現為我們的存在。在此，表達創造了存在。（同上，42）

但是詩意在所有的層面上比精神分析延伸得更遠。從夜夢中，往往誕生白日的幻夢。故事的粗坯不可能滿足詩意的白日夢；它不受一個早已糾葛的情結所縛。詩人活在清醒的日夢裏，這夢存活在世界中，面對著世間萬物。它將宇宙聚攏在一件客體的周圍與內部；在敞開的匣盒裏看見白日的幻夢，在精緻的珠寶盒裏凝結著宇宙的廣袤。如若篋盒裏有著珠玉與寶石，那即是過去，一段久遠的過去，穿越一代又一代，成為詩人的小說題材。當然，寶石將會訴

> 說著愛，但也訴說著力量，與命運。所有的這一切遠比一
> 副鑰匙與鎖頭來得更重要！（同上，161～162）

　　以上幾段文字提到空間的浩瀚感、詩意哲學、詩的意象、以及詩意日夢與夜夢，巴舍拉這些論述都和記憶和空間相關連，對我們大多數人來說，平生渡過的重要時刻與私密場所，往往會較年月日的時間次序來得重要，個人的體會銘記自然也更加清晰深刻。我們的記憶依憑空間才能夠留存下來，否則很快就會淡忘消逝。詩景的符號總是與日夢與夜夢交織在一起，再也分不清何者為真何者為幻，因為在我們記憶的珠寶盒裏，已然凝結著廣袤深遠的大千宇宙。緣此，巴舍拉認為一首詩的創作亟須一個單純清新的意象，他特別強調詩歌意象的直接感發力量，這個突然湧現、戛然獨造的意象，能夠將全詩綰合在一起，並且深深撼動讀者的心。回憶就是形象的靈光所在，在不斷持續消逝卻又存在的風景裏，詩人「靈魂透過詩的意象，說出自己在場」，並得以保留虛實難明的境象。巴舍拉的詩意想像是一種超越當下的客觀存在，奔向另外一種新的生活，由是意象凌駕概念之上，使抽象的理性通過想像附著於形象思維，體現出對無限不在場之物的實在感知。因此，當面對紛至沓來的意象時，我們必須不斷更迭詩歌語言與主體意識，在這一劇烈變化的夢想世界中，於此一「垂直時間」內吾人自可感受不同形態的生命經驗，亦能追尋那些瞬間即逝的詩歌意象。

　　新詩意象來自於詩人的各種感官經驗，而詩人主要靠視覺或聽覺讓讀者感受到各種詩意美感，在語言表現上則不斷產生歧義，亦能豐富詩作的內涵。然則，到底新詩意象的創造根源從何而來？當我們置身於風景之中，神思漫遊橫越時空無阻隔，穿梭

在過去的記憶或未來的場域，並且和現在的當下經驗綰合，因而創造了審美意象的幻想世界。楊牧曾在〈抽象疏離：那裏時間將把我們遺忘〉一文中指出：「把創造力和相關的潛在皆訴諸神話與傳說，毋寧是天地給你的賞賜，何況那並不只是一時的，是恆久，而且廣大，無限，支持著你創造的力，以及探索，突破的勇氣。縱使在你遠遠離開那原始天地長久之後，它還存在你的心神之中，即是唯一的自然界，甚至在闊別之後，依然不改。」（楊牧，2009：216）楊牧所言乃是文學作品中形象思維的最佳闡釋。

　　詩集《蕪情》（1998）是周慶華的少作，收錄46首，另附24首童詩。《七行詩》（2001）按照主題分類成八卷，依序是：詠物、解禪、敘事、答客問、魔幻、後現代、懷鄉、續蕪情，詩作共計149首。十卷本的《未來世界》（2002），每卷十首，共有100首詩作。繼《蕪情》、《七行詩》、《未來世界》後，《又見東北季風》是一五卷本的詩集，收錄周慶華的近作有百首之多，大都以短小的篇幅來記錄作者家鄉的風土人情，在在呈現詩人於物我交融後的靈犀感悟，語多雋永淺近，泰半作品清新可喜而又圓融飽滿，令人對東北季風吹拂下的山鄉僻壤有了幾分好奇。這些詩作計有十行詩39首，十二行詩44首，十四行詩17首，應該是作者有意選擇短小的篇幅，以有限的文字來表達無限的情思，大部分詩句的語言也都能力求具體精鍊。綜觀《蕪情》、《七行詩》與《未來世界》三本詩集的詩型，除了〈紅塵〉一詩長達一百二十七行，絕大部分的作品也是以小詩為主，從一行、兩行到十數行不等，鮮有二、三十的長詩。如就現代詩的形式而言，周氏四本詩集的大部分作品都在十六行之內，符合了羅青所設定「小詩行數的最大極限」，讓人可以很快讀完又能

留有整體印象，且不時玩味思索其言外意趣。（羅青編，1979：38）其實，詩型之長短與作者抒發情感的方式有關，如欲表現詩人的瞬間感受，則短小的詩型越能奏其功，因為詩人「往往通過若干最有感發意義的畫面或瞬間，來表達他們對於世界與人生的看法，而不是面面俱到地羅列事物的各個方面和事件的所有細節。」（邵毅平，2005：41）《又見東北季風》是一本攝影抒情詩集，詩人和攝影師思欲詮解各自經驗記憶中的風景物象，看看是否能夠造就文字與視覺之間交流的綜合體，雖然這種攝影小品（photo-essay）展示了攝影與文本的切實關連，但是文本——照片中亦存有抵制的辯證關係，究竟是文本對照片的內涵外延加以說明？還是用直接的、物質的形式照片來闡釋非物質的、比喻的和可有可無的文本？（米歇爾W.J.T著、陳永國&胡文征譯，2006：195）

再次，這本詩集是周教授配合其胞弟藍慶國所策畫的「東北季風影像展」（www.39cafe.net）而寫就的，從390張臺灣東北角攝影作品中挑選了四分之一的圖片，以影像搭配文字，嘗試呈現九份、金瓜石、十分、平溪鄉、北迴線、東北角海岸的不同風貌，可說是富於個人感情色彩的臺灣地理影像。從這本詩集的名稱來看，作者便彰顯了微觀的「地緣詩學」（geopoetics），其詩乃聚焦於臺灣島嶼內部的地緣位置，以東北季風來象徵臺灣東北角的風土人情，還有那些屬於作者私密的個人和家族的記憶。這本詩集除了寫特殊的風景地貌物象之外，當然其中不免加入作者個人的情感經驗，詩篇裏到處可見屬於他自己的生命記憶，為這一殊異的時空之流剪取片段的風煙光景，留下幾行詩句見證歲月如何凋人朱顏。詩人周慶華展現了相當深刻的觀察功夫，泰半作品的靈視聚焦之所在不外是他自己的家屋天地，其捕捉物象細

貌的功力深厚，詩的文字明晰清澄，融合了知性與感性，尋常巷陌、斜陽芳草、坵牆廢坑、貓狗甕壺，娓娓道來莫不有情。其詩音聲幽窈深邃，物象與心象交疊融合，頗能解識草木山川鳥獸蟲魚之蹤跡。在他筆下，物象各任自然卻又由人透視，詩人且將自我隱藏其間，為物象代言，逼近其情性和感受，深得現代「詠物詩」之旨趣。

這本詩集以影像搭配文字，同時以兩種藝術型式呈現東北季風吹拂下時空的周流遷化，我們可以透過這些意象去感受瞬間存在的真實，那些自然景物如何在詩人及攝影師的心眼中「延異」姿色，暫且以心靈時間來抗拒客體時間的淹煎，雖然在流逝的時間細沙裏，我們的精氣神飄若游絲，終將匯入廣袤的星海之中。這一百首詩作圖文並呈，「不論是文字還是造型皆能境生象外，點化味外之味」，符合道家「秘響旁通」的美學旨趣。（賴賢宗，2008a）這些畫面和詩句所呈現的，也可以讓我們思考影像與詩境之虛實，儘管物象在時空裏會有所改變，但是記憶中的風景則能呈現出詩人和攝影師的夢想，也是他們在情感的自我投射，當然是二度或三度和諧下的藝術創造品了。但是，我感興趣的問題是：從自然物象到攝影圖示，再到詩人的文字刻畫，這其間的心靈活動和創造行為是一個怎樣的過程？我們在這裏所看見的特寫鏡頭是怎樣一種經過剪輯的現實？詩句的意象並置所鋪陳堆疊出來的景觀，又呈現出什麼審美意境？其藝術感染力有多大？

在《又見東北季風》的〈楔子〉，作者開宗明義點出這些詩作可能隱含的記史記事傾向，詩的敘述聲音告訴我們說，在「起風的時候，流轉的生命就會被喚醒」，而跨越過山陵海隅的路線，總想「討回逐漸流失的崖岸」，決定「是否要逆溯前進，尋

找一處渾然遺忘的家園。」中國人特別重視鄉土，此一詩集名曰《又見東北季風》，作者藉此表達居此家屋的眷戀情懷，故鄉宜蘭石城是他成長茁壯的地方，臺灣東北角的風土環境形塑著他，於是詩人一路行來旅程在腳下，他永遠置身異鄉卻又加深對故里的思念，因而故鄉點滴時常浮現心頭。對大多數的人來說，家鄉是極為親切的地方，雖然它只是平淡無奇，亦無甚特殊的歷史魅力，但是它的景物總能激發我們的想像力，這種親切的感覺遠超過個人的認知與回憶，因而創造出永恆真實的地方意象。（段義孚著、潘桂成譯，1999：129～141）

現在舉周慶華的一首詩作，來說明他如何比興物色與情景交融。周氏〈牽掛〉一詩用「頂真」格的修辭法寫出，此作符合了「頂真」使用的四個原則：「橋樑、和諧、緊湊、趣味」（黃慶萱，2002：714～717），傳達出詩人自主的審美聯想。「頂真」原稱「頂針」，黃慶萱教授對此一詞格的來龍去脈有簡要的概說：

> 原來本是古代婦女縫紉衣裳時套在手指上的金屬環，環上滿布小凹點，用來推針穿布。後來詩文中用上一句的結尾詞語，頂出下一句的起頭詞語，就像用「頂針」把針線頂出來一樣。偏偏有人覺得吟詩作文何等風雅，怎可比作女紅用的小玩意？於是改稱「頂真」。語文本就約定俗成的，現在大家用慣了「頂真」，也就不必改回「頂針」了。總之，用上一句結尾的辭彙，作下一句的起頭，使鄰接的句子頭尾藉同一詞彙的蟬聯而有上遞下接趣味的修辭法。（黃慶萱，2002：689）

〈牽掛〉一詩如下：「山想念水／水渴望白雲／白雲正在扮飾一棵樹／樹催促著橋流動／流動中有許多的倒影／倒影從淺綠擴散到墨藍／墨藍裏的皺褶被冷風掀去／掀去的激情都會再回來／回來時不許帶著眼淚／眼淚留給一輛車／車要開到對岸／對岸看不見」。整首詩前後兩句頭尾蟬聯，創造出上遞下接、迴環複沓的趣味，語句結構可說十分緊湊，聯珠頂真的章法亦能造成全詩的和諧，連環「頂真」句由「此」推至「彼」的描繪景象，其間之轉折映疊無不自然連貫。

四、從詩景到詩境的審美空間

從詩景到詩境，詩人為我們建構起審美想像的空間，這些詩歌意象引領我們走入夢境裏，在詩歌的觸動中內化成生命的一部分。另一方面，詩的特質為何？詩的聲音來自何處？美國二十世紀經典女詩人伊莉莎白・碧許（Elizabeth Bishop, 1911～1979）雖然詩作不多，但是她以細膩刻畫的技巧著稱，往往運用精確的意象來描寫客觀物象，其詩作呈現出一種冷靜的距離感，能夠超越表象世界直抵事物的本質核心。楊牧嘗為碧許的詩集選中譯本作序，在〈解識踪跡無限大〉一文裏他指出現代中西「詠物詩」的特色所在：

> 但碧許之能使不尋常的和尋常，平凡的鳥獸意象轉化，使詩起自耳濡目染，通過有情的觀察和更廣泛深刻的好奇，追尋，翩翩然銜風而起，終於攀升到一個藝術粲然的高度，卻並不完全是偶然的……詩還需要藉由你細緻而充分的耳目用心，逼近那些走獸和飛禽的情性，想其當然如

> 此，體會而感受之，捨棄邏輯原理或網路程式遂以靠近，
> 揣摩他們的氣血，發現他們的快樂，憂愁，和恐懼。以及
> 你的，和我的。（碧許，2004：12）

　　根據以上引文，楊牧認為碧許能在詩中解識鳥獸蟲魚之蹤
跡，卻又小中見大，化腐朽為神奇，詩韻相當優美，充滿豐富的
想像力。碧許許多描寫地景的詩行，除了心象的投射之外，就是
聆聽天地的聲音，她用心觀察一切事物，試圖捕捉自然的真實面
貌，將之與記憶、夢境交織為一。碧許的詩仍然保有寓教於誨的
傳統，不直接說出卻以比興技巧來表達，有其對生命的堅持與
規勸諷喻，也表現出她對真實自然的體會。（碧許，2004：12～
13）另一方面，墨西哥詩人渥太華・帕斯（Octavio Paz, 1914～
1998）亦曾以「大音希聲」來稱讚碧許的詩：

> 她的聲音來自於他方，彼處，也就是任何境域和任何地
> 方。詩人所聽見的聲音，並非來自於發出神諭的祕穴，
> 而是她自己的房間。然而，一旦詩發生了，「剎那間你便
> 置身在一個完全不同的世界／那裏的每一件事都在波動中
> 發生」……清新、澄澈、可以瓶供──這幾個形容詞通常
> 用來指況水，兼具物質與道德的意涵，以之形容碧許的
> 詩，也十分妥切。如水一般，她的聲音從幽窈和深邃之處
> 湧出；如水一般，它滿足了一種雙重渴欲：渴欲真實的同
> 時也渴欲神奇。水讓我們透視物各自然，物色閒適自若於
> 深邃之中，卻也持續蛻變不居：隨著光影細微的變化而變
> 化，有時搖蕩，有時傾翻，過著一種幽靈似的生活，忽而
> 天末一陣風起，隨即四散析離。你聆聽她的詩歌如聆聽水

吟：音節在石隙與草葉之間呢喃，文字起波，溴溴然盪開
一片泱漭的寂靜和澄明。（碧許，2004：28～29）

　　帕斯認為碧許的詩「清新、澄澈、可以瓶供」，她「用字
曉晰，朗如白晝」，將語言文字錘鍊得出神入化，其藝術性相當
高。（碧許，2004：30）碧許的詩開啟了我們的視野，她捕捉物
象細貌的功力強，記憶中的情景時常跨時空重現，其詩作剔透自
明且具認知的穿透力量。碧許詩的意象擺盪在本相與諸多不同的
變貌之間，有時出之以隱喻象徵，有時則以幽默呈現，不管如何
運用，她都能夠充分發揮詩人的想像與自由。此外，帕斯又教我
們如何讀詩，也就是要「學習大音希聲的奧妙」：「我們已經忘
記了詩並非存在於說白了的話中，而在於字裏行間，瞬息顯現
於停頓與沉默之間。」（同上，30～31）碧許的詩往往含蓄不
露、意在言外，它為我們提供一種美的愉悅，那是屬於心智和
文字的交織，在文本中她的沉默似乎訴說著些什麼，而她細微的
音聲乃從幽窈深邃之處湧出，「音節在石隙與草葉之間呢喃，文
字波起，溴溴然盪開一片泱漭的寂靜和澄明。」（同上，29）
　　歷經二十世紀浪漫主義、現代主義、後現代主義以及孤絕
美學的思潮衝擊，依違於現實與超現實、出世情懷與入世精神之
間，臺灣現當代新詩人又將何去何從？作者在不同的時空情境中
怎樣描摹特異的孤獨感，誠如蕭蕭所言，臺灣現代詩人可以注意
下列四個方向：「（一）人天交流是心境的清澈、靈魂的舒暢；
（二）流離孤絕是歷史的衝激、文化的創傷；（三）靜心觀察是
感覺的觸探、情意的張揚；（四）凝神冥想是人性的徹悟、智慧
的增長。」（蕭蕭，2007：142～151）這種現實vs.超現實、入世
vs.出世對立而共構的現象，在斷裂與鍛接的歷史脈絡中，亦能

展現出新詩美學的永恆張力，例如詩人就意象創造、時空設計、都市書寫、心靈探索、夢想與地理的結合等方面的努力嘗試，都反映出他們實現自我的具體特質。（蕭蕭，2004：24～27）此外，論者以臺灣現代詩自然美學為題，曾就楊牧（1940～）、鄭愁予（1933～）和周夢蝶（1921～）的作品詳加詮解，試圖闡明此詩國三雋的面貌、精神和內涵，辯證自然與人文的深刻思索、反映浪子與哲人的思想意識、自然中二元對立與和諧之矛盾衝突所在。（羅任玲，2005：11～30）這三位臺灣現代詩自然美學的代言人，他們的風格一向以「冷蕭柔美」為主，作品相當繁複細緻且又婉曲深邃，展現出晶瑩剔透的大千宇宙世界，在現實的觀照中化抽象疏離為永恆的美善。以下我將簡析上述三位現代詩人的幾首代表作，以便明瞭他們詩的意象如何浮現，情景怎樣交融：

楊牧的早期詩作〈水仙花〉：「過去的星子在背後低喊著／我們不為甚麼地爭執／躺下，在催眠曲裏／我細數它們墜落谷底／寂然化為流螢／輕輕飄過星光花影的足踝／／唉！這許是荒山野渡／而我們共楫一舟／／順時間的長流悠悠滑下／不覺已過七洋／千載一夢，水波浩瀚／回首看你已是兩鬢星華的了／／水仙在古希臘的典籍裏俯視自己／──今日的星子在背後低喊著／我們對坐在北窗下／矇矓傳閱發黃的信札」（楊牧，1994：130～131）此詩詩題〈水仙花〉與古希臘神話有關，作者利用它來調合中西文化的不同內涵，希望能夠塑造出新的詩歌意象。水仙花在西方本是自戀的象徵，於此卻暗示楊牧對往昔歲月依戀難捨，詩人以今日之我與昨日之我對話，頗有光陰催人的無奈之感。（賴芳伶，2002：227～267）此外，《海岸七疊》裏的〈晚雲〉一詩，意象也很清新生動，值得我們細讀：「把晚雲關在短短的

小門外／看一隻灰白的鷗斜斜飛過／多草莓的野地，投向正北／我們觀察寧靜的風／吹不動一朵扶桑淺紅，也許／那並不是風：『若是扶桑不動／你如何斷定這一刻寧靜的風？』／『坐好坐好，你坐扶桑我做風』／有人羞澀搖頭如向晚的淺紅／聽寧靜承諾地輕拂過／美麗的手臂和肩胛，撩過／衣襟和頭髮。天黑出門／我看到小門外飄來一點螢火／秘密地，有意飛過她的足踁」（楊牧，1995：270～271）此詩的意象用語相當優美，音韻節奏十分自然和諧，例如晚雲、小門、灰白的鷗、草莓的野地、寧靜的風、扶桑淺紅、手臂、肩胛、衣襟、頭髮、螢火以及足踁等，而這些意象的色彩多樣且生動，詩人運用了視覺、聽覺、觸覺的感官意象，巧妙地把它們縐合在一起，並且藉以娓娓訴說其心中的無限柔情。這是一首意象經營相當成功的情詩，惜乎論者甚少提及此詩，因此我認為將來可再深入探討。

鄭愁予的〈小小的島〉：「你住的小小的島我正思念／那兒屬於熱帶，屬於青春的國度／淺沙上，老是棲息五色的魚羣／小鳥跳響在枝上，如琴鍵的起落／／那兒的山崖都愛凝望，披垂著長藤如髮／那兒的草地都善等待，鋪綴著野花如果盤／那兒浴你的陽光是藍的，海風是綠的／則你的健康是鬱鬱的，愛情是徐徐的／／雲的幽默與隱隱的雷笑／林叢的舞樂與冷冷的流歌／你住的那小小的島我難描繪／難繪那兒的午寐有輕輕的地震／／如果，我去了，將帶著我的笛杖／那時我是牧童而你是小羊／要不，我去了，我便化作螢火蟲／以我的一生為你點盞燈」（鄭愁予，2003：68～69）意象縐合是「把許多分散的意象統合在某一特定主題，或依附於詩歌中的某一個中心意象，按照一定的規律串連起來」。（林文欽，2000：192）此詩運用了借代修辭格，以「你」來借代詩人心愛的人，因此詩中所描寫的小島之美，其

實就是心上人的美。這首詩分成四節，雖然前三節都在描寫這小小的島，表面上寫大自然的景色物象，但是詩人的情感卻層層加深，在最後一節裏乃將情感和盤托出，由景及心直抒胸臆，表現出他對愛人的誠摯熱情。此詩前三節的意象清新奇麗，例如島、淺沙、魚羣、小鳥、山崖、長藤、草地、野花、陽光、海風、雲、雷、叢林、流水以及地震等意象語，都綰合在「小小的島」的主題中。最後一節的意象如笛杖、牧童、小羊、螢火蟲和燈，也都能夠綰合在「你」的主題中，而「你」就是「小小的島」，最終呈現出藝術統一的狀態，傳達了由景入情的心靈悸動。（林文欽，2000：195～196）除此之外，〈踏青即事〉第三小節：「籬散／簷曲／／灶小餵得兩人／樹斜紅過三窗／／泥細的／塘淺的／種蓮呢還是／任它恣意漫生些／菰蒲？」（鄭愁予，2004：275～276）此詩擴張古典詩意，單一名詞意象如籬、簷、灶、樹、窗、泥、塘、蓮以及菰蒲，幾乎從古典詩詞擇取而來，詩人將古人情感重新詮釋，使讀者有新鮮的感受。

周夢蝶的〈擺渡船上〉：「負載著那麼多那麼多的鞋子／船啊，負載著那麼多那麼多／相向和相背的／三角形的夢。／／擺盪著──深深地／流動著──隱隱地／人在船上，船在水上，水在無盡上／無盡在，無盡在我刹那生滅的悲喜上。」（周夢蝶，2000：26）周夢蝶此詩意象活潑豐繁，文字殊為清新，例如「鞋子」、「船」和「三角形的夢」，各意象語皆能指向總主題，這些意象復又形成嚴謹的結構，讓全詩顯得凝重有力。周夢蝶的詩作頗有禪理哲思，這首詩象徵意味濃厚，透露著禪機妙諦，詩人以相對論的觀點來看船與人、水與無盡以及無盡與刹那，表現出他對自然生滅的悲喜體會。詩人透過在擺渡船上的見聞思索，道出他對人與自然、心靈與宇宙的相互為用，虛空無盡我願無窮的

看法。周夢蝶另有詩作〈讓〉，意象淒楚孤絕，趣味盎然，亦值得我們在此探究：「讓軟香輕紅嫁與春水，／讓蝴蝶死吻夏日最後一瓣玫瑰，／讓秋菊之冷豔與清愁／酌滿詩人咄咄之空杯；／／讓風雪歸我，孤寂歸我／如果我必須冥滅，或發光——／我寧願為聖壇一蕊燭花／或遙夜盈盈一閃星淚。」（周夢蝶，2000：26）周夢蝶之詩好用暗喻，這種暗喻並非全是刻意營造而來，大部分是出於自然的表現，意象語與詩旨相當吻合貼切。前四句描寫春夏秋三季的景觀，藉以圖繪自然的美好，詩人情懷的執著，以及悲劇的情愫，意象語極為精鍊。在後四句裏，詩人坦言願承載幽暗冬季之風雪孤寂，並以聖壇上的燭和遙夜之星淚，抒寫其孤高的生命情懷，展現出宗教家殉道卻又遺世獨立的胸襟，就中頗有淒苦蕭索的況味。（羅任玲，2005：326～327）詩題〈讓〉及四次鋪敘，在在表現出詩人對造物者的謙卑情懷，不管終將冥滅或發光，都能燃燒自己照亮別人，這是一種犧牲奉獻的深情表現。周夢蝶此詩之意象戛戛獨造，比喻貼切生動，節奏鏗鏘有力，比興物色皆達致情景交融的境界，呈現出新古典的語言風貌。

　　從詩景到詩境，詩人到底怎樣塑造出審美想像空間？關於這個問題，我想可以參考高友工的說法：「客觀現象最後可能完全與自我價值融為一體。我們可以視之為外物『人化』（personification），或『主觀化』以與自我人格交流，表現深入的情感。也可以視之為自我人格體現於外在現象中，這則是一種『物化』（objectivazation），或『客觀化』。但二者都作到一種『價值』與『現象』合一的中文中所謂『境界』。人往往喜以『世界』（"world"）一詞譯『境界』二字，但我卻愛取柯勒（Jonathan Culler）所用的『內境』（"inscape"）一詞。因為此時

的『境界』並不是泛泛之『境』，而是『情景交融』的階段，而且可以進一步反映一種價值。用柯勒的話來說是：『在意義徹悟的目瞬間，形容呈現為整體，表層表現了深層。』」（高友工，2004：41）高氏對「美感經驗的美的境界」之所以生成，他認為源自於詩人在那意義徹悟的目瞬間，其所描繪之情景交融且表裏如一，作者敘寫個人初起和繼起的印象，匯通為整全的美感經驗，表達出渾融無間的自然境界。此外，蔡英俊論及抒情美典與經驗觀照，亦有相似的看法：「就某種意義說來，借助於自然景物的點染來呈現情感意念的表現方式，本身就已經是對生命情境進行一種有距離的觀照了，如果再刻意選擇某種特定呈現景物的手法與技巧，譬如著墨於空間意象的延展性、時間意象的靜止狀態，乃至於營造視覺與聽覺效果上的間隔朦朧感，那就更有可能體現一種平易寧靜而且富含深意的生活樣。」（林明德策畫，2005：196）以上高氏和蔡氏的話就已概括從詩景到詩境的審美想像空間，不論是抒情主體或是經驗感知的接受客體，都能夠在文本中交流對話，完成具體景物與抽象情思的無間融合。

五、結論

　　周氏於少作〈陌生的故鄉〉一詩之後誌曾言：「故鄉石城，原是一淳樸小村，對外交通全賴鐵路，近來濱海公路拓經此地，原在村道旁的茅棚、古屋，被拆除淨盡，變成樓房林立，而人事也已全非。旅外多年，乍見恍如隔世，感觸頗深，遂有此作。」（周慶華，1998：27～28）雖然離開故鄉年深日久，但是他對宜蘭石城無時或忘，親切的經驗埋藏在他的內心，家屋的景物意象早已儲入記憶之中。周氏的詩集《蕪情》和《七行詩》緬懷過

往，大抵低沉內斂又深情憂鬱；而《未來世界》則充滿許多的預期想像，試圖處理安置他不時湧現的靈感。周氏的《我沒有話要說》以輕巧童趣隱含社會諷喻；在《又有詩》中努力為自己起伏不定的情思提供想像；而《又見東北季風》呈現出作者個人和家族的記憶圖景；《剪出一段旅程》則是關懷當代社會的文學之旅；《新福爾摩沙組詩》描繪出美麗而淒婉、荒謬卻生猛的臺灣新形象，頗有後現代拼貼斷裂的風格。此外，周氏亦有不少小詩景與詩境意象瑩然，其隱喻蘊含婉轉之情思趣味，頗能游刃於天地物我之際，呈現自然與鄉土、人文與現實的深邃面貌。周氏近年來的詩美學風格轉變，針對後現代社會情境中的變異精神層層解構，以仿擬諧謔的語言遊戲批判臺灣社會的眾生相，其轉喻組合之符指在在顯露出延異痕跡。我認為周氏不宜再以後現代主義的美學風格為依歸，他應當設法擺脫庸俗語言遊戲的牢籠，努力追求臺灣現代詩學傳統的心理深度，斷然捨棄花花巧巧的反諷嘲弄，融合浪漫抒情與現代寫實於一身，果能如是，周氏的詩作必能延續前行輩詩人的薪火，或者終將躋身臺灣重要詩人的行列。

　　白話小詩從緣起與傳承，歷經成長與茁壯的過程，至少也有八十幾年的時間，其中不乏佳作典範垂訓後世，但是編選者皆為小詩的界定頗有「異見」，想歸結出客觀的判準並非易事。小詩既以「小」為名，體製篇幅上就須加以限制，行數不宜過多字句不能太長，總得符合短小精簡的標準，所以論者於設定小詩行數的極限時，有從一行到十幾行的不等，皆能符合客觀形式的標準。然而，除此之外，小詩在語言技巧上是否更應講究精鍊含蓄，在內容安排方面是否更應注意其張力轉折，務求結構組織縝密迂迴包孕無窮，是不是更須審慎處理意象修辭，使其達致靈活

圓熟、晶瑩剔透的境地？如此一來，小詩之美方能引人入勝。
（羅青編，1979：9～40；張默編著，1987：1～42；向明、白靈編，1997：1～22；陳幸蕙編著，2003：5～7；林于弘，2004：327～348）小詩的寫手在中國新詩的發展史上頗不乏人，但是能成大家者恐怕不多見，冰心、宗白華、聞一多、卞之琳等尤為箇中翹楚。降及現當代臺灣詩壇，小詩創作後繼無力，雖書寫者眾亦偶見佳篇，然終難成一派氣候景象。儘管如此，現代詩的初學者，由閱讀小詩入手較易掌握，至於嫻熟於小詩寫作的好處，羅青則認為十幾行之內「可容納無盡的變化以及各種不同的句法，也可以傳達相當份量的內容，處理許多人生重要的經驗。這在詩的造句、鍊字、謀篇及構思上，都可提供良好的訓練。」（羅青編，1979：12）如果寫詩的新手能使用這種短小的詩型，以凝煉飽和的文字意象，最為省淨經濟的手法來表現個人的經驗，在有限的篇幅內描寫出對事物深刻的印象，引發讀者無窮的審美聯想，含蓄不露卻能啟人思緒。

余崇生對現代小詩的美學詮釋得出如下結論：「要在極簡鍊的文字行數中表達一個鮮明的意象或主題，的確是要有相當敏銳的詩感才慧，否則很難將小詩的精緻性格表達得透徹完美。」（余崇生，2009）上述誠為知者之言，以之衡量周慶華的小詩創作，便可發現他以慧點心眼和靈敏手法雕塑詩景，讓詩情與詩趣穿透字裏行間，予人氣韻生動的審美想像空間。余氏亦指出現代小詩的美學特性：「詩的行數不多，卻能深刻的掌握了詩的意象，清楚的把詩趣表達了出來，它那秀美的詩情就如靈光一現般，深深的烙存在讀者的腦中，讓人無限的回想。」（余崇生，2009）現代小詩自由的表現形式不拘一格，往往以精鍊貼切的修辭，捕捉豐富緊密的意象，塑造出一個圓潤飽滿的詩境，令讀者

覺得「言有盡而意無窮」，其情味與理趣皆玄遠深厚。因此，一首技巧精審、詩趣深邃的小詩必須「鎔鍊情意，裁剪文辭，避免落入散文式的文語表達」，方能予人「詩意深刻，情境高緲」之感。（余崇生，2009）文學語言異於認知語言，在人類傳遞情意思想的過程中，自有其不同的功能和效果，詩歌意象常是一具體而特殊的詞語描繪，知識理念卻往往經由普遍且抽象的文字表達，雖然這二者各有其獨到之處，但是也都各不免於自身之限制。就詩歌寫作的方式而言，波赫士（Jorge Luis Borges）曾經提醒我們：「有的時候，詩人似乎也忘了，故事的述說才是最基本的部分，而說故事跟吟詩誦詞這二者之間其實也並非涇渭分明。人可以說故事；也可以把故事唱出來；而聽眾並不會認為他是一心二用。反而會認為他所做的事情都有一體的兩面。」（波赫士著、陳重仁譯，2001：66）因此，抒情與敘事如何融合為一，且在詩文形式上保有其獨特性，應該是考驗詩人的能力關鍵所在，因為在詩景與詩境中，詩人的「思想創造距離而破壞對直接經驗的深思」（段義孚著、潘桂成譯，1999：141），以至於無法達到抒情詩的美的純粹性。

另一方面，詩歌與創作、閱讀、語言、現實乃至於歷史的關係至為密切，詩人如何在詩行中發出自我的聲音？詩人又怎樣來調和詩行間的對話？簡政珍於闡述「詩作和詩心」時便說：「詩是在靜謐中使先前濃郁的感觸再轉成聲音，詩人藉文字和自己獨白，雖然這個獨白先前已濃縮了多少對於外在世界的感悟和回響⋯⋯寫詩是一種獨白，在獨白中吐露時代的聲音。」（簡政珍，1999：32～33）此外，簡政珍論及臺灣現代詩美學時，對於概念化與超現實經驗的問題，亦曾有如下洞識灼見：

詩美學應該落實於詩語言的情境。語言以物象的觀照為基礎。物象透過文字的觀照方式，是詩美學關注的起點。所謂物象，涵蓋自然的存在物以及覃子豪所謂「人生的事象」……我的觀照構成他的一部分，我在他的存在中看到自己的影子。哲學家如此，詩人的意識更是在接納各種感覺中湧動。詩使草木生情。詩也使生存的世界富於人文的色彩。人和自然律動，自然的真實涵蓋了人的影子。人和人互動，「他者」的世界就有我不能缺席的必要性。物象的觀照實際上是詩人意識的投影。（簡政珍，2005：39）

眾所周知，詩歌意象自有其象徵的或隱喻的涵義（symbolic or metaphorical connotations）在內，可以引發審美想像，雖然有些意象語早已是文學成規，其所隱含的意義淪為俗套，但是還能夠讓引發人無窮的遐思。文字意象模寫自然景物亦有其限，然亦足以觸動讀者的形象思維。就整體的詩景與詩境來看，周慶華這一系列小詩景的符號可說是他的經驗與記憶在時空中的匯流，正可以為讀者提供一個詩意想像的場所。當詩人憶起時空旅次中的人事景物，在影像與自然現實中尋找過往的點點滴滴，或許他也希望時光的列車能靠站稍停，而空間總會把那壓縮過的時間，悄然置放在詩人生命經行之處。其實，我們的詩人一直活在清醒的日夢裏，他的夢想也將永存此世，他來自東北季風的小城，為我們揭露那一段久遠的過去，穿越一代又一代的家族記憶，透過物象人事的摹寫刻畫，這些詩訴說著愛的呢喃，同時也訴說著個人生命的力量，以及那永不向命運屈服的堅毅形象。

參考文獻

一、中文

王萬象（2007），〈序一：時空旅次中的呢喃〉，周慶華，《又見東北季風》，臺北：秀威，頁3～7。

王萬象（2009），〈新詩意象的寫作〉，周慶華等，《新詩寫作》，臺北：秀威，頁31～80。

巴什拉（Gaston Bachelard）著、劉自強譯（1997），《夢想的詩學 LA POETIQUE DE LA REVERIE》，北京：三聯。

巴舍拉（Gaston Bachelard）著、龔卓軍 & 王靜慧譯（2003），《空間詩學LA POETIQUE DE L'ESPACE》，臺北：張老師。

布朗蕭著、顧嘉琛譯（2003），《文學空間》，北京：商務。

向明、白靈編（1997），《可愛小詩選》，臺北：爾雅。

米歇爾W.J.T著、陳永國 & 胡文征譯（2006），《圖像理論Picture Theory》，北京：北京大學。

李瑞騰（1997），《新詩學》，臺北：駱駝。

李翠瑛（2002），〈現代詩意象論〉，《龍華科技大學第一屆中國文學與文化全國學術研討會論文專集》，龍華科技大學通識教育中心主辦，頁305～342。

余崇生（2007），〈序：綴語出新編〉，周慶華，《我沒有話要說——給成人看的童詩》，臺北：秀威。

余崇生（2009），〈小詩的美學詮釋〉，《國文天地》第25卷第1期，頁4～7。

周夢蝶（2000），《周夢蝶世紀詩選》，臺北：爾雅。

周慶華（1998），《蕪情》，臺北：詩之華。

周慶華（2001），《七行詩》，臺北：文史哲。

周慶華（2002），《未來世界》，臺北：文史哲。

周慶華（2007a），《我沒有話要說——給成人看的童詩》，臺北：
　　秀威。

周慶華（2007b），《又有詩》，臺北：秀威。

周慶華（2007c），《又見東北季風》，臺北：秀威。

周慶華（2008），《剪出一段旅程》，臺北：秀威。

周慶華（2009），《新福爾摩沙組詩》，臺北：秀威。

林于弘（2004），《臺灣新詩分類學》，臺北：鷹漢。

林文欽（2000），《現代詩鑑賞教學研究》，高雄：春暉。

林明德策畫（2005），《中國文學新境界：反思與觀照》，臺北：
　　立緒。

波赫士（Jorge Luis Borges）著、陳重仁譯（2001），《波赫士談
　　詩論藝The Craft of Verse》，臺北：時報。

吳曉（1995），《詩歌與人生：意象符號與情感空間》，臺北：
　　書林。

段義孚（Tuan Yi-fu）著、潘桂成譯（1999），《經驗透視中的空
　　間和地方Space and Place: The Perspective of Experience》，臺北：
　　國立編譯館。

高友工（2004），《中國美典與文學研究論集》，臺北：臺大出
　　版中心。

邵毅平（2005），《詩歌：智慧的水珠》，臺北：新潮社。

鹿憶鹿等編著（2008），《現代文學》，臺北：空大。

張默編著（1987），《小詩選讀》，臺北：爾雅。

張錯（2005），《西洋文學術語手冊》，臺北：書林。

張漢良（1977），《論詩的意象：現代詩論衡》，臺北：幼獅。

碧許（Elizabeth Bishop）著、曾珍珍譯（2004），《寫給雨季的歌：伊莉莎白・碧許詩選The Selected Poems of E. Bishop》，臺北：木馬。

郭華誠攝影、藍慶國策畫（2001），《東北季風影像展》，臺北：現象多媒體工作室。

陳幸蕙編著（2003），《小詩森林：現代小詩選1》，臺北：幼獅。

陳幸蕙編著（2007），《小詩星河：現代小詩選II》，臺北：幼獅。

陳義芝（2006），《聲納：臺灣現代主義詩學流變》，臺北：九歌。

陳惠英（2002），〈現代詩「景」的符號——經驗、記憶、時間、空間〉，《師大學報：人文與社會類》第47卷第2期，頁105～120。

黃永武（1976），《中國詩學——設計篇》，臺北：巨流。

黃慶萱（2002），《修辭學》，臺北：三民。

楊牧（1994），《楊牧詩集I：1956～1974》，臺北：洪範。

楊牧（1995），《楊牧詩集II：1974～1985》，臺北：洪範。

楊牧（2009），《奇萊後書》，臺北：洪範。

鄭愁予（2003），《鄭愁予詩集I：1951～1968》，臺北：洪範。

鄭愁予（2004），《鄭愁予詩集II：1969～1986》，臺北：洪範。

蔡英俊（1995），《比興物色與情景交融》，臺北：大安。

鮑義（Malcolm Bowie）著、廖月娟譯（2000），《星空中的普魯斯特Proust Among the Stars》，臺北：聯經。

賴芳伶（2002），《新詩典範的追求——以陳黎、路寒袖、楊牧
　　為中心》，臺北：大安。

賴賢宗（2008a），〈序：以哲理入詩的旅程〉，周慶華，《剪
　　出一段旅程》，臺北：秀威，頁3～7。

賴賢宗（2008b），〈哲理入詩與詩的曼陀羅〉，《第四屆文學
　　與資訊學術研討會會前論文集》，國立臺北大學中國語文學
　　系，2008年10月25日，頁230～256。

簡政珍（1991），《語言與文學空間》，臺北：漢光。

簡政珍（1999），《詩心與詩學》，臺北：書林。

簡政珍（2004），《臺灣現代詩美學》，臺北：揚智。

簡政珍（2006），〈現實與比喻——臺灣當代詩的意象空間〉，
　　《臺灣詩學》，頁7～42。

簡齊儒（2009），〈狂想無疆界，辛甜心景味〉，周慶華，《新
　　福爾摩沙組詩》，臺北：秀威，頁45～57。

羅任玲（2005），《臺灣現代詩自然美學》，臺北：爾雅。

羅青編（1979），《小詩三百首（一）（二）》，臺北：爾雅。

羅蘭・巴特著、許綺玲譯（1997），《明室：攝影札記》，臺
　　北：臺灣攝影工作室。

蕭蕭（2004），《臺灣新詩美學》，臺北：爾雅。

蕭蕭（2007），《現代新詩美學》，臺北：爾雅。

二、英文

Abrams, M.H.(1992). *A Glossary of Literary Terms*. Seventh Edition.
　　Fort Worth, Philadelphia: Harcourt Brace College Publishers.

Barthes, Roland (1990). "The Photographic Message," in *A Barthes Reader*,
　　ed. By Susan Sontag, New York: The Noonday Press, 194~f210.

Crane, Hart (1961). *The Collected Poems of Hart Crane*. New York: The Liveright Publishers.

Friedman, Norman (1993). "Imagery" in *The New Princeton Encyclopedia of Poetry and Poetics*, eds., AlexPreminger and T.V.F.Brogan, New York: MJF Books, 559~566.

Keats, John (1982). *John Keats: Complete Poems*. Ed. By Jack Stillinger. Cambridge, Massachusetts: The Belknap Press of Harvard University press.

Kennedy, X.J.&Dana Gioia (1998). *An Introduction to Poetry*, New York: Longman.

Lennard, John (1996). *The Poetry Handbook*, Oxford: Oxford University Press.

Lewis, C.Day (1984). *The Poetic Image: The Creative Power of the Visual Word*, Los Angeles: Jeremy P. Tarcher, Inc.

Vendler, Helen(1983). *The Odes of John Keats*. Cambridge, Massachusetts: The Belknap Press of Harvard University press.

周慶華著作一覽表

一、論著

1. 《詩話摘句批評研究》，臺北：文史哲，1993。

2. 《秩序的探索——當代文學論述的省察》，臺北：東大，1994。

3. 《文學圖繪》，臺北：東大，1996。

4. 《臺灣當代文學理論》，臺北：揚智，1996。

5. 《佛學新視野》，臺北：東大，1997。

6. 《臺灣文學與「臺灣文學」》，臺北：生智，1997。

7. 《語言文化學》，臺北：生智，1997。

8. 《兒童文學新論》，臺北：生智，1998。

9. 《新時代的宗教》，臺北：揚智，1999。

10. 《佛教與文學的系譜》，臺北：里仁，1999。

11. 《思維與寫作》，臺北：五南，1999。

12. 《中國符號學》，臺北：揚智，2000。

13. 《文苑馳走》，臺北：文史哲，2000。

14. 《作文指導》，臺北：五南，2001。

15. 《後宗教學》，臺北：五南，2001。

16. 《故事學》，臺北：五南，2002。

17. 《死亡學》，臺北：五南，2002。

18. 《閱讀社會學》，臺北：揚智，2003。

19.《文學理論》，臺北：五南，2004。

20.《語文研究法》，臺北：洪葉，2004。

21.《創造性寫作教學》，臺北：萬卷樓，2004。

22.《後佛學》，臺北：里仁，2004。

23.《後臺灣文學》，臺北：秀威，2004。

24.《身體權力學》，臺北：弘智，2005。

25.《靈異學》，臺北：洪葉，2006。

26.《語用符號學》，臺北：唐山，2006。

27.《紅樓搖夢》，臺北：里仁，2007。

28.《語文教學方法》，臺北：里仁，2007。

29.《走訪哲學後花園》，臺北：三民，2007。

30.《佛教的文化事業——佛光山個案探討》，臺北：秀威，2007。

31.《轉傳統為開新——另眼看待漢文化》，臺北：秀威，2008。

32.《從通識教育到語文教育》，臺北：秀威，2008。

33.《文學詮釋學》，臺北：里仁，2009。

34.《反全球化的新語境》，臺北：秀威，2010。

35.《文學概論》，臺北：揚智，2011。

36.《語文符號學》，上海：東方，2011。

37.《生態災難與靈療》，臺北：五南，2011。

38.《華語文教學方法論》，臺北：新學林，2011。

39.《文化治療》，臺北：五南，2012。

40.《華語文文化教學》，臺北：揚智，2012。

二、詩集

1.《蕪情》，臺北：詩之華，1998。

2.《七行詩》，臺北：文史哲，2001。

3.《未來世界》，臺北：文史哲，2002。

4.《我沒有話要說——給成人看的童詩，臺北：秀威，2007。

5.《又有詩》，臺北：秀威，2007。

6.《又見東北季風》，臺北：秀威，2007。

7.《剪出一段旅程》，臺北：秀威，2008。

8.《新福爾摩沙組詩》，臺北：秀威，2009。

9.《銀色小調》，臺北：秀威，2010。

10.《飛越抒情帶》，臺北：秀威，2011。

11.《游牧路線——東海岸愛戀赤字的旅行》，臺北：秀威，2012。

12.《意象跟你去遨遊》，臺北：秀威，2012。

三、散文小說合集

1.《追夜》，臺北：文史哲，1999。

四、雜文集

1.《小小哲學人生》，臺北：晶冠，2013。

2.《微雕人文——歷世與渡化未來的旅程》，臺北：秀威，2013。

五、編撰

1.《幽夢影導讀》，臺北：金楓，1990。

2.《舌頭上的蓮花與劍——全方位經營大志典：言辭卷》，臺北：
大人物，1994。

六、合著

1. 《中國文學與美學》（與余崇生、高秋鳳、陳弘治、張素貞、黃瑞枝、楊振良、蔡宗陽、劉明宗、鍾屏蘭等合著），臺北：五南，2000。

2. 《臺灣文學》（與林文寶、林素玫、林淑貞、張堂錡、陳信元等合著），臺北：萬卷樓，2001。

3. 《閱讀文學經典》（與王萬象、董恕明等合著），臺北：五南，2004。

4. 《新詩寫作》（與王萬象、許文獻、簡齊儒、董恕明、須文蔚等合著），臺北：秀威，2009。

語言文學類　PG1104

微雕人文
——歷世與渡化未來的旅程

作　　者/周慶華
責任編輯/黃姣潔
圖文排版/楊家齊
封面設計/秦禎翊

發 行 人/宋政坤
法律顧問/毛國樑　律師
出版發行/秀威資訊科技股份有限公司
　　　　　114台北市內湖區瑞光路76巷65號1樓
　　　　　電話：+886-2-2796-3638　傳真：+886-2-2796-1377
　　　　　http://www.showwe.com.tw
劃撥帳號/19563868　戶名：秀威資訊科技股份有限公司
　　　　　讀者服務信箱：service@showwe.com.tw
展售門市/國家書店（松江門市）
　　　　　104台北市中山區松江路209號1樓
　　　　　電話：+886-2-2518-0207　傳真：+886-2-2518-0778
網路訂購/秀威網路書店：http://www.bodbooks.com.tw
　　　　　國家網路書店：http://www.govbooks.com.tw

2013年12月　BOD一版
定價：440元
版權所有　翻印必究
本書如有缺頁、破損或裝訂錯誤，請寄回更換

國家圖書館出版品預行編目

微雕人文 : 歷世與渡化未來的旅程 / 周慶華著. -- 一版. --
- 臺北市 : 秀威資訊科技, 2013. 12
　　面 ;　　公分. -- (語言文學類 ; PG1104) (文學視界 ;
38)
　　BOD版
　　ISBN 978-986-326-213-8 (平裝)

　　1. 現代文學　2. 文學評論

848.6　　　　　　　　　　　　　　　　102023808

讀者回函卡

感謝您購買本書，為提升服務品質，請填妥以下資料，將讀者回函卡直接寄回或傳真本公司，收到您的寶貴意見後，我們會收藏記錄及檢討，謝謝！
如您需要了解本公司最新出版書目、購書優惠或企劃活動，歡迎您上網查詢或下載相關資料：http:// www.showwe.com.tw

您購買的書名：_____

出生日期：_____年_____月_____日

學歷：□高中(含)以下　　□大專　　□研究所(含)以上

職業：□製造業　□金融業　□資訊業　□軍警　□傳播業　□自由業
　　　□服務業　□公務員　□教職　　□學生　□家管　　□其它_____

購書地點：□網路書店　□實體書店　□書展　□郵購　□贈閱　□其他

您從何得知本書的消息？

　□網路書店　□實體書店　□網路搜尋　□電子報　□書訊　□雜誌
　□傳播媒體　□親友推薦　□網站推薦　□部落格　□其他_____

您對本書的評價：（請填代號　1.非常滿意　2.滿意　3.尚可　4.再改進）

　封面設計____　版面編排____　內容____　文／譯筆____　價格____

讀完書後您覺得：

　□很有收穫　□有收穫　□收穫不多　□沒收穫

對我們的建議：_____

_____

_____

_____

11466
台北市內湖區瑞光路 76 巷 65 號 1 樓

秀威資訊科技股份有限公司　　　收

BOD 數位出版事業部

⋯⋯⋯⋯⋯⋯⋯⋯⋯⋯⋯⋯⋯⋯⋯⋯⋯⋯⋯⋯⋯⋯⋯

（請沿線對折寄回，謝謝！）

姓　　名：＿＿＿＿＿＿＿＿　年齡：＿＿＿＿　性別：□女　□男

郵遞區號：□□□□□

地　　址：＿＿＿＿＿＿＿＿＿＿＿＿＿＿＿＿＿＿＿＿＿

聯絡電話：(日)＿＿＿＿＿＿＿＿＿　(夜)＿＿＿＿＿＿＿＿＿

E-mail：＿＿＿＿＿＿＿＿＿＿＿＿＿＿＿＿＿＿＿＿＿